北京建筑工程学院学术著作出版基金资助出版

卧式蒸发冷却电机定子的绝缘与传热

栾茹 著

科学出版社

北京

内 容 简 介

  本书主要介绍卧式蒸发冷却电机的定子,详细阐述了卧式蒸发冷却电机定子气、液、固三相绝缘、传热系统的形成机理,通过对其进行合理设计和优化,可以研制出针对不同使用需要,或者对应不同系列的、具备较高综合性能指标(可靠性、安全性、效率、材料利用率等)的新型卧式蒸发冷却电机定子绝缘结构。

  本书可供电机制造企业、国内电站和船用等高功率密度特种电机的工程技术人员等使用,也可作为电气工程专业的各高等院校、研究机构的教师、研究人员、研究生等的参考书。

图书在版编目(CIP)数据

卧式蒸发冷却电机定子的绝缘与传热/栾茹著. —北京:科学出版社,2009
ISBN 978-7-03-022951-9

Ⅰ.卧⋯ Ⅱ.栾⋯ Ⅲ.①蒸发冷却发电机-定子-绝缘②蒸发冷却发电机-定子-传热 Ⅳ.TM311

中国版本图书馆 CIP 数据核字(2008)第 138913 号

责任编辑:周 炜 王向珍 / 责任校对:赵燕珍
责任印制:赵 博 / 封面设计:耕者设计工作室

科 学 出 版 社 出版
北京东黄城根北街 16 号
邮政编码:100717
http://www.sciencep.com

源海印刷有限责任公司 印刷

科学出版社发行 各地新华书店经销

*

2009 年 1 月第 一 版 开本:787×1092 1/16
2009 年 1 月第一次印刷 印张:10 1/2
印数:1—2 000 字数:217 000

定价:45.00 元

(如有印装质量问题,我社负责调换〈路通〉)

序

　　我国蒸发冷却技术和双水内冷技术的研究工作差不多是同时在中华人民共和国建国初期开始的。当时的主导思想是希望采用最新的冷却方式满足我国增大单机容量的需要,使我国的汽轮发电机制造业在国际上占有领先的地位。20 世纪 50 年代中后期,双水内冷技术发展较快,125MW 已形成系列产品,300MW 汽轮发电机上也已经采用此项技术。随着氢冷气隙抽气技术的发展,以及后来超导体励磁绕组发电机的研究,这些技术被认为是发电机的未来技术。因此,蒸发冷却技术一般被认为是没有必要发展也没有发展前途的冷却技术。正是在这种困难条件下,有一批默默无闻的同志在十分艰难的处境下坚持研究、制造和试验,使这一技术日臻完善。

　　过去冷却方式的改进主要是为了提高单机容量,所以只是在必须增大单机容量的条件下才想到需要发展一种新的冷却方式。现在新的冷却方式的研究和应用应以提高发电机运行可靠性和综合经济指标为主要目标。很多先进的电机制造厂都对提高可维修性倾注了极大的关注,以达到延长检修周期,甚至达到基本免维修或缩短检修时间的目的,从而获得更高的经济效益。

　　蒸发冷却技术的研究和应用也出于同样的目的,目前正在已研制出的机组上实现着上述目标。蒸发冷却系统在利用液态介质汽化过程中吸收潜热进行冷却的同时,还充分利用了蒸发冷却介质本身具备的较好的绝缘性能。从提高电机可靠性方面考虑,蒸发冷却有可能成为一种新的冷却方式。

　　经过多年的实践,蒸发冷却技术充分展现了其在发电机及其他电机电器上的可行性和发展前途。人们一致认为,大型汽轮发电机定子全浸式蒸发冷却方式,在制造技术上是可行的,在制造和运行的综合经济上也会带来很大的效益。如果对全浸式定子绝缘结构做进一步的开发研究,有可能大大减薄甚至取消以云母为基础的线棒绝缘,使铜线的槽满率有所提高,导线的冷却条件进一步改善,收到更大的经济效益。

　　蒸发冷却技术发展至今,人们对此技术积累了丰富的研究经验,有必要向社会介绍这项技术的学术水平与价值。蒸发冷却技术涉及多方面的学科内容,绝缘结构仅仅是其中的一个部分,已经做过的试验受科研环境与条件的限制,数据还不完整,系统性还不够,尚有很多工作等待科技人员去做,书中介绍的内容还只能供设计或研究人员参考。

2008 年 10 月

前　言

　　伴随着卧式电机容量的提高,冷却方式经历了空冷、氢外冷、氢内冷、水内冷等发展阶段。空冷电机存在温升高、效率低的弊端;氢冷电机若结构密封差会由于氢气内混入少量的空气而引起爆炸;水冷电机的空心铜线破裂漏水会引发定子绝缘破坏而导致事故性停机。由于存在以上种种缺陷,电机业特别期望能研究出一种避免这些弊端的新型冷却方式。蒸发冷却应运而生,它利用的是液体介质蒸发时所能吸收的热量要比"比热"大得多这一物理现象,蒸发冷却的研制成功,是继空冷、氢冷、水冷之后出现的又一种重要的中大型电机的冷却方式,它具有安全可靠,技术、效益优异,性能稳定,运行管理简便的特点。

　　蒸发冷却是由我国独创的一种新型的冷却技术,国外仅在 20 世纪 50 年代对此进行了粗浅的研究,没有取得实质性研究成果。对于卧式蒸发冷却电机的原理、绝缘技术,国内还没有专门的研究资料记载,尽管该新型电机目前仍处于工业性样机试制阶段,还没有实现真正的产业化,但已经投入运行的机组呈现出的突出业绩,赢得了国内外电机行业人士的密切关注和国内电站业主的高度评价,因此有必要在电机行业内撰写一本详尽介绍卧式蒸发冷却电机主要技术的专著。本书与已出版的同类书籍相比,在内容上,主要侧重介绍采用蒸发冷却技术的卧式电机,包括电机的冷却原理、运行原理及与之相关的绝缘、传热技术;在理论上,阐述了解决卧式蒸发冷却电机定子密封腔体内形成的气、液、固三相绝缘系统的电磁场的仿真计算问题,以及电磁场与温度场耦合后的仿真计算问题,这在学术上尚属首次,为定子绝缘结构的设计提供了理论基础。

　　卧式蒸发冷却电机设计成功的关键是要解决好定子绝缘问题,这种新型电机必须采用浸润式蒸发冷却方式,但却与传统常规定子绝缘结构发生严重冲突,不能沿用已经取得实效的传统电机的定子绝缘结构设计与技术路线。本书所阐述的新型、适合于蒸发冷却环境的、可靠可行的定子绝缘结构的原理、设计过程、关键技术等是决定卧式蒸发冷却电机继续发展下去的主要技术之一。

　　本书首先阐明冷却方式对于电机的重要性和蒸发冷却技术的研究基础及发展历程;其次阐述卧式蒸发冷却电机的结构、运行过程与特点,进而引出该类型电机的定子密封腔体内形成的一种气、液、固三相绝缘、传热系统;然后叙述与这一新型绝缘、传热系统相关的关键技术和主要问题;再以两种卧式电机为例详尽论述电机绝缘结构的优化设计过程;最后阐述蒸发冷却卧式电机定子绝缘的特点与规律,温度分布的特点与规律等,并将其应用于更大容量的汽轮发电机上。本书的主要内容系出自作者在中国科学院电工研究所做博士课题期间的研究成果,作者师从顾国彪院士,本书是在顾院士的精心指导与严格要求下完成的。导师渊博的知识、严谨的治学态度、勤恳的工作作风、灵活的研究方法、积极乐观的处世精神、真诚的人格风范,留给作者深刻的启迪与影响,使作者对科学研究、人生价值等重大问题的观念进行了重新的调整与定位。师恩深厚,终生难忘。在此,向顾国彪院士致以崇高的敬意和衷心的感谢! 中国科学院电工研究所的高级工程师傅德平是本书试验研究部分的合作者,对本书中的试验工作倾注了大量精力,并给予了认真指导和帮助。本书的完成离不开他的鼎力相助。在此,作者谨向傅德平高级工程师致以衷心的感谢!本书的第2、3章内容主要是总结从事蒸发冷却研究工作的前辈的研究成果,他们包括曾在中国科学院电工研究所奋斗过的科研人员陈振斌、李作之、廖少葆、周建平等,还有现在在任的顾国彪院士。没有他们打下的研究基础,本书将成为无源之水、无本之木。在本书问世之际,特向这些前辈表示深深的敬意和诚挚的谢意。本书13.2节的计算是由中国科学院电工研究所副研究员国建鸿同志完成的,她为充实书中的内容、提升研究水平做出了很大的贡献。本书13.1节的内容由上海汽轮发电机有限公司的工程技术人员提供,并得到了他们的大力支持,另外本书在撰写过程中引用和参考了大量文献,在此对这些作者表示真诚的谢意。本书还得到北京建筑工程学院博士启动基金的资助。

　　由于作者水平所限,书中难免有疏漏及不足之处,敬请读者批评指正。

目　　录

序

前言

第1章　绪论 ……………………………………………………………………… 1

　1.1　卧式电机历史简介 ……………………………………………………… 1

　1.2　卧式电机的定义 ………………………………………………………… 3

　1.3　卧式电机的冷却方式 …………………………………………………… 3

　　参考文献 …………………………………………………………………… 5

第2章　卧式蒸发冷却电机的研究基础 ………………………………………… 6

　2.1　常规定子绝缘结构对卧式蒸发冷却电机的限制 ……………………… 6

　2.2　蒸发冷却介质简介 ……………………………………………………… 7

　2.3　蒸发冷却定子绕组直线部分的绝缘与传热 …………………………… 8

　2.4　1200kV·A全浸式自循环蒸发冷却汽轮发电机的研制及运行 ……… 10

　2.5　几种蒸发冷却电机定子绝缘结构方案的模拟试验及结论 …………… 14

　2.6　定子绝缘材料的表面闪络试验 ………………………………………… 22

　2.7　补充试验 ………………………………………………………………… 25

　2.8　本章小结 ………………………………………………………………… 27

　　参考文献 …………………………………………………………………… 28

第3章　50MW蒸发冷却汽轮发电机的研制 ………………………………… 29

　3.1　卧式电机蒸发冷却技术方案的比较 …………………………………… 29

　3.2　蒸发冷却技术对50MW汽轮发电机的改造 ………………………… 32

　3.3　机组运行的效果 ………………………………………………………… 33

　　参考文献 …………………………………………………………………… 34

第4章　卧式蒸发冷却电机定子绝缘体系及其传热的分析 ………………… 35

　4.1　卧式蒸发冷却电机定子绝缘与传热系统的组成 …………………… 35

　4.2　复合式绝缘系统的电场分布特点 …………………………………… 36

　4.3　卧式蒸发冷却定子的传热规律 ……………………………………… 38

　4.4　卧式蒸发冷却电机定子绝缘结构的设计原则 ……………………… 39

　4.5　本章小结 ………………………………………………………………… 41

　　参考文献 …………………………………………………………………… 41

第5章　高功率密度卧式蒸发冷却电机定子绝缘结构的初步设计 ………… 42

　5.1　高功率密度卧式电机概述 …………………………………………… 42

　5.2　设计新型的定子绝缘结构 …………………………………………… 43

　5.3　计算模型的仿真工具 ………………………………………………… 51

5.4 初步设计的绝缘结构电场计算与仿真过程 ……………………… 52

5.5 初步设计的绝缘结构温度场计算与仿真过程 …………………… 57

5.6 初步设计的绝缘结构仿真结果中存在的问题及说明 …………… 60

5.7 本章小结 ………………………………………………………… 60

参考文献 …………………………………………………………… 61

第6章 狭窄空间内蒸发冷却介质的沸腾换热系数的研究 …………… 62

6.1 引言 ……………………………………………………………… 62

6.2 沸腾换热关联式 ………………………………………………… 63

6.3 浸润式蒸发冷却中微小温差的测量 …………………………… 63

6.4 狭窄空间内蒸发冷却介质(F-113)沸腾换热系数的试验研究 … 68

6.5 本章小结 ………………………………………………………… 74

参考文献 …………………………………………………………… 75

第7章 高功率密度卧式蒸发冷却电机定子绝缘确定性结构的试验研究 … 76

7.1 引言 ……………………………………………………………… 76

7.2 试验中的定子模拟结构 ………………………………………… 76

7.3 传热及耐压试验装置 …………………………………………… 77

7.4 试验过程 ………………………………………………………… 78

7.5 试验结果及分析 ………………………………………………… 78

7.6 试验结论 ………………………………………………………… 79

7.7 本章小结 ………………………………………………………… 79

参考文献 …………………………………………………………… 79

第8章 新型蒸发冷却定子绝缘结构中三维温度场的仿真计算 ……… 80

8.1 引言 ……………………………………………………………… 80

8.2 定子最热段三维温度场的仿真计算模型 ……………………… 80

8.3 计算定子中的热源分布 ………………………………………… 82

8.4 表面沸腾换热系数和等效热传导系数的确定 ………………… 85

8.5 三种定子绝缘结构温度场的仿真结果及分析 ………………… 87

8.6 高功率密度卧式蒸发冷却电机定子绝缘结构的研究结论 …… 91

8.7 本章小结 ………………………………………………………… 92

参考文献 …………………………………………………………… 92

第9章 高功率密度卧式蒸发冷却电机试运行的温升试验 …………… 94

9.1 蒸发冷却样机定子实际运行的温度分布 ……………………… 94

9.2 蒸发冷却样机大功率器件的冷却与实际温度分布 …………… 97

参考文献 …………………………………………………………… 98

第10章 135MW 蒸发冷却汽轮发电机定子 VPI 主绝缘厚度减薄的试验研究 …… 99

10.1 引言 …………………………………………………………… 99

10.2 问题的提出及解决的技术原理 ……………………………… 99

10.3 新绝缘结构及规范的试验研究内容 ………………………… 100

10.4　试验研究结论 ……………………………………………… 105

10.5　本章小结 …………………………………………………… 106

参考文献 …………………………………………………………… 106

第 11 章　高压电机定子绝缘结构的优化设计 …………………… 108

11.1　引言 ………………………………………………………… 108

11.2　优化设计的目标及路径 …………………………………… 108

11.3　新型定子绝缘结构电场分布仿真的原理 ………………… 108

11.4　定子槽内的电场分布的计算模型 ………………………… 109

11.5　蒸发冷却定子槽内电场分布规律 ………………………… 109

11.6　本章小结 …………………………………………………… 115

参考文献 …………………………………………………………… 115

第 12 章　24kV 等级及以上蒸发冷却汽轮发电机定子绝缘结构的可行性研究 … 116

12.1　引言 ………………………………………………………… 116

12.2　24kV 蒸发冷却汽轮发电机定子绝缘结构的试验研究 …… 119

12.3　24kV 蒸发冷却汽轮发电机定子绝缘结构的电场仿真研究 … 122

12.4　新型定子绝缘结构的电场仿真研究结论 ………………… 129

12.5　本章小结 …………………………………………………… 130

参考文献 …………………………………………………………… 130

第 13 章　330MW 大型蒸发冷却汽轮发电机定子绝缘结构的研究 … 131

13.1　330MW 大型汽轮发电机冷却方案改造的比较 ………… 131

13.2　强迫循环蒸发冷却定子绕组内冷的温升计算 …………… 134

13.3　330MW 汽轮发电机采用全浸式蒸发冷却方案的可行性 … 140

参考文献 …………………………………………………………… 147

第 14 章　结束语 ………………………………………………… 148

14.1　主要结论 …………………………………………………… 148

14.2　讨论 ………………………………………………………… 150

附录 ……………………………………………………………… 151

第1章 绪 论

1.1 卧式电机历史简介

翻开电机百年的发展史,展现在大家面前的是一个不断认识和克服传统结构设计和工艺上的限制,在技术上推陈出新的创造性过程。从 19 世纪末第一台 100kV·A 空冷汽轮发电机隐极型转子问世,到 20 世纪 40 年代空冷电机的制造技术趋于成熟,人们发现当容量超过 60MW 后,利用当时的空冷电机结构不仅温升高,而且效率低,所以,100MW 级的空冷汽轮发电机很快被后来居上的氢冷系列电机所取代。

同样是为了突破容量提高所带来的发热严重、材料利用率降低等结构设计与工艺上的局限性,20 世纪 50 年代出现了氢气直接冷却技术,五六十年代水内冷技术发展成熟,这些都被认为是汽轮发电机技术一系列革新的几个划时代的里程碑[1,2]。然而,最近 30 年虽然是大型电机系列化发展的主要阶段,200~300MW 汽轮发电机的安全运行问题却一直困扰着国内外的厂家和发电厂业主。据国内的不完全统计[3~7],1983~1995 年,在 20 台 200MW 国产汽轮发电机中,共发生了 24 台次的发电机定子绕组短路事故,铜线的焊接工艺差,材料选择不适宜,导致内冷水泄露,降低了线棒主绝缘末端的绝缘水平而击穿短路;容量为 300MW 及以上的发电机(包括不同冷却方式的汽轮发电机、水轮发电机),定子内冷系统的结构性事故与故障较为突出,包括氢冷的结构密封差引起的爆炸,水冷的空心铜线破裂漏水引发的绝缘故障等,占事故性停机的 54.7%,一些事故还危及电厂中的其他设备,破坏性较大。

鉴于汽轮发电机采用水冷和氢冷所固有的结构上的隐患,20 世纪 80 年代末,世界发电设备市场出现了一个新的发展趋势:100~200MW 空冷发电机的订货空前增长,1990 年达到了 1980 年的五倍[8,9],2000 年 ABB 公司甚至推出了 500MW 空冷汽轮发电机产品[10],更加剧了这一趋势。造成这一局面的首要原因是国家电力的增长是以大机组的安全可靠性为前提的,新型空冷机组以其安全可靠、简单、易于维护的冷却系统结构在一定程度上弥补了氢冷、水冷机组结构的不足。电机制造业正是经过了这一段段打破原有结构中不合理束缚的发展历程,才成就了当今世界强大而稳定的电力工业格局。也正是在不断探索,采用新的冷却介质、新材料、新工艺以增大单机容量的电机发展过程中,一种起初不被看好,却具备相当发展优势的新型冷却方式的电机悄然而稳步地成长壮大起来,这就是本书要专门介绍的新型卧式电机——蒸发冷却电机。

中国科学院电工研究所独立自主、坚持不懈地开创了蒸发冷却大型电力设备的新型冷却技术。从理论基础性公式推导与修正到大量相关性试验的反复论证,都进行了充分必要而扎实的技术储备。自 20 世纪 70 年代以来,中国科学院电工研究所与我国产业部门合作,先后研制成功 1.2MW、50MW 蒸发冷却汽轮发电机和 10MW、50MW、400MW

蒸发冷却水轮发电机,以及试验室自用的蒸发冷却变压器。经多年运行证明,各台机组均呈现出安全可靠,技术、效益优异,性能稳定,运行管理简便的特点,特别突出的是各台电机的定子绕组温升低且分布均匀,以出色业绩赢得了国内电机界和电站业主的高度评价。从而奠定了蒸发冷却的基础地位,它是继空冷、氢冷、水冷之后的又一种更为先进的大型电力设备冷却方式。与水轮发电机相比,汽轮发电机采用蒸发冷却技术相对发展得比较迟缓,其主要原因是定子绝缘的结构问题[1,11]。在汽轮发电机上采用与水轮发电机相同的管道内冷式蒸发冷却有以下两个缺点:①定子线棒虽属于集中式发热部件,但大量的电机内金属部件在交变电磁场作用下均要产生损耗,仅依靠集中式散热方式(即管内冷)难以带走全部的损耗热量,特别是对于采用常规绝缘结构的汽轮发电机定子,单位热负荷远高于同等容量的水轮发电机(低速同步电机体积大、散热面也大)

$$A = C_1 \left(\frac{S_N}{2p} \right)^{0.118} \times 10^2 \tag{1.1}$$

$$I_s = C_2 \left(\frac{S_N}{2p} \right)^{0.118} \tag{1.2}$$

式(1.1)、式(1.2)分别为电机的电负荷 A、核算槽电流 I_s 的计算式,在同等容量 S_N 下两式都随极对数(p)的增加而减小,而汽轮发电机通常转速高、极对数小于水轮发电机的极对数,这两个参数直接反映了电机的发热状况。所以,采用管道内蒸发冷却,汽轮发电机的效果大大低于水轮发电机的。②汽轮发电机为卧式结构,定子线棒横放在槽内,若采用管道内冷式蒸发冷却,则管内蒸发流动的气、液两相流阻远大于竖直放置的水轮发电机定子线棒内管道的流阻,难以实现自循环,需要大功率的液泵打压,或增加其他的调节气、液两相蒸发冷却介质压强的设施,使电机定子的冷却系统结构复杂化,削弱了蒸发冷却的优势。可见,卧式蒸发冷却电机不能沿用已经取得实效的蒸发冷却水轮发电机的定子内冷结构,必须选择采用浸润式蒸发冷却方式的发展方向。但是,浸润式蒸发冷却技术的实现,同样与常规定子绝缘结构发生严重冲突。沿用常规绝缘结构的定子绕组犹如在穿着棉袄吹凉,外表温度正常,体内却高烧不止,其间的温差可达50~80℃,极大地限制了汽轮发电机容量或其他特种电机功率密度的提高。为此,打破传统结构设计与工艺的"瓶颈"制约,研究新型的、适合于蒸发冷却环境的、可靠可行的定子绝缘结构,是卧式蒸发冷却电机继续发展下去的当务之急。

一个国家或地区的经济发展水平与其电能的生产能力与质量密切相关,而人均装机容量代表了国家或地区的电力发展水平。我国 1956 年前的汽轮发电机全部是进口的,从 1956 年开始,逐步形成自制汽轮发电机的工业生产体系,基本上可分为引进东欧制造技术、自行研制、引进西方制造技术、优化设计四个阶段。进口的产品或技术,不仅投入大、国产化周期长[12],而且关键是多为国外更新换代前的产品或技术,我们总在模仿别人而无法超越领先。为了缓解国内近年来电力供应紧张的局面,火电机组日趋向大容量、高参数方向发展,300~900MW 汽轮发电机已成为国内各大火电站的主力机组,而某些引进的产品或技术与我国的实际应用条件不符,如美国西屋公司转让的 300MW、600MW 汽轮发电机,强行励磁顶值电压达不到我国部分电网用户所需的两倍额定励磁电压要求。在发电机技术转让合同上,我国已提及开发 300MW 水氢冷汽轮发电机,可是西屋公司的

300MW级发电机却是全氢冷的。面对诸如此类的种种被动性挑战,我们应该深刻思考能否在电机制造技术上打一个翻身仗? 答案是肯定的,新型卧式电机的研制成功为我们带来了希望。要想把蒸发冷却汽轮发电机大型化,关键是解决好以下两方面的问题:

(1)重新设计定子绝缘结构,使之适合于蒸发冷却方式提供的气、液、固三相的绝缘、传热体系。

(2)优化现有的定子绝缘结构,使之以满足电气绝缘可靠性为前提,传热效率最高,即绝缘与传热达到最佳组合。

新型卧式蒸发冷却电机定子绝缘结构研究的成功,将为国内提供一种安全可靠性高、材料利用率高、机组出力高、运行效率高、维护简单的大型蒸发冷却汽轮发电机或高功率密度的特种电机。这将是真正属于中国制造的、享有自主知识产权的电机,并且可以在性能指标上领先于世界电机制造水平。

1.2 卧式电机的定义[13]

电机是将机电能量进行转换或者实现信号变换的电磁机械装置。若从能量转换的功能而言,电机可以分成两大类,第一类是发电机,首先通过原动机把各类一次能源蕴藏的能量转换为机械能,然后通过发电机转换为电能,经输配电网送往各种用电场合;第二类是电动机,它把电能转换为机械能,用来驱动各种用途的生产机械和其他装置,以满足不同的需求。根据一次能源形态的不同,可以制成不同的发电机,与利用水利资源的水轮机配合,应制成水轮发电机;与利用热能资源的汽轮机配合,应制成汽轮发电机。对于转子转速较高的电机,如汽轮发电机,转子直径尺寸受较大离心力的限制,为了增大容量只能增加转子的长度,所以电机通常装配成卧式,使得其定转子是横向水平放置的结构。这种在结构特点上是卧式的电机,在本书中称之为卧式电机。除汽轮发电机以外,大多数的电动机(包括异步与同步)、调相机等均采用卧式结构,所以都可以归结为卧式电机。

1.3 卧式电机的冷却方式

卧式电机内各部件上的温度应始终保持在绝缘材料和金属材料所允许的限度之内,为此必须将运行时电机内部各部件上由于能量转换、电磁作用和机械转动摩擦所产生的损耗热传递给周围运动的冷却介质(如空气、氢气、油、水或其他介质等)。为了保证大型卧式电机的冷却效果,通常进行整体密封处理,冷却介质还要将吸收的热量传递给专门的冷凝器,通过冷凝器内的热交换后,上述损耗才能转移到电机外。与立式电机相比,卧式电机的热负荷要高出许多,所以慎重选择、设计冷却方式对于卧式电机尤为重要。

一般冷却方式与电机的功率、尺寸、电磁负荷损耗密度有关[14],与冷却介质的物理性能参数及其与发热部件接触的方式有关,与电机所用的绝缘材料等级及金属材料的热物理性能有关,还与电机的效率、经济性和寿命有关。为了提高电磁负荷和材料的利用率,最好的途径是增大单机容量,这主要是依靠电机冷却技术的改进来实现的。例如,中小型卧式电机绝大部分是采用强迫空气流动冷却电机,而在大型电机中,冷却方式随容量、转速、电压等级的不同而不同,经过生产实践长期累积逐步形成了一定规律,由于不同国家、不同制造企业具体条件和生产水平的差异,大型电机冷却方式的划分又存在很大的差别。现以汽轮发电机为例,世界各国针对不同电机容量的冷却方式的划分情况见表1.1。

表 1.1　常用汽轮发电机冷却方式一览表

冷却方式	定子绕组	空气	氢	水	氢	氢内	水	水	水	油内
	转子绕组	空气	氢内	水	氢	氢内	氢内	水	水	水
	定子铁心	空气	氢	空气	氢	氢	氢	氢	水	浸油
容量范围/MW		≤50	50～240	50～200	50～110	100～800	240～1100 及以上	500～1100 及以上	240～1100 及以上	240～500
使用地区		世界各国	世界各国	中国	世界各国	美国、德国	美国	德国	英国、德国	原苏联

　　根据冷却介质的不同,卧式电机的冷却方式可以分成空气冷却、氢气冷却和水冷却等几种,这些均是发展较成熟的常规冷却方式。

　　(1) 空气冷却(简称空冷)系统。一般小型异步电机多采用闭路循环系统,小型同步电机和直流电机及中型电机则采用开路循环系统。在风路设计上以轴向系统居多,也有采用径向和轴向混合系统的。不论采用何种风路系统,利用空气冷却的电机的共同特点是结构比较简单,成本较低,冷却效果较差,特别是在高速卧式电机,如汽轮发电机中,引起的摩擦损耗很大,所以在我国50MW以上的汽轮发电机很少使用空冷方式。但是,10MW以下的电动机大部分仍然主要采用空冷,而直流电机中,空冷几乎是唯一的冷却方式。

　　(2) 氢气冷却(简称氢冷)系统。用氢气代替空气作为冷却介质,主要是因为氢气具备导热系数大、密度小、不助燃、抑制电晕等优点。最初氢气冷却仅限于绕组表面,但绝缘层内的温度下降很小,这导致氢外冷冷却效果不是十分理想。随后开始出现在实心铜线中加进若干根空芯不锈钢管,让氢气从钢管中流过以导出铜线的热量,即定子氢内冷方式,还可以将绕组由实心铜线改为空芯铜线制成。到目前为止,氢内冷汽轮发电机形式繁多,现在世界各国生产的500MW以下汽轮发电机中氢冷汽轮发电机占重要地位。但氢冷汽轮发电机也有其不利一面,如需要增加专门的供氢设备和控制设备,进而增加了额外的投资与维修费用,其通风系统的结构也较空冷系统复杂,而且在一定条件下还可能发生爆炸。

　　(3) 水冷却(简称水冷)系统。如果将水的电导率控制在一定的极限之内,水是非常好的冷却介质,它具有较大的质量热容和导热系数。在大型电机中,用水冷却绕组时,是让水从制成空芯的绕组铜线内流过,用水冷却铁心时,在铁心的轭部加装冷却水管来带走热量。但是,在上述的水系统中,一旦水发生泄露电机的绝缘系统将受到极大威胁,导致恶性的停机事故。

　　上述三种冷却方式的冷却效果呈阶梯式增强,与之相应的是电机主要参数线负荷增大、定转子电流密度明显增加,表1.2给出的是汽轮发电机不同冷却方式下的热负荷。

表 1.2　不同冷却方式下汽轮发电机的热负荷

冷却方式	空　冷	氢外冷	氢内冷	水　冷
定子电流密度 $J_1/(\text{A/mm}^2)$	2.5～3.5	3.5～4.5	6～8	8～12
线负荷 $A_s/(\text{A/mm})$	500～600	600～800	1000～1300	1800～2400
$A_s \cdot J_1$	1600～2000	2100～3600	500～9000	12000～25000
转子电流密度 $J_2/(\text{A/mm}^2)$	3～5	4～4.5	5～8	8～12
定子热负荷 $q_1/(\text{W/cm}^2)$	0.405	0.7～1.0	1.2～2.4	3～5

　　表 1.2 中线负荷的变化对电机设计的总体水平意义重大,若线负荷增加,则交、直轴电抗即 X'_d、X'_q、X''_d 增大,随之电机动态稳定性下降,为了弥补这种下降,在提高线负荷 A_s 的同时,气隙磁密 B_δ 也应提高,气隙长度也应增大,这样可以得到较高的电机利用系数,在不增加材料的基础上可以提高单机容量,或者在同等容量等级下减小电机的主要尺寸与体积,这时电机定转子铜耗虽然相应增加,但只要强化冷却技术,能够使材料消耗降低,电机的效率也会提高。在以往的常规卧式电机中,相比较而言,全水冷所用的材料最少,氢-水冷次之,空冷电机消耗的材料最多。

参 考 文 献

[1] 丁舜年. 大型电机的发热与冷却. 北京:科学出版社,1992.

[2] 汪耕,李希明. 大型汽轮发电机设计、制造与运行. 上海:上海科学技术出版社,2000.

[3] 冯复生. 大型汽轮发电机近年来事故原因及防范对策. 电网技术,1999,23(1):74～78.

[4] 李伟清,刘双宝. 大型汽轮发电机常见故障的检查及处理方法. 大电机技术,2000,148(3):11～15.

[5] 周怀理. 发电机定子线棒漏水和断股的原因分析. 大电机技术,1999,147(2):18～19.

[6] 孙维本. 水—氢—氢冷却汽轮发电机反事故措施简述. 华北电力技术,2003,32(7):32～34.

[7] 李艳,徐凌. 国产大型汽轮发电机反事故技术措施. 华北电力技术,2000,29(3):2～5.

[8] 吴晓蕾. 125MW 空冷汽轮发电机绝缘结构的开发. 上海大中型电机,2002,44(3):30～32.

[9] 李立军. QF-125-2 型 125MW 空冷发电机的设计与试验. 上海大中型电机,2003,45(3):8～13.

[10] 金耀萍,任秀华,张瑞均. 空气冷却汽轮发电机容量大小及其定子绕组绝缘方式的探讨. 大电机技术,1999,147(1):29～33.

[11] 顾国彪. 蒸发冷却应用于 50MW 汽轮发电机的研究和开发. 中国科学院电工研究所论文报告集,1992,23(7):1～15.

[12] 梁维燕,吴寿义. 国产引进优化型 600MW 火电机组的设计和制造. 中国电力,1999,32(10):52～55.

[13] 李发海,朱东起. 电机学. 北京:科学出版社,2003.

[14] 魏永田等. 电机内的热交换. 北京:机械工业出版社,1998.

第2章 卧式蒸发冷却电机的研究基础

从传热学的理论来判断,利用液体汽化传递热量具有最好的冷却效果与温度分布。新型卧式电机正是将汽化传热这一物理现象应用于电机中,开创了三种常规冷却方式之外的第四种冷却方式——蒸发冷却。卧式蒸发冷却电机主要在定子上实施新型冷却技术,以此突破了以往的常规电机定子绝缘结构,是新型卧式电机的产生基础。

2.1 常规定子绝缘结构对卧式蒸发冷却电机的限制

电机中对定子绝缘的要求如下:①使定子线圈中的电流按规定的路径流动,保持耐电压性能;②将损耗产生的热量散发掉。绝缘结构的设计是根据电机产品的技术条件或使用来确定结构形式、选用绝缘材料和采用合适的绝缘工艺的,从而满足上述要求,使产品达到技术上先进,经济上合理。绝缘结构运行中应具有所要求的耐热等级,足够的介电强度,优良的机械性能和良好的工艺性,并在规定的运行期间内其性能不下降到影响电机安全运行的水平。随着大型汽轮发电机单机容量的增长,电机额定电压亦相应的提高,这就对绝缘提出了更高的要求。

电机定子的常规绝缘结构一般选用耐电性能优良和厚度均匀的粉云母为本体,机械性能、电性能和耐热性能较好的环氧树脂做胶粘剂,薄形玻璃布做补强材料,构成了云母体系绝缘[1]。从工艺方法上可归纳为:少胶浸渍型绝缘和多胶模(液)压型绝缘。绝缘工艺实现手段上,具有代表意义的有整体浸渍型和非整体浸渍型两大类,分别介绍如下。

(1) 整体浸渍型:以环氧玻璃粉云母少胶带(或中胶带)包扎,白坯下线后整个定子真空压强浸渍无溶剂环氧漆。该技术又称 VPI。绝缘整体性好、机械强度高、传热性较好,是当今大型电机中各项指标最优的绝缘处理工艺方法。由于国内现阶段的设备和材料质量均满足不了这一技术的要求,整套工艺及所用设备、材料均需进口,我国大电机采用这种技术要投入大量资金,而且很难超越国外技术。

(2) 非整体浸渍型:以环氧玻璃粉云母多胶带包扎(有的用云母箔卷烘),模(液)压固化,下线后整个定子在常态下浸渍或浇无溶剂聚酯或环氧漆。这种工艺容易实现,已经被国内电机制造企业成熟掌握[2],但可靠性不如前者,主要表现为:①多胶带在高温下比少胶带失效快;②经过这种工艺处理可能会在主绝缘内或主绝缘与槽之间留下空气隙,既影响传热,又易引起日后空气隙的游离放电。

无论采用哪一种绝缘结构和工艺,定子线棒只能由外包的固体绝缘材料承担全部的对地主绝缘作用。这就一方面要求绝缘应具有较高的工频瞬时或短时击穿强度;另一方面要求其能长期耐受工作场强,再加之长期的机械、热和电应力作用。在考虑主绝缘厚度时,要根据电机的额定电压,给予一定的储备系数 k_i(即新线圈的工频瞬时击穿电压 U_b 与电机的相电压 U_ϕ 之比)。在正常的工艺条件下,TOA 环氧多胶粉云母主绝缘的储备系数见表 2.1。

表 2.1　各电压等级的卧式电机主绝缘的储备系数

额定电压/kV	储备系数 k_i
6.3～10.5	＞10
13.8～15.75	≥8.5
18～20.0	≥7.5
20.0～24	≥7

　　卧式电机的铁心一般比较长,制造和运行中绝缘的机械损伤较重,因此其主绝缘厚度比水轮发电机的还要厚一些。例如,定子水内冷的汽轮发电机的常规绝缘结构,10.5kV等级主绝缘厚度为 4.5mm;20kV 等级主绝缘厚度为 6.5mm。这样的厚度若不采用铜导线管道内冷方式直接带走铜损耗的热量,则主绝缘层内外温差非常大。从式(2.1)可以看出这个结果

$$\Delta T = \frac{q_y \cdot \delta}{\lambda_c} \times 10^3 \tag{2.1}$$

式中,ΔT 为温差,K;q_y 为热流密度,W/mm²;δ 为绝缘层的厚度,mm;λ_c 为导热系数,W/(m·K)。

　　水内冷汽轮发电机的定子热流密度往往高达 0.03～0.05W/mm²,而 TOA 环氧多胶粉云母带的导热系数为 0.25W/(m·K),假定热量全部由绝缘层散出,将这些数值代入式(2.1)算出的温差 ΔT＝540～780K,如此大的温升,即使绝缘表面温度为 0℃,铜线内的温度也已相当可观,早已将绝缘层炭化,电机根本不能正常工作。所以,若采用常规冷却方式,电机要么降低热负荷即容量,要么从导线内部冷却,而对于卧式蒸发冷却电机,因为需要采用浸润式(即将整个定子用蒸发冷却介质进行浸泡),所以必须要打破常规绝缘厚度的"瓶颈"制约,才能充分实现蒸发冷却的先进性。

2.2　蒸发冷却介质简介

　　常规冷却方式多采用对流换热,即利用空气、氢气或者水等流体流过发热体表面时所发生的热量交换,将发热体进行冷却。蒸发冷却原理是利用液态冷却介质蒸发汽化呈沸腾状态时,吸收大量周围的热量达到降低电机定子温升的目的。经典的传热学理论以牛顿冷却公式为基本计算式,即

$$\Phi = hA\Delta t_m \tag{2.2}$$

式中,Φ 为换热的热流量;h 为表面传热系数;A 为换热面积;Δt_m 为换热面上的平均温差。

　　由于冷却介质沸腾换热的表面传热系数远大于对流换热的表面传热系数,导致汽化的换热数值明显大于对流换热数值,所以蒸发冷却的效果在几种冷却方式中最好。不仅如此,冷却介质在常温下呈液态,击穿电压略高于变压器油,绝缘性能优良,兼备低沸点、不燃、不爆等性质。表 2.2 中列出了几种介质的物性参数。试验证明液态或气液两相态

的冷却介质击穿后,只要稍降低一点电压,就可以自行恢复绝缘性能,再击穿的电压值并无明显下降,除非在连续数十次击穿后,引起大量炭化,击穿电压值才逐渐降低[3,4]。

表 2.2　蒸发冷却介质的电、热性能参数

性能参数	冷却液			
	R-113（氟利昂过度品）	FF31-A（氟利昂替代品）	FF31-L（氟利昂替代品）	Fla（氟利昂替代品）
击穿电压 U/kV	37	55	44	40
介电系数 ε	2.4	1.87	1.711	1.9
损失角正切 $\tan\delta$	0.006	0.002	0.0005	0.0001
沸点/℃	47.6	80~85	50~60	68~70
液体密度/(g/cm³)	1.553	1.728	1.63	1.74
蒸发潜热/(kcal/kg)	33.9	20	20	27.74
黏度 μ/(10⁻⁶m²/s)	0.638	0.976	0.976	0.50
液体导热系数 λ/[W/(mm·K)]	0.0836	0.059	0.059	—

注:1cal=4.1868J,下同。

蒸发冷却介质并不只限于该表中所列的,用于发电机蒸发冷却的冷却介质数量不必很多,但选择蒸发冷却介质时,根据上述的介绍,需要考虑满足的要求:①介电强度高;②汽化点适宜;③化学性质稳定;④不助燃,无爆炸危险;⑤无毒,无腐蚀性;⑥当实现自循环时,可以不需要外部功率。

2.3　蒸发冷却定子绕组直线部分的绝缘与传热

由2.1节可以看出,如果定子仍然采用常规绝缘结构,仅仅采用对绕组外表进行浸润式蒸发冷却是行不通的,导线内直接冷却是不得已而为之的。若取消内冷,必须重新设计蒸发冷却下的定子绝缘。设计一种绝缘结构,包括采用新材料,需要与冷却紧密结合在一起考虑,二者相辅相成。对此,中国科学院电工研究所在20世纪70年代初期,曾做过不同绝缘材料对电机绕组蒸发冷却过程强化的试验,当时可用的蒸发冷却介质只有F-11(氟利昂-11)。过程详见参考文献[5],此处只作简单介绍。

试验设备如图2.1所示,由蒸发器和冷凝器组成,蒸发器为一个 $\phi40\times5\times170$ 的有机玻璃管,中间沿轴线放置一个 $\phi18\times160$ 的试验管,该管借助于均匀分布的、厚5mm的8个垫环支撑在蒸发器中间,并全浸在换热介质F-11中,换热介质的液位保持在连通管内能看见的位置即可,整个装置是一个封闭性系统,并在期间产生换热介质的自循环过程。试验管被加热后,将热量传递给换热介质F-11,使其呈蒸发沸腾状态,F-11蒸气穿过储液槽和蒸气连通管进入冷凝器。在冷凝器中,蒸气与冷却水管内的自来水进行热交换、被冷凝成液体,然后又通过回液管回到储液槽进入蒸发器,完成换热介质的整个循环过程。压力表主要起对冷凝器内的气压监视的作用。试验管是该试验的主要热源:在一根 $\phi18\times$

2×160 的紫铜管内埋两只 300W 内热式电烙铁心,这两只铁心并联,试验过程中总加热功率最大达到 300W。在烙铁心两端填上石棉线以起绝热的作用,然后焊上 0.2mm 的铜皮作为封头。最后,两端各浇上厚为 20mm 的环氧树脂,以减少端部热损失并同时起到电绝缘和固定引出线的作用,装配后的试验管结构如图 2.2 所示。为了研究不同绝缘材料对沸腾换热过程的影响,研究人员分别在铜管外壁以半叠绕的方式缠上白丝带、玻璃丝带,这两种材料属于具有毛细孔的绝缘材料,然后分别进行测量并与裸铜管测量的结果进行比较。上述试验数据经过必要的计算与整理后列于表 2.3 中。

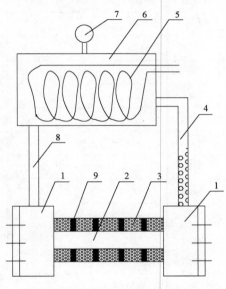

图 2.1　试验设备本体示意图

1-储液槽;2-试验管;3-蒸发器;4-蒸气连通管;5-冷却水管;6-冷凝器;7-压力表;8-回液管;9-垫环

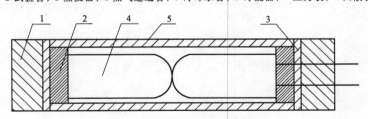

图 2.2　试验管内部结构示意图

1-环氧树脂封头;2-石棉绳封头;3-铜皮封头;4-加热元件;5-铜管

从表 2.3 可以看出,当热负荷较低时,以低于 15000W/m² 为例,在绕组外面缠上白丝带或玻璃丝带都能对换热起到强化作用,其中包玻璃丝带比包白丝带对换热强化的效果更显著;在热负荷低于 7000W/m² 时,包白丝带管的换热能力比裸铜管的高约 41%,而包玻璃丝带管的换热能力比裸铜管高约 157%。说明在绕组外包具有毛细孔的绝缘材料,会强化对绕组的蒸发冷却过程。另外,试验过程中的细致观察也完全说明了这一结果。试验时,在同样较低的热负荷时,裸铜管只有个别汽化核心并产生直径较大的气泡,包上毛细材料后管上会明显地出现较多的汽化核心,且气泡脱离直径小。可见,包有毛细材料的绕组外表有利于汽化核心的形成,减小气泡脱离直径,提高气泡产生的频率,进而强化了沸腾换热。

表 2.3　两种不同绝缘材料对绕组蒸发冷却过程强化的比较

项　目	裸铜管			缠白丝带管			缠玻璃丝带管		
测　点	q_F /(W/ m²)	Δt /℃	α /[W/ (m²·℃)]	q_F /(W/ m²)	Δt /℃	α /[W/ (m²·℃)]	q_F /(W/ m²)	Δt /℃	α /[W/ (m²·℃)]
1	1660	2.31	720	1626	1.33	1219	1652	0.90	1836
2	2420	2.48	976	2680	1.98	1352	2209	1.00	2209
3	3380	2.94	1150	3170	2.05	1546	3310	1.05	3152
4	—	—	—	4270	2.42	1767	4190	1.14	3690
5	4910	3.11	1578	5260	2.15	2450	5000	1.23	4060
6	6330	2.90	2321	—	—	—	6510	1.46	4472
7	—	—	—	7160	2.16	3312	7880	1.66	4750
8	9100	2.82	3228	9180	2.26	4060	8820	1.77	5000
9	11260	2.68	4200	11420	2.31	4950	11300	2.12	5350
10	—	—	—	—	—	—	12420	2.17	5710
11	14260	2.78	5130	15110	2.71	5580	14610	2.26	6474
12	19570	2.67	7330	—	—	—	18400	2.08	8850
13	22380	3.39	9350	20020	2.64	7586	12700	1.73	12520
14	—	—	—	23160	3.00	7725	24300	2.32	10480

注:q_F 为热流密度;Δt 为温差;α 为沸腾换热系数。

该试验的结论如下:

(1)对于蒸发冷却而言,在电机绕组外面适当地缠上具有毛细结构的绝缘材料,会强化换热过程。

(2)由于电机绕组的热流密度比试验中所取的热流密度低得多,这种强化过程将更为显著。

(3)铜线的绝缘层与冷却介质的适当配合,不仅可以充当主绝缘,而且提高了传热效率。

2.4　1200kV·A 全浸式自循环蒸发冷却汽轮发电机的研制及运行

2.4.1　引言

北京电力设备总厂和中国科学院电工研究所于 1974～1975 年承担了蒸发冷却汽轮

发电机试制样机的研制工作。当时该任务被列为北京市重点科研项目和国家级科研项目。

1974 年 1 月～1975 年 8 月 15 日,仅一年零八个月就完成了定子、转子单件发热试验及空载、短路、断水振动等试验,完成了样机模型试验、设计、试制、总装及整机试车,于 1975 年 12 月 23 日正式并入电网作满负荷及超负荷 150％的试运行,性能良好,标志着研制成功。这是世界上第一台1200kV·A F-113自循环蒸发冷却汽轮发电机,为探索电机冷却提供了新的途径。

这台电机采用了与常规电机差别较大的结构,解决了适应蒸发冷却特点的定子、转子密封、槽内冷却等问题,创造了新的结构和工艺,所有不成熟的部件都经过了严格的模型试验,保证了整机试验一次成功。

该机于 1975 年 2 月～1976 年 3 月及 1985 年 3 月、1990 年,在北京电力设备总厂内进行了分阶段运行考验,并进行了全面的测量,证明了此冷却方式原理的正确性、机组设计的合理及工艺结构的可靠性。它的定子与转子各自成一个独立的冷却系统,也可以与其他冷却方式组合,它是新冷却方式的大型汽轮发电机的雏形机组,为其他用途的中小型发电机提供了体积小、质量轻、运行可靠的实用机型。

2.4.2　1200kV·A 全 F-113 自循环蒸发冷却汽轮发电机介绍

1. 蒸发冷却介质的选择

考虑了绝缘材料的耐热及寿命,二次冷却水的年平均进水温度是 30.5℃,以及正常运行的压强要适当,最好选择 50～70℃的蒸发温度。介质还应具备稳定的物理化学性能,高绝缘性能,好的传热性与流动性。综合这些因素后该电机确定选用了 F-113,当时使用的是上海曙光化工厂的产品,其特性见表 2.4。

表 2.4　1975 年国产蒸发冷却介质 F-113 的特性

分子式	$CCl_2F_1CClF_2$	膨胀系数(液体)	在 30～45℃ 0.001281/K
分子量	187.4	动黏滞系数	在 25℃ 0.42Pa·s
沸点	47.6℃	介电系数(液体)	在 30℃ 2.44
凝固点	−35.0℃	介电系数(气体)	在 56℃ 1.010
临界温度	214.1℃	介质损失角(液体)	≤0.6％
临界压强	33.7atm(绝对)	液体绝缘击穿电压	在 25℃ 37kV/2.5mm
液体密度	在 25℃ 1.54g/cm³	气体绝缘击穿电压	在 47.6℃ 28kV/2.5mm
饱和蒸气密度	在 47.6℃ 7.399g/cm³		

注:1atm＝1.01325×10⁵Pa,下同。

在了解了上述特性的基础上,又专门对蒸发冷却介质进行了绝缘性能的测试。用筒型容器来盛装液体介质,用 2.5mm 标准间隙油杯进行耐压试验,发现有些筒内含水,耐压强度在 2.0～44kV 变化,但经两层滤纸过滤后液体介质的耐压强度可以达到 55kV 左右,高出特性表中所列的绝缘击穿电压。

2. 电机结构的特点

这台电机是将定子、转子分别做成两个单独的冷却系统,完全密封起来,结构方案完全是创新设计的。为了保证稳妥可靠,不成熟的部件结构、设计数据,经过了模拟试验,包括定子冷却模拟,定子导体包毛细材料传热模拟,转子冷却低速模拟等,试验情况见表1.2。经过模拟试验,确定的定、转子结构分别介绍如下。

1) 定子腔的密封及定子绕组

在铁心腔内圆侧装入一个玻璃钢补筒,两端与端盖固紧并密封,构成一个封闭性定子侧空间,包括铁心、绕组等所有结构部件全部密封其中。单体装备后,经 $2kg/cm^2$ 压强的F-113 抗压气密试验,并经抽真空检查,密封相当可靠,端盖及机座侧面开八个观察孔,以便观察内部蒸发情况,冷凝器装在顶部。

因为采用了全浸式冷却结构,定子绕组不必用空心导线,全部采用实心线,取消了原来的主绝缘,代之以绸带,F-113 既是冷却介质又起绝缘作用。定子内九个部位埋设了测温电阻,五个部位埋设了热电偶测液体温度。

2) 转子腔密封及槽内导体

转子腔体密封件也采用了玻璃钢筒,套装在转子本体外圆上,两端与护环连接并密封,护环与心环、心环与水箱等均需密封。单体装配后,用冷却介质 F-113 做 $2kg/cm^2$ 表压的密封试验,然后将液态 F-113 充入转子密封腔体内做 3600r/min 的超速试验。

转子槽底各放一根带散热片的空心铜管,作为冷凝管,两端与进出水箱连接,构成一个旋转冷凝器,槽内导体与对地绝缘间留出冷却道,导体与冷凝管间还要留出少许冷凝空间。

设计完成后电机的主要数据列于表 2.5 中。

表 2.5　1200kV·A 卧式蒸发冷却电机的主要数据

形式	容量/(kV·A)	电压/V	转速/(r/min)	频率/Hz	cosφ	效率η
全浸自循环蒸发冷却	1200	400	3000	50	0.8	95.45

2.4.3　发电机的试验及运行

为了保证整机试验顺利进行并积累经验,在组装前分别对定子和转子进行运行状态的单件发热试验。组装后再进行空载短路试验,转子断水等试验,并作长期并网运行。以下着重介绍定子侧的研究性试验及机组整体的运行情况。

1. 定子单件发热试验

将定子三相绕组串联起来,以直流电源供给 75%、100%、125%、150%、175% 额定电流值,每种电流情况下改变五种冷却水量。等稳定后测取各处读数,以观察定子带负荷后的情况。经过连续 72 小时试验,试验过程及情况如下:

(1) 定子抽真空后,灌 F-113 液体至汇流环上部,开始试验。

（2）在给定电流及二次水量后，经过 1 小时，温度稳定，记录各个测点的数据。

（3）定子各处的温度经过比较，分布比较均匀，基本上与冷凝器压强所对应的饱和温度相差不到 6℃。

（4）在某一电流时改变二次冷却水量，当水量增大时冷凝压强减小，各处温度也随之下降，因此调节水量可改变内部压强与温度。

（5）当电流一直增大到 175％ 额定电流时，冷凝器工作仍正常，各处温度也正常。当继续增大到 200％ 额定电流时，发现温度上升比较显著，再增大二次冷却水量已效果不大，说明冷凝器达到了饱和。如要继续增大负荷，必须加大冷凝器。

（6）槽内及铁心段的流通道都很好，在 175％ 额定负荷前，流动情况良好，冷却效果很好。直到 200％ 额定负荷时冷凝器达到饱和，各处温度普遍升高。这时横向槽内绕组温度升高最快，估计是横向槽内的流动条件较差而引起的。

（7）试验数据表及曲线见附表 3。

2．并网运行及试验

整机在临时电站试运行，采用异步电动机起动，自同期并网做调相方式运行，在满负荷 1200kV·A 进行两个月试运行；并在 130％、159％ 额定负荷时，做 48 小时以上的试验。定转子温升均正常，试验数据与单件试验时相符合。因为做调相运行，转子励磁电流比做发电机运行时要大。

两个月的试运行期间内，因为经常停电、机组停机，起动并网操作频繁，达 20 次，机组本身一直很正常，全部数据见附表 4。

2.4.4　结论

通过第一阶段 1200kV·A 蒸发冷却汽轮发电机的研制与运行，已证实了"自循环蒸发冷却技术"应用在汽轮发电机上是可以实现的。并且同其他冷却方式比较，可以看到的主要优点有以下几点：

（1）冷却效果好。使用高绝缘性能的介质，采用了全浸式的冷却结构，充分发挥了蒸发冷却的特点，使电机内部所有分散的发热部件都得到了充分冷却，因此冷却效果全面。通过试验可以看出电机定转子的平均温度在 50℃ 左右，而且内部温度均匀。因此，它的独特之处在于消除了其他冷却方式内部结构构件的局部过热点。解决了其他冷却方式如双水内冷向更大容量发展时难于解决的铁心冷却问题。

（2）损耗减少、效率高。减少铁心冷却通道，提高铁心有效利用，缩短了定子绕组的长度，将空心铜管改为实心铜线，减少了附加损耗。取消风扇，采用光滑圆筒，减少了风磨损耗。定转子冷凝器二次冷却水进出水温度可以达到 15℃ 以上，而其他冷却方式冷凝器二次冷却水进出水温度为 5℃ 左右，经过对比二次耗水量，按单位损耗计算可以减少到 1/3～1/4。因此总效率可提高 0.1％ 左右。

（3）结构简单、节省材料、维护方便。与氢冷相比省去了制氢设备与旋转氢密封装置，与水冷相比，在电机内部把分散的水接头及大量的聚四氟乙烯绝缘管，改用单一集中的密封，节省了材料及工时，也不需要定期更换绝缘引水管。在电机外部省去了外部水循环及净化系统,成为一个单一化的冷却系统。因此类似起动、停机等非正常运行都比氢冷水冷简单;运行条件相当于空冷机组,对电站自动化、运动化提供了有利条件。只要密封良好可以长期运行而不需要检修内部。再进一步研究定子绝缘结构,可以比较容易解决防晕问题,并有可能因使用其他可再生绝缘材料而节省大量云母,同时可以改善工人劳动条件。

（4）安全运行。蒸发冷却转子,冷却液柱不高,产生的离心压强不高,不像水冷转子,水柱造成的离心压强超过 100atm,对空心铜线、绝缘水管、水接头密封的材料工艺要求严格。蒸发冷却电机的冷却液是一种化学物理性能、绝缘性能良好的液体,本身不燃烧、不爆炸,且具有无火、无弧的性能,这样可以抑制发电机内部事故扩大。

蒸发冷却技术自诞生之日起,只有在这台样机上,真正实现了蒸发冷却介质既起高效的传热作用,又起良好绝缘作用的设想,尽管机组研制的年代距今已经久远,当时的某些处理技术今天已经过时,但该机组为以后的绝缘结构研制工作奠定了坚实的理论和实践基础[6,7]。

2.5　几种蒸发冷却电机定子绝缘结构方案的模拟试验及结论

通过 1200kV·A 蒸发冷却汽轮发电机的研制和运行,初步证实了汽轮发电机采用蒸发冷却是可行的,并具有一系列优点。但由于它的额定电压很低（仅 400V）,因此必须对高电压下蒸发冷却电机的绝缘结构进行探讨。北京电力设备总厂和中国科学院电工研究所共同进行了定子绝缘结构的击穿和电晕试验,为设计适合电机蒸发冷却的绝缘结构提供了依据。

2.5.1　本次试验目的和要求

考虑到对定子绝缘结构的一般要求和电机蒸发冷却的特点,设计这次试验时侧重于对定子的电气强度（击穿）和电晕进行试验和探讨。

1. 击穿

此试验采用的是 20 世纪 70 年代常用的沥青云母带连续绝缘,按照老文献——高电压工程第二卷上的介绍,当击穿几率为 50% 时,旋转电机的击穿电压及击穿电场强度见表 2.6。

表 2.6　不同额定电压等级定子绝缘的击穿电压及击穿电场强度

额定电压/kV	击穿电压/kV	工作场强/(kV/mm)	击穿场强/(kV/mm)
6.00	51.0	1.7	17.9
10.50	63.0	2.0	17.9
15.75	75.6	2.1	14.5

20 世纪 50 年代某些 11kV 的汽轮发电机的绝缘击穿电压变化情况是:20℃时在 65～

76kV 击穿;100℃时在 50～60kV 击穿。随着绝缘的改进,采用胶环氧粉云母时其击穿电场强度比以上数值更高。在一般电机制造厂内为考虑工艺上的损伤及老化等影响,要求绝缘强度在未放入定子槽内时,按标准应为额定电压的 7 倍,这一数据是按以下原则考虑得到的。

(1) 线圈下线的敲打损失 10%,达到热态又下降损失 15%,试验电压升高到击穿是短时的,实际上高于额定值 1min 1.2 倍,最后考虑定子绝缘结构在 20 年运行期间,将经受电、机械、热的作用,绝缘水平降为原来的一半,则击穿电压 U_{np} 应为

$$U_{np} > \frac{2U_{NH} \times 1.2}{0.5 \times 0.85 \times 0.9} = 6.27U_{NH}$$

故而应为 7 倍。

(2) 在制造过程的检查性试验,对于电机容量在 10000kV·A 以上,额定电压在 6kV以上的考核电压等级为:①线圈绝缘好之后:$2.75U_{NH} + 6500$;②下好线但未接头:$2.5U_{NH} + 5000$;③接好头及引出线:$2.25U_{NH} + 4000$;④总装好,出厂试验后(热态下):$2U_{NH} + 3000$。

当时按照实际情况,蒸发冷却电机定子可以有以下两种绝缘结构供选择:

(1) 仍利用常规主绝缘,这样击穿电压值应当和一般电机一样,无需再进行试验,而主要问题如下:①带常规主绝缘能否将热量散出? 如温升过高,则需将绕组内部加冷却通道,这需要进行外部传热和内部冷却通道传热的试验;②在间隙中,由于 F-113 的介电系数与固体绝缘不同是否会产生电晕?

(2) 采用新的绝缘结构,充分利用 F-113 的高绝缘性能(液体的击穿场强是 37kV/25mm),使它可以承担一部分电机主绝缘的作用,这样既可以节省一部分固体绝缘材料,又加强了冷却。新绝缘结构的设想:定子槽内上层导体和下层导体分别包耐 F-113 的绝缘材料聚酰亚胺,其厚度视电压等级而定,通过固定间隔放置垫板,由槽楔通过垫板压紧在槽内。

对此结构必须得出其击穿电压值,同时考虑其电晕情况。

2. 电晕

在电机槽内由于绝缘不是单一的,其介电系数各异,而使得电场强度相差很大,再加上硅钢片不可能非常整齐和出槽口毛刺等处的尖端效应,有可能在电机内产生电晕。一般绝缘结构为解决此问题,在绕组外部包有半导体防晕层。例如,采用架空式绝缘结构则防晕层不可能按常规方式处理,因此必须找出其起晕电压数值,达到在工作条件下消除电晕的目的。由于 F-113 对不均匀电场比较敏感,随压强的变化其起晕电压和击穿电压均有所增加,尤其在气态时比较明显。一般电机工作时,蒸发冷却介质是在气、液两相的混合状态下,为观察方便特别制作了有机玻璃模型,分成气态、液态、气液混合状态下进行,以求出在不同状态下不同压强、不同条件下的击穿和起晕电压值。

2.5.2　试验装置

试验装置示意图如图 2.3 和图 2.4 所示,概述如下。

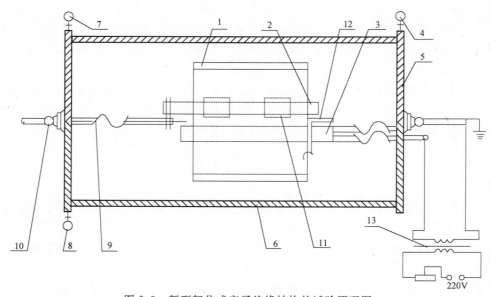

图 2.3　新型架位式定子绝缘结构的试验原理图

1-槽模拟装置；2、3-导杆；4-压力表；5-酚醛板端盖；6-有机玻璃筒；7、8-阀门；9-弹簧片；
10-高压磁瓶；11-架位；12-聚酯薄膜（或者聚酰亚胺薄膜）；13-内加热装置

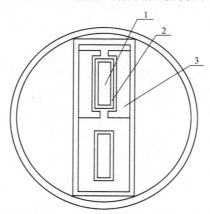

图 2.4　新型架位式定子绝缘结构试验装置的横截面图

1-导杆；2-架位内包的绝缘材料；3-架位

　　导杆 2、3 是用环氧酚醛板外裹铝皮制成，用以模拟定子导线，安置于槽模拟装置 1 中，导杆 2 通过弹簧片接到升压器（即高压磁瓶）的高压端，导杆 3 通过弹簧片接地，同时接于内加热装置。槽模拟装置 1 是由两壁、上盖和底板构成的。为了观察方便，上盖用有机玻璃制成。两壁内部压入铜网以模拟定子槽，铜网和底板连接后再通过螺钉接地，由于开始试验时铜网使出槽口尖端放电严重，后面的试验在槽口边缘部分表面贴铝箔，但是在试验中又发现铝箔太薄容易损坏，槽内仍与实际情况相差甚远，最后将两壁改为铝板，每间隔 0.6mm 刨 0.3mm 宽的槽以模拟实际硅钢片突出部分。固定导杆开始缠的是绸布带，并以环氧板架空，以增加爬电距离，但这样拆装很不方便，后就改为有机玻璃架位，在架位内包聚酯薄膜以增加爬电距离,架位的间隙即为定子绕组的主绝缘厚度,可以调节。由于聚酯薄膜爬电性能较差后改为聚酰亚胺薄膜,以保证不在架位处击穿。整个槽模拟装置安放于有机玻璃筒 6 中,两端用酚醛板端盖 5 压以橡胶圈密封,通过阀门 7、8 排出空气和灌入 F-113 液体,并以压力表 4 测定其内部压强。

为保持内部压强恒定,开始采用外加热,即将整个室内加热,后为加快速度将导杆 3 改装,如图 2.3 中的 13 项,在其上边缠上电阻丝以实现内部加热。

在进行试验时先抽真空到 760mmHg,然后将过滤好的 F-113 灌入模型筒内,采用内加热或外加热以升高筒内的压强,记下击穿或起晕电压的数值。再根据需要改变导杆与槽壁的距离,即架位的间隙,相当于改变主绝缘的厚度,得出不同距离下的击穿、起晕电压与距离的关系。

测试设备采用校正过的 50kV 和 65kV 升压器,外加热用室内电阻丝,内加热用调压器和升降压变压器,压力表精度为 2.5 级。

2.5.3　试验数据整理及曲线

试验数据的整理按照蒸发冷却介质的物理状态,分成气态、液态、气液混合态三种情况完成。

(1) 气态。首先整理出蒸发冷却介质呈气态时的起晕电压与介质压强之间的关系,如图 2.5 所示。架位的间隙即主绝缘距离为 6.85mm,间隙内充满的是 F-113 蒸发冷却介质。分以下三种试验条件完成:试验条件 1 是用有机玻璃做架位,架位内包聚酯薄膜,槽壁为有机玻璃压铜网,采取外加热;试验条件 2 是用有机玻璃做架位,架位内包聚酯薄膜,槽壁为有机玻璃压铜网并在出槽口贴铝箔,采取内加热;试验条件 3 是用有机玻璃做架位,架位内包聚酰亚胺薄膜,槽壁为铝板,采取内加热。然后整理出蒸发冷却介质呈气态时的起晕电压与主绝缘距离之间的关系,如图 2.6 所示。该结果的试验条件是气态压强为 0.29kg/cm²,采用试验条件 1,即用有机玻璃做架位,架位内包聚酯薄膜,槽壁为有机玻璃压铜网,采取外加热。

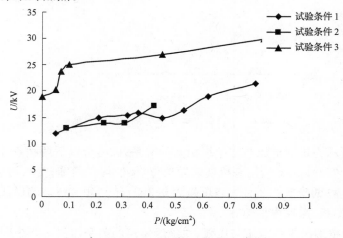

图 2.5　气态下起晕电压与压强的关系

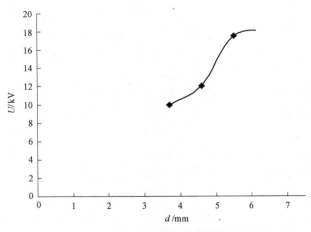

图 2.6　气态下起晕电压与主绝缘距离的关系

　　根据起晕情况又进一步完成了击穿电压与压强、主绝缘距离的关系。如图 2.7 所示为击穿电压与压强的关系,架位的间隙即主绝缘距离为 6.85mm,同样分以下三种试验条件完成:试验条件 1 是用有机玻璃做架位,架位内包聚酯薄膜,槽壁为有机玻璃压铜网,采取外加热;试验条件 2 是用有机玻璃做架位,架位内包聚酯薄膜,槽壁为有机玻璃压铜网并在出槽口贴铝箔,采取内加热;试验条件 3 是用有机玻璃做架位,架位内包聚酰亚胺薄膜,槽壁为铝板,采取内加热。

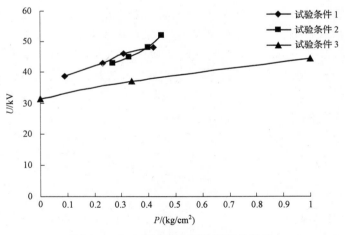

图 2.7　气态下击穿电压与压强的关系

　　如图 2.8 所示为击穿电压与主绝缘距离的关系,试验分以下两种条件完成:试验条件 1 是气态压强为 0.29kg/cm²,用有机玻璃做架位,架位内包聚酯薄膜,槽壁为有机玻璃压铜网,采取外加热;试验条件 2 是气态压强为 0.3kg/cm²,用有机玻璃做架位,架位内包聚酯薄膜,槽壁为铝板,采取内加热。

　　(2) 液态。整理出击穿电压与压强、主绝缘距离的关系。图 2.9 中,相同的试验条件是架位的间隙即主绝缘距离为 6.85mm,试验条件 1 是用环氧板做架位,槽壁为有机玻璃

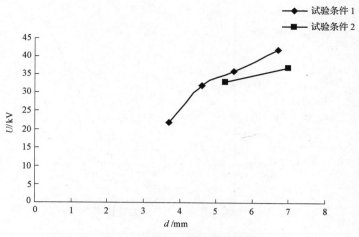

图 2.8　气态下击穿电压与主绝缘距离的关系

压铜网,采取外加热;试验条件 2 是用有机玻璃做架位,架位内包聚酰亚胺薄膜,槽壁为铝板,采取外加热。

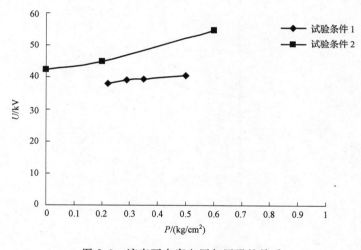

图 2.9　液态下击穿电压与压强的关系

　　图 2.10 为击穿电压与主绝缘距离的关系,其试验条件是液体压强为 0.6kg/cm²,采用试验条件 2,即用有机玻璃做架位,架位内包聚酯薄膜,槽壁为铝板。

　　(3) 气液混合状态。整理出击穿电压与压强、主绝缘距离的关系。图 2.11 中,试验条件 1 是架位的间隙即主绝缘距离为 7mm,用环氧板做架位,槽壁为铝板,采取内加热;试验条件 2 是架位的间隙即主绝缘距离为 5.25mm,用有机玻璃做架位,架位内包聚酰亚胺薄膜,槽壁为铝板,采取内加热。

　　图 2.12 为击穿电压与主绝缘距离的关系,其试验条件是气液混合压强为 0.55kg/cm²,采用试验条件 2,即用有机玻璃做架位,架位内包聚酰亚胺薄膜,槽壁为铝板。

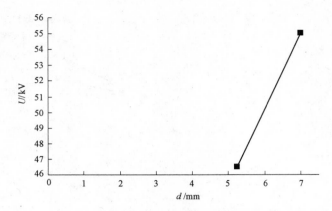

图 2.10 液态下击穿电压与主绝缘距离的关系

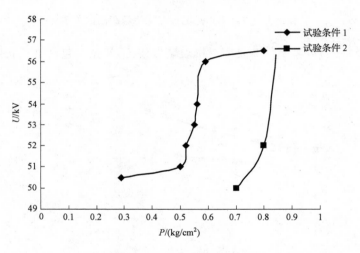

图 2.11 气液混合态下击穿电压与压强的关系

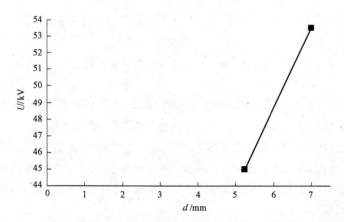

图 2.12 气液混合态下击穿电压与主绝缘距离的关系

2.5.4　试验结果分析

（1）根据实际情况发现电晕多在出槽口处发生，这是由于出槽口处的铜网相当于针尖电极，其起晕电压很低，贴铝箔后改善了电场条件，使之接近线状电极，在同一情况下气态起晕电压大大提高，提高 8～10kV。改用铝板后，完全为一线状电极，其起晕电压又大为增加，因此，只有在零压或压强很低时才能看到电晕。

（2）由于上述试验是在 20 世纪 70 年代中期完成的，当时的观察测量手段比较落后，大部分数据是用肉眼观察得到的，故所得到的测量数据比较分散，但分散度不大，基本落在曲线的 ±2kV 以内。

（3）气态起晕电压随压强加大而升高，这是由于气体密度增加使电介质极化困难，压强每升高 $0.1kg/cm^2$，起晕电压增加 1～1.5kV。

（4）起晕电压随距离增加而升高，这是由于随距离增加，主绝缘内电场强度 E 下降，距离每增加 1mm，起晕电压升高 2～3kV。

（5）液态介质在有机玻璃压铜网时，只有在负压下才出现电晕，在负压 180mmHg 时起晕电压为 27.2kV，负压 300mmHg 时起晕电压为 24kV。改用铝板做槽内壁后，负压 300mmHg 电压加到 35kV 击穿，负压 130mmHg 电压加到 40kV 仍未见电晕。这可能因为电晕的产生要具备一定的温度条件，而液态和气液混合状态下的 F-113 只要不是针尖电极，产生电晕就比较难。

（6）气态击穿电压随距离增加几乎成直线关系增加。

（7）液态击穿电压随压强升高成直线关系增加，压强每增加 $0.1kg/cm^2$ 击穿电压升高 15kV 左右。

（8）在同一介质压强下，槽壁为铝板比槽壁为有机玻璃压铜网的击穿电压高 8～12kV，这是因为铝板比铜网的电场分布更均匀。

（9）液态击穿电压随距离增加而增加。

（10）气液混合状态的击穿电压随压强升高而升高。

（11）气液混合状态的击穿电压随距离增加而增加。

（12）液态和气液混合状态的击穿电压在相同外部条件下相差不大，为1～2kV。

（13）为了模拟冷却介质含有杂质后的电气绝缘情况，将模型加浮灰后抽真空，再加足量的水使之与介质充分混合，然后进行击穿试验，此时在架位处 28kV 时发生爬电现象。

2.5.5　结论

（1）气液混合状态和液态的击穿电压相差不大，为 1～2kV。而全包聚酰亚胺薄膜（规格 0.05mm 厚），半叠包 4 层、厚度为 0.4～0.45mm，总绝缘厚（包括 F-113 在内）为 5.25mm 时，其击穿电压为 50～57kV，平均击穿电场强度为 10kV/mm。这和液态时，全部为 F-113 作为绝缘，距离为 7mm 时的击穿电压很接近。

（2）由于击穿电压随温度上升而增加，因此对运行是有利的。

（3）用 F-113 作为主绝缘，在击穿后一般自恢复能力较好，在连续击穿两三次后，才有所降低。

（4）因为电机实际工作时，蒸发冷却介质是处于气液混合状态或者液态，基本上不会出现全部是气态的状况，所以尽管气态的冷却介质击穿电压不是很高，但对于中等容量汽轮发电机选用 F-113 作为部分主绝缘是可能的。

（5）试验证明在液态或气液混合状态下采用铝板槽时，直到击穿从未发现电晕。即便在针形电极（以有机玻璃压铜网为槽）时，在负压 280～300mmHg 下，其起晕电压也高达 24～27.2kV。这说明可以不必采用特别防晕措施，其使用电压可能用到 18kV 左右（即使在纯气态下，起晕电压也在 10kV 以上）。

（6）由于考虑到在加工过程中电机不可能太干净，因此必须考虑选用复合绝缘（即固体绝缘和液体绝缘共同使用）。

（7）由于 F-113 对不均匀电场很敏感，因此应尽可能使槽内电场均匀。

（8）从试验结果看，必须进一步对液态、气液混合状态下蒸发冷却介质的爬电现象作进一步的研究，找出距离与爬电电压的关系，供选择架位之用。

2.6　定子绝缘材料的表面闪络试验

2.6.1　试验目的和要求

通过分析对比 2.5 节的试验结果，决定定子主绝缘采用 F-113 和聚酰亚胺的复合绝缘。另外，从上面的试验还可以明显地看到，采用这种架空式的绝缘结构带来了一般常规绝缘所不曾遇到的问题。即在槽内沿固体架位表面的闪络电压大大低于相同距离下的间隙直接击穿电压，同时固体架位材料选择的不同，对表面闪络电压也有一定的影响。所以下一步必须对表面闪络做进一步的研究、试验，找出距离与表面闪络电压、材料与表面闪络电压的关系，供选择槽内架位和解决端部固定问题之用。

根据有关材料介绍，影响表面闪络电压的因素主要有以下几点。

（1）表面闪络距离的长短。

（2）材料本身的光洁程度、是否附着脏物吸附潮气等情况，这些在均匀电场的情况下有一定影响，而对不均匀电场中由于尖端放电原因使得光洁度附着脏物及潮气的影响降为次要地位，即实际上可以忽略，而使电场不均匀在表面闪络中占主要地位。

（3）固体本身的介电系数比周围液体介电系数要高。

（4）固体绝缘本身的性质是：①表面电阻要大；②表面电容要小。

（5）电场的均匀程度。

考虑表面闪络的问题，可以从以下两种不同的结构形式去分析。

第一种形式是沿介质表面的闪络距离与电极间最短距离相同或相近，也就是电力线和固体介质表面闪络路径平行即均匀电场的情况去分析。

第二种形式是沿电极间距离比表面放电距离小得多，也就是电力线和固体介质表面闪络路径相交即非均匀电场的情况去分析。

对于这两种不同形式的表面闪络要分别进行试验，得出数据。供选择槽内架位之用，并为解决端部固定问题提供依据。

2.6.2　试验装置

定子绝缘材料的表面闪络试验装置如图 2.13 所示。做试验时第一种结构形式完全与前面试验装置图相同,试验时先将绝缘试验材料 8 用试验材料支撑物 7 固定好,使试验材料 8 靠紧饼形电极 4,然后将过滤好的 F-113 液体倒入有机玻璃筒 2 中,液面要高于电极,再把筒盖盖好,然后将电极的一端通过拉杆接至升压器的高压端,电极的另一端通过拉杆接地,检查好后即可进行试验,逐步升压直至看到一线状的间歇表面的闪络时,然后降压直至看不见为止,记下这一距离下的表面闪络电压值,然后再改变距离(移一下拉杆就可以了)做几次,便可得出不同距离下表面闪络电压值。

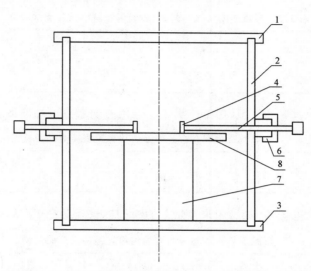

图 2.13　绝缘材料(不带铜片)表面闪络的试验装置
1-有机玻璃筒盖;2-有机玻璃筒;3-筒底;4-饼形电极;5-电极拉杆;6-电极固定螺母;
7-试验材料支撑物;8-绝缘试验材料

第二种结构形式作法与第一种结构形式的作法大致相同,只是在试验材料的下面放一铜片(铜片与被试验材料表面的垂直距离为 12mm),使它和接地端电极相连,如图 2.14 所示。

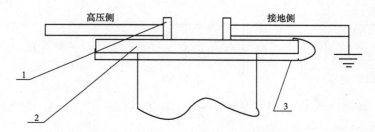

图 2.14　绝缘材料(带铜片)表面闪络的试验装置
1-电极;2-绝缘试验材料;3-铜片

试验绝缘材料：环氧玻璃布板和聚酰亚胺玻璃布板。环氧玻璃布板：长 137mm，宽 112mm，厚 2.7mm；聚酰亚胺玻璃布板：长 137mm，宽 112mm，厚 2.7mm；铜片：长 137mm，宽 23.5mm，厚 0.15mm。

开始试验是在白天做的，但还未见到表面闪络时就已经击穿，所以后来改在晚上的暗室里做，这样可以比较清楚地看到表面闪络便于取值，同时也发现在用环氧玻璃布板时产生电晕，而且起晕电压不高。所用升压器是 100kW 的整套装置。

2.6.3　试验数据整理

重点整理的是表面闪络电压与距离的关系，得到的试验结果见表 2.7～表 2.10。

表 2.7　环氧玻璃布板的起晕、表面闪络与绝缘距离的关系

电极间的距离/mm	8.5	20.5	45.5	55.5
表面闪络电压/kV	23	27	28	28
起晕电压/kV	20	20	22	22

试验条件：均匀电场的情况，用未经烘干的滤纸过滤蒸发冷却液体介质。

表 2.8　聚酰亚胺玻璃布板的表面闪络与绝缘距离的关系之一

电极间的距离/mm	10.5	15.5	24.5	45.5
表面闪络电压/kV	38	34	>36	>35

试验条件：均匀电场的情况，用未经烘干的滤纸过滤蒸发冷却液体介质。

表 2.9　聚酰亚胺玻璃布板的表面闪络与绝缘距离的关系之二

电极间的距离/mm	8	10.5	13	15.5
表面闪络电压/kV	22	24	26	30
直接击穿电压/kV	32	40	40	40

试验条件：不均匀电场的情况，用未经烘干的滤纸过滤蒸发冷却液体介质。

表 2.10　聚酰亚胺玻璃布板的表面闪络与绝缘距离的关系之三

电极间的距离/mm	8	10.5	13	15.5
表面闪络电压/kV	28	36	38	38

试验条件：不均匀电场的情况，用烘干的滤纸过滤蒸发冷却液体介质。

2.6.4　试验结果分析

（1）用环氧玻璃布板试验：距离为 8mm 和 10.5mm 时，20kV 就起晕了；距离为 15.5mm 和 13mm 时，22kV 起晕。

（2）在均匀电场中环氧玻璃布板的表面闪络电压是随极间距离的增加而增加的，但在 8.5～55.5mm 表面闪络电压变化不大，仅由 23kV 上升到 28kV。

（3）在均匀电场中聚酰亚胺玻璃布板的表面闪络电压是随着距离的增加而增加的。

（4）在不均匀电场中聚酰亚胺玻璃布板的表面闪络电压也是随着距离的增加而增加的（用未烘干的滤纸和烘干的滤纸过滤的蒸发冷却液体介质都是这样的）。

2.6.5　结论

（1）由于表面电阻系数不同，故材料不同对起晕电压和表面闪络电压影响很大。例如，环氧玻璃布板是由于先产生电晕故而引起闪络而击穿的，使在 8.5～55.5mm 距离范围内表面闪络电压仅差 5kV。

（2）从试验结果看，聚酰亚胺玻璃布板要比环氧玻璃布板的耐电晕性能好得多，用聚酰亚胺玻璃布板试验一直未见电晕，因此环氧玻璃布板不适于做架位材料。

（3）在相同的试验条件下，聚酰亚胺玻璃布板的表面闪络电压要比环氧玻璃布板高 10～15kV，可见聚酰亚胺玻璃布板的耐表面闪络性能要比环氧玻璃布板好得多。

（4）试验时模拟的液体里有脏东西对表面闪络电压影响较大。

（5）试验时使用的液体蒸发冷却介质，由于水分影响所造成的耐压强度的高低对表面闪络电压有一定的影响，但影响不大。

（6）从试验结果看，聚酰亚胺玻璃布板耐表面闪络的性能较好，距离 15.5mm 时闪络电压达 38kV，因此，在电机里解决架位问题是可能的。

2.7　补充试验

2.7.1　补充试验说明

2.6 节的试验，仅限于环氧玻璃布板和聚酰亚胺玻璃布板这两种材料，故有一定的局限性，还需要在其他比较合适的材料上进行类似的试验。本节选择机械强度及耐电强度比较好的环氧粉云母、环氧压铸件和酚改性二甲苯玻璃布板，将这三种材料的表面闪络试验和前面两种材料加以比较，以便找出耐表面闪络性能好又经济可行的材料来解决槽内架位和端部固定问题，试验方法和装置同前。

2.7.2　试验材料的具体信息

（1）环氧粉云母板的长宽高尺寸为：130mm×101mm×1mm。

（2）环氧压铸件的长宽高尺寸为：130mm×62mm×12mm。

（3）酚改性二甲苯玻璃布板的长宽高尺寸为：126mm×72mm×12mm。

2.7.3　试验数据整理

表面闪络电压与主绝缘距离的关系如下。

（1）环氧粉云母的试验结果如图 2.15 所示。试验条件是不均匀电场的情况，用烘干的滤纸过滤蒸发冷却液体介质。

为了排除脱氧膜剂的影响，将两面的薄膜揭掉，又试验了一下，结果如图 2.16 所示。

结果分析：用环氧粉云母板试验距离增大到 54.5mm，表面闪络电压只有 18kV。后

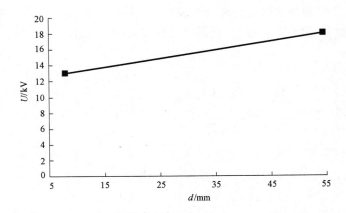

图 2.15　环氧粉云母的表面闪络电压与主绝缘距离的关系

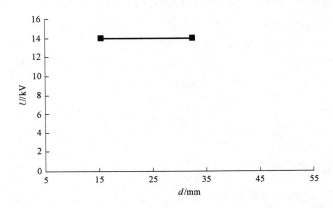

图 2.16　脱膜处理后环氧粉云母的表面闪络电压与主绝缘距离的关系

来为了排除脱氧膜剂的影响,则将两面的薄膜揭去,从距离 15.5mm 开始试验,距离增大到 32.5mm,期间跨越了 17mm,但表面闪络电压没什么变化,仍只有 14kV。从而说明脱氧膜剂对闪络电压几乎没影响。

(2) 酚改性二甲苯玻璃布板的试验结果如图 2.17 所示。试验条件是不均匀电场的情况,用烘干的滤纸过滤蒸发冷却液体介质。

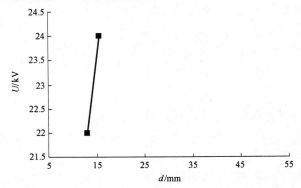

图 2.17　酚改性二甲苯玻璃布板的表面闪络电压与主绝缘距离的关系

　　结果分析:用该材料试验时,距离增大到 15.5mm 时表面闪络电压为 24kV,但此时材料表面碳化比较厉害。

　　(3) 环氧压铸件的试验结果如图 2.18 所示。试验条件是不均匀电场的情况,用烘干的滤纸过滤蒸发冷却液体介质。

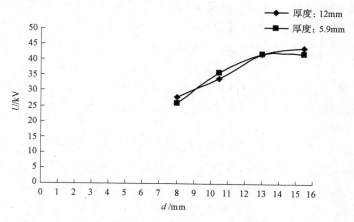

图 2.18　环氧压铸件的表面闪络电压与主绝缘距离的关系

　　结果分析:用环氧压铸件试验时,除个别两三次瞬间闪络外,其他情况都是直至击穿未见闪络,所以图 2.18 列出的是两种厚度下的该材料随距离变化击穿电压的变化,另外还反映出该材料厚度对击穿电压影响很小。

2.7.4　结论

　　(1) 环氧粉云母耐表面闪络性能差,距离 15.5mm 表面闪络电压只有 14kV,不宜做架位材料。

　　(2) 酚改性二甲苯玻璃布板耐表面闪络性能较差。而且击穿后表面碳化厉害,也不宜做架位材料。

　　(3) 经多次反复试验环氧压铸件基本上未见表面闪络,而且击穿电压比较高,距离 15.5mm 可达 40kV 左右,解决架位和端部固定问题,可考虑采用。

　　(4) 从试验结果看,在相同的试验条件下环氧压铸件的耐表面闪络的性能比前两种材料好得多。

2.8　本 章 小 结

　　卧式电机定子采用蒸发冷却技术,将会存在固、液、气三相状态下的新绝缘结构,对此本章总结了我国对这一新绝缘结构近 40 年的研究成果。对早期的蒸发冷却介质 F-113 的电气绝缘性能的试验结论如下:①气态介质起晕电压、击穿电压随介质压强升高而升高(注:这符合 Paschen 定律,即压强升高,气体密度很大,引起电离的可能性大减);随着定子绕组主绝缘距离的增加而提高。气态起晕电压,随主绝缘距离每增加 1mm 提高 2~

3kV。②纯液态介质只有在负压强(低于周围环境的大气压强)下才出现电晕,且起晕电压很高(大于 24kV),在正压强下不见电晕,直接发生沿定子绕组固定架位的表面闪络而致的击穿现象。这是因为电晕产生要具备一定的温度和电场不均匀条件,F-113 沸点很低(47.6℃)分布在槽内外能流通的地方,导致定子绝缘结构的整体温度不高且均匀分布,而且 F-113 较高的绝缘特性改善了电场分布,只要不存在类似针尖电极等极端不均匀电场,在 F-113 中产生电晕比较难。液态介质的击穿电压随压强升高成近似直线关系增加,随主绝缘距离的增加而增加。③在相同外部条件下,介质气液混合态与纯液态时的击穿电压接近,低 1～2kV。这有利于保证温度升高时定子绕组绝缘强度。④介质击穿后自恢复能力很好,只在连续击穿数次后,绝缘强度才略有下降。若全部由液态冷却介质(如 F-113)担当定子绕组的主绝缘,那么在合适的液体压强及绝缘距离下,与 11kV 电压等级的绝缘水平相近似[3]。

　　以上基本证明了蒸发冷却介质具备强的耐电晕性、耐击穿性。可以根据蒸发冷却介质这一绝缘特性对应的耐压等级,改变定子绕组的常规绝缘结构或优化现有结构,代之以由蒸发冷却介质担当大部分定子绕组主绝缘作用的气(蒸发冷却介质)、液(蒸发冷却介质)、固(股线外的主绝缘层)三相的新型定子绝缘体系。这次试验尽管只采用了一种冷却介质 F-113,却具有代表性。随后出现的几种氟利昂替代品,如表 2-2 中所列,绝缘性能均高于 F-113。试验结论对本书后面的工作具有直接的指导意义。之后,中国科学院电工研究所的大电机研究室曾于 1985 年[8],为结合 11kV 50MW 蒸发冷却汽轮发电机的研制工作,又对蒸发冷却介质进行了专门的局部放电特性的试验研究。进一步证明了 11kV等级无防晕层结构的电机定子线棒浸在蒸发冷却介质中耐局部放电性能优于在空气中带防晕层结构的定子线棒[9,10]。

参 考 文 献

[1] 胡庆生等. 现代电气工程实用技术手册(上册). 北京:机械工业出版社,1994.

[2] 金维芳,王绍禹. 大型发电机定子绕组绝缘结构改进的研究. 西安交通大学学报,1985,19(5):23～24.

[3] 李作之等. 11 千伏级蒸发冷却电机定子绝缘. 中国科学院电工研究所论文报告集,1982,4(5):31～35.

[4] 栾茹,顾国彪. 蒸发冷却汽轮发电机定子绝缘结构的模拟试验及分析. 大电机技术,2002,150(6):23～26.

[5] 陈镇斌. 不同绝缘材料对电机绕组蒸发冷却过程的强化. 大电机技术,1975,4(4):22～26.

[6] Gu G B, Li Z H, Liang X K et al. Evaporative cooling of hydro-generator//Proceeding of the International Conference on Electrical Machines,Beijing,China, 1984.

[7] Gu G B, Lun M Z, Li Z Z et al. The investigation of turbo-generator with full evaporative cooling system//Proceeding of the International Conference on Electrical Machines,Beijing,China, 1986.

[8] 周建平,傅德平. 氟利昂冷却电机线棒局部放电特性的研究. 中国科学院电工研究所论文报告集,1986,17 (10):1～5.

[9] 陈楠. 新型空冷汽轮发电机. 电机技术,2001,21(1):20～24.

[10] 宋晓东,刘业义. 新系列空冷汽轮发电机. 大电机技术,2001,149(3):7～10.

第 3 章 50MW 蒸发冷却汽轮发电机的研制

20 世纪 90 年代初,蒸发冷却技术成功应用到一台 50MW 汽轮发电机中。这台机组是由中国科学院电工研究所、原机电部上海电机厂、原能源部科技司及上海电力局超高压输变电公司联合研制,已在上海西郊变电站长期运行。本章介绍蒸发冷却技术应用于汽轮发电机的研制过程,包括选择合理的蒸发温度,选择合理的冷却结构及形式,相关的热力循环、传热传质、定子绝缘结构、冷却介质的电化学特性及电机的冷却结构等基础问题,发展了一种蒸发冷却定子与水内冷转子相结合的新型冷却系统。

3.1 卧式电机蒸发冷却技术方案的比较

蒸发冷却是利用液态介质汽化时吸收潜热的原理来进行冷却的一个总概念。实际上按照冷却介质不同的沸点、不同的循环方式、不同的冷却结构,可有多种蒸发冷却方式[1~3]。冷却介质沸腾时的温度低于或高于自然水(也称为二次冷却介质)温度的称为低温或常温蒸发冷却;冷却介质使用泵推动循环的称为强迫循环蒸发冷却;不用泵的称为自循环蒸发冷却。由于结构形式的差别,又可分为管道内冷式或全浸式(或称浴池式)冷却,其他还有喷雾式或热管式蒸发冷却,主要用于中小型特殊电机上。

3.1.1 管道内冷式蒸发冷却

对蒸发冷却的最初设计,很自然地想到将低温制冷技术应用于发电机中,其优点如下:获得低于冰点的温度以减少电阻损耗;在减少电机有效材料损耗、增大单机容量的同时提高电机的效率。中国科学院电工研究所在研究蒸发冷却的早期曾使用 F-12 在小型发电机上进行了试验,在定子、转子上均获得了低于零度的运行试验结果,也使用了当时的上海电机厂 12MW 汽轮发电机的定子和转子绕组进行模型试验,情况如下。

电机绕组是空心结构,内部通以液态冷却介质,液体进入导体后,吸收损耗产生的热量,温度逐渐升高,当液体的温度达到其压强所对应的饱和温度时,改变其物理状态而沸腾汽化,从而带走热量使电机冷却,因沸腾时的温度不同,可分为低温和常温两种冷却方式。

图 3.1 所示是一个低温蒸发冷却系统,使用沸点较低的介质,如在常压时氟利昂-12(F-12)沸点为 -29.8℃,氟利昂-22(F-22)则为 -40.8℃。其冷却循环过程如下:压强较高的液体,自冷凝器出口,经节流阀调节,控制了绕组进口液体的压强和沸腾的温度,一般调节到刚开始沸腾或接近沸腾为宜。冷却介质在电机绕组空心导体孔内流动吸热的过程,大体分为三部分,如图 3.2 所示,蒸发点(即刚开始沸腾的位置)之前是依靠液体升高温度吸热,称为"液体比热吸热区或单相液体区",温度成线性升高,当达到饱和温度时开始沸腾;过了蒸发点,进入"沸腾吸热区或气液两相区",这一区域内温度与压强密切相关成对应关系,因为气液两相流体在管内运动有较大的阻力压降,压强逐渐减小,沿绕组长

度的温度也逐渐下降,直至液体全部蒸发完。液体全部汽化,逐渐出现过热状态,由气体升温吸热,是"气体比热吸热区或单相蒸气区"。汽化后的介质被制冷机吸入汽缸压缩升压,进入冷凝器将热量交换给二次冷却媒质(水或空气),回复到液态,再进入电机绕组内继续使用。如此周而复始,形成了一个低温蒸发冷却的循环过程。

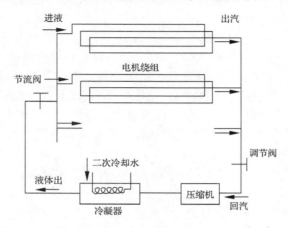

图 3.1 氟利昂低温强迫循环蒸发冷却示意图

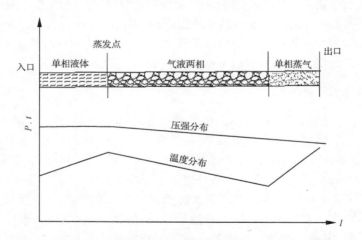

图 3.2 模拟空心导体的管道内蒸发及压强、温度分布示意图

低温冷却可以降低绕组的电阻损耗。但是沸腾后的蒸气温度低于二次冷却媒质,必须经过压缩,使其饱和温度高于二次冷却媒质温度,才能进行热交换,冷凝为液体。因此需要消耗一定的外界动力,以升压压缩并克服各种阻力损失,保持一定的流量,满足冷却的需要。

另一种管内蒸发冷却是常温强迫循环方式,使用沸点较高的介质如 F-11 或者 F-113 (常温常压下沸点分别为 23.4℃和 47.6℃),运行在高于二次冷却媒质的温度下,汽化后的介质,不必经过压缩升压,就可直接通过二次热交换得到冷凝,回到液体状态,完成常温的蒸发循环。同样气液两相流体在管内运动有较大的阻力,甚至比低温蒸发冷却系统受到的阻力还要大,必须使用循环泵提供压头,以克服各种阻力损失,对此文献[4]曾详细研究过。具体过程如下。

图 3.3 表示汽轮发电机定子绕组内部蒸发冷却工作系统,主要由绕组、绝缘引流管、汇流环、循环泵、冷却器和压强平衡器组成。当绕组有电流通过时,绕组内部的液态冷却介质吸热沸腾汽化带走电阻损耗产生的热量,从绕组内部经绝缘引流管流出的介质呈气液混合状态,进入压强平衡器、由平衡器内部的冷凝管首先冷凝成液体,然后进入压强平衡器内部设置的汇液通道,并从其出液口流出进入冷凝器,液体经冷凝器二次冷却后进入循环泵,液态冷却介质经循环泵加压后注入汇流环再流进绕组内部,如此构成了一个可以循环运行的系统。

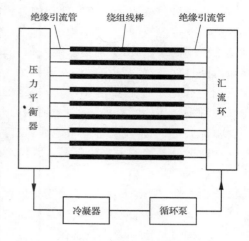

图 3.3　定子绕组内部蒸发冷却工作原理

汽轮发电机由于转速高、体积小、发出的功率大,单位体积内的损耗也大即热负荷较大,表明定子绕组内的蒸发冷却介质大部分是呈气液两相状态。组成绕组的许多线棒内冷通道长而窄,并联支路多,并以不同的角度分布嵌入铁心中,端部直径大,各支路长度及空间上下分布很不均匀,灌入冷却回路中的冷却液体本身在其中产生数量不等的压强差,于是造成在众多的定子绕组中冷却液体分布不等、容积大小不均的客观现象,致使定子绕组各线棒内部的冷却液体沿轴向长度汽化点的前后位置不一致。如果冷却液体介质在绕组内部汽化点的位置靠进液端太近,导体内部就会产生汽滞现象,导致绕组局部过热,以致影响电机整体的冷却水平。所以当定子绕组内部采用蒸发冷却时,要保障发电机组安全可靠地运行,需解决以下关键的技术问题:①必须使冷却液体的循环系统与绕组各线棒的内冷通道相匹配,使定子绕组出液口各支路的压强均衡;②必须控制冷却液体在导体中的吸热汽化点的位置。需要在循环系统中设计并合理布置压强平衡器与冷却器,前者首先将气液混合物冷凝成液体,再调节工作压强来有效地控制绕组内部冷却液体吸热后的沸腾汽化点的位置;后者调节冷却器的二次冷却水的流量来方便地控制输出冷却液体介质的温度。在对图 3.3 的绕组内蒸发冷却系统进行试验时常常出现压强平衡不佳的状况,致使有个别绕组内的液体吸热后沸腾汽化点的位置离进液端太近,即沸腾汽化点过早出现,造成液体的流速降低、在导体内停留时间延长,于是便产生更多的蒸气并最终导致两相流混合物膨胀而增压,迫使液体向两端方向运动、破坏了单向循环流动的平衡关系,这时就会使临界热流迅速下降而导致绕组局部过热,严重影响了蒸发冷却功效,因此为了防止气液混合的两地相流回流,需要增加一个大功率的循环泵。

管内蒸发冷却还有一种是常温自循环方式。它是利用电机结构的特点,以及液体汽化后密度发生变化而引起压差变化构成的自循环体系。但这种管内自循环系统只适合于立式水轮发电机[5],不宜用于汽轮发电机,此处不作介绍。

3.1.2　浸润式蒸发冷却

　　在研究卧式电机管内蒸发冷却的过程中,两相流体在管孔内流动时,由于沸腾后的蒸气占据了一定的空间,流体阻力会增大很多。因此,尽管沸腾时有较大的吸热能力,却受到蒸发空间的限制,冷却潜力未能发挥。要充分发挥其冷却能力,需要较大的蒸发空间,缩短回路长度,以使阻力减小,流道畅通。大空间浸润式蒸发冷却就是这样提出来的,将定子侧进行充分的浸泡,包括铁心、绕组的整体结构[6]。浸润式蒸发冷却,除了具有全面冷却各种发热体的特点外,还因为使用的介质绝缘性能好,对绕组绝缘提供了很多有利因素[7]。例如,采用常规云母体系绝缘,线棒内部将有冷却通道,外部又浸于冷却介质内,无论从冷却或从绝缘方面来说都是令人满意的,第2章介绍的前期各种试验材料也证明电机的耐压水平将提高一个等级。

　　不仅如此,文献[8]研究了处于蒸发冷却介质中的绕组绝缘耐局部放电的性能。通过浸在 F-113 中没有防晕层的线棒与放在空气中有防晕层线棒的对比试验,证明了其局部放电状况前者优于后者。进而在一定程度上证明,用蒸发冷却介质浸润的定子,绕组的槽间工艺间隙中充满了介质,改善了电场分布不均匀情况,改善了局部放电产生的条件,提高了电晕的起始电压。因此,浸润式蒸发冷却为改变绝缘结构,改换绝缘材料提供了良好条件。

3.2　蒸发冷却技术对 50MW 汽轮发电机的改造[9]

　　20 世纪 90 年代初期,中国科学院电工研究所的科研人员根据原上海电机厂的建议,并经原上海电力局同意,将一台已运行多年的双水内冷机组进行改造。经过上述蒸发冷却方案的比较,确定为定子蒸发冷却、转子仍保持水内冷的新型冷却方式,以此作为300MW 汽轮发电机的雏形机组。蒸发冷却定子的结构如图 3.4 所示,在铁心腔内圆侧装入一个绝缘密封筒,两端与端盖固紧,包括定子铁心、绕组等所有定子侧的结构部件全部密封其中。在整个改造设计过程中,主要解决了如下问题:

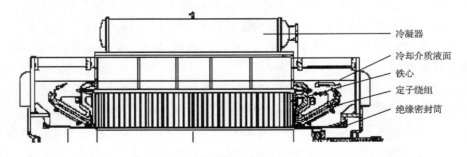

冷凝器
冷却介质液面
铁心
定子绕组
绝缘密封筒

图 3.4　50MW 蒸发冷却汽轮发电机定子结构剖面图

　　(1) 由于采用浸润式蒸发冷却,定子侧需要严格地密封处理。实际设计时定子密封结构基本参照 1200kV·A 机组,但对定子绝缘套筒提出两个要求,即套筒的线膨胀系数与铁心相同,以免热胀冷缩时影响整体密封;套筒由双层不同耐温水平的树脂组成,防止两相短路暂态负序时,气隙可能出现过热而影响其强度。

(2) 出线套管设计时试制了环氧玻璃丝(玻璃钢)套管。

(3) 定子绕组绝缘厚度,仍保持原水冷机组的厚度即 4.5mm。开始设想定子线棒采用实心导体,但热计算认为在无内冷条件下,这个厚度只能达到 50MV·A,若减薄到 3.5mm,可以在外冷全浸泡循环冷却时达到 60MV·A。

(4) 定子线棒保留了内冷空心导线,是为了研究内冷与外冷结合的运行方式[4]。

(5) 冷凝器放在顶部,与定子内腔间设有通道,使蒸发后的气体上浮、被冷凝,冷凝后的液体回到定子内腔去继续使用,流动通畅。冷凝器经过热计算,可以满足在 60MW 时冷却的需要。

(6) 转子取消了风扇,保留原绕组直接水冷的结构。进行了瞬态负序的发热计算并与试验结果进行了对比。

这台机器的改造证明了以下几项内容:

(1) 验证从 1200kV·A 机组及模型试验中取得的热计算数据与方法,以及在无内冷条件下,铁心、端部及线棒直线部分的冷却效果。

(2) 验证密封结构及材料、各种涂层区及绝缘材料与冷却介质的相容性。

(3) 取得内冷与外冷结合时的冷却效果。

(4) 为将来研究新的绝缘材料及结构创造一个良好条件。

(5) 转子取消风扇后,风扇及风磨损耗减小而提高电机的效率。

(6) 定子转子之间使用了密封隔离绝缘套筒,分成两个独立的部分,这样就避免了水冷转子可能发生泄露而危及定子绝缘,提高了可靠性,充分发挥了水内冷转子的优点。

(7) 风扇取消后,通过暂态负序发热的计算与试验值比较,掌握了此项计算方法的可靠性。

3.3　机组运行的效果

电机改造完成后顺利并网运行,经过一段时间的运行测试、观察,机组的试验过程、结果及分析如下:

(1) 负载温升试验。负载试验的温升反映了蒸发冷却效果。①试验首先调整负载电流从 $0.5I_N$(额定电流)升至 $1.0I_N$(额定电流),观察电机定子各处温度的变化,从实际测量的温度分布(测量数据从略,详见文献[9])可以看出,在同样的二次冷却水条件下,定子电流增大,冷凝器的表压强略有增高,液体的饱和温度也相应略有上升,此时实测层间温度的平均值从 61.3℃升至 67.3℃。②在保持定子电流不变时,减小冷却水量,层间温度平均值从 67.3℃变化到 67.8℃。冷凝器表压强略有升高,液体的饱和温度从 47.6℃升高到 48.9℃。这两个试验是在无强迫内冷的情况下完成的,基本上可以认为仅外冷起主要作用,而内冷没有起作用。③为了比较内冷的作用,将定子电流由 $1.0I_N$(额定电流)增加到 $1.1I_N$(额定电流)时,起动大功率的内冷泵,层间温度平均值略有下降:从 67.8℃降至 61.4℃;冷凝器表压强略有升高,液体饱和温度为 50℃。由此证明内冷结构起了一定的作用,但需要耗费额外的电能供给循环泵,才能发挥内冷的作用。

（2）断水试验。为了检查二次冷却水断水时的适应能力，在自循环（无内冷）条件下，额定容量时断水 20min，冷凝器表压强从 $0.1kg/cm^2$ 升高至 $0.5\ kg/cm^2$，绕组间温度略有升高。恢复供水 3min，压强即回到 $0.1kg/cm^2$ 左右，恢复正常。由此可见，断水时的适应性较大，从允许的机组气密耐压效果来看，断水可以超过 1h。

经过反复试运行，蒸发冷却的研究已经取得了成功，显示了蒸发冷却的优点。研究、设计、制造及运行积累了足够的资料及经验，为 300MW 以上机组的研究打下了扎实的基础。

参 考 文 献

[1] Koning T D. Evaporative cooling of large electrical machine. Journal IEEE, 1949, 248: 49～58.

[2] Koning T D. The Cooling of Electric Machine and Cables. Holland: Zuid-neder Landsche Drukkerij N. V. S-herto-genbosch, 1995.

[3] Koizumi H, Ohshima T. Evaporative cooling of turbine generator rotor winding. IEEE Psa, 1971, 90(6): 2749～2756.

[4] 傅德平，俞康. 汽轮发电机定子绕组内部蒸发冷却与循环系统. 电力设备，2001, 2(1): 32～34.

[5] Gu G B, Li Z Z, Liang X K. Evaporative cooling of hydro-generator // Proceeding of the International Conference on Electrical Machines, Beijing, China, 1984.

[6] Gu G B, Lun M Z, Li Z Z et al. The investigation of turbo-generator with full evaporative cooling system // Proceeding of the International Conference on Electrical Machines, Beijing, China, 1986.

[7] 孙仪梁，欧兴长，王素华等. 在高电压击穿前后冷却剂 F-113 中有机氟化物组分的色谱-质谱联用法鉴定. 理化检验（化学分册），1981, 17(6): 43～51.

[8] 周健平，傅德平，李作之. 氟利昂冷却电机线棒局部放电特性的研究. 中国科学院电工研究所论文报告集，1986, 17(10): 1～5.

[9] 顾国彪. 蒸发冷却应用于 50MW 汽轮发电机的研究和开发. 中国科学院电工研究所论文报告集，1992, 23(7): 1～15.

第4章　卧式蒸发冷却电机定子绝缘体系及其传热的分析

尽管蒸发冷却技术在 50MW 汽轮发电机组的运行上取得了一定的成功,但是也暴露出其主要问题。首先,卧式电机的定子通常直径较窄而长度较长,沿用内冷式结构对蒸发冷却而言并不合适,因为内冷通道属于狭窄空间,对于 100MW 以上的大容量电机,液体沸腾时的气液两相流阻相当大,单单依靠循环泵提供的定子线棒两端部的压差不足以克服巨大的气液两相流阻力,结果导致线棒局部过热,温度分布很不均匀。其次,循环泵需要额外提供电力驱动,从而降低了大容量机组的效率。再次,蒸发冷却介质的优质绝缘性能没有得到充分利用,本书中提到的几种蒸发冷却介质,经过几番绝缘性能的测试及大量试验考核,均表现出较好的绝缘性质,完全可以加以利用改造常规定子绝缘结构。从本章开始,将着重阐述利用蒸发冷却介质所形成的新的定子绝缘体系。

4.1　卧式蒸发冷却电机定子绝缘与传热系统的组成

定子绕组是电能的直接载体、电机的核心部件。定子绕组要放在空间狭小的电机槽中,同时要承受热的作用、机械力的作用(包括电动力、冲击负载、拉力、摩擦力等的作用,值得注意的是电机中的这种作用比其他电力设备来得强烈)、电场作用及环境条件等其他因素的影响。这样,它的绝缘结构与一般设备的绝缘不同,设计起来难度最大。近百年来,随着冷却技术的进步,电机在其他设计方面改进不大,但新的绝缘和绕组结构设计技术的发展,使电机的输出功率从早期的几千伏安发展到现在的 1200MV·A 以上。作为电机的一个重要组成部分,定子绕组是影响加工费用、运行可靠性和电机寿命的一个关键部件。因此,定子绕组绝缘结构的设计一直是工程技术人员推动更为先进的新型电机冷却技术向前发展考虑的重点[1~3]。

绝缘系统的承受能力与电机所采取的冷却手段密切相关。早期的空冷电机输出功率小,对绝缘的要求相应也低。伴随着冷却方式的不断更新,带动了单机容量的逐渐增加,对电机定子的绝缘系统及材料的等级要求也不断提高。但从经济性上考虑,又要求提高绝缘的导热性能,反过来需要薄的绝缘层及新的加工工艺。

现在,使用环境的条件限制对电机的影响越来越大,这就要求高质量的定子绝缘系统保证机组在使用年限内的高可靠性与安全性。20 世纪 60 年代初期,人们认识到:电机的绝缘不是一个纯粹的材料问题,而应作为一个绝缘系统来对待。

不同结构形式的电机,热量的产生与分布差异较大。大容量的水轮发电机是立式结构,直径、体积也比较大,但轴向长度短,其冷却问题相对来说比较容易解决。而大型汽轮发电机或其他卧式结构的电机,直径比较小而轴向长度较长,导致中部的热量不易散出来,发热问题比较严重[4]。

卧式电机的定子是水平放置的结构,其内既有集中发热体(如产生铜耗的定子绕组),

又存在大量分散式发热部件(如产生涡流与磁滞损耗的铁心叠片、在端部漏磁作用下产生附加损耗的铁心压指、压板)。定子绕组是电机运行中承受电压最高的部件,对其绝缘强度的考核最严格,不仅要长期承受交流工作电压,而且还可能遇到短时过电压等。因此,卧式电机定子的冷却与绝缘问题必须作为密不可分的有机整体来考虑。在电机各部分温度没有超过限额的情况下,定子电压在额定值的±5%范围内变化时,其额定容量不变;电机不允许在长期过负荷情况下运行,但当系统发生事故时,电机允许事故过负荷,且对过负荷的上限及时间均有严格的规定,如汽轮发电机过负荷数值最高为额定电流的115%,时间不超过15min。

从热工及流体循环方面来看,尽管液体沸腾时有较大的吸热能力,却受到蒸发空间的限制。沸腾后的蒸气需要占据一定的空间,若可提供循环的空间不足,必然增加流动阻力,直接影响传热效果,使蒸发冷却潜力未能完全发挥出来。针对卧式电机(包括汽轮发电机、特种电机)的定子结构的特点,要充分利用蒸发冷却能力,需要较大的蒸发空间,缩短循环路径长度,以便减小阻力、流道畅通。这即指大空间浸润式冷却方式。

从电机冷却需要来看,浸润式蒸发冷却定子是将整个定子完全密封在腔体内,被其内充放的低沸点、高绝缘、不燃烧、无毒、化学性质稳定的液态蒸发冷却介质浸泡。电机运行时,绕组、铁心及其他结构部件由于各种损耗而产生大量热量,使在其周围充满的冷却介质液体温度升高,直至达到与腔体内的压强相对应的液态介质的饱和温度开始沸腾,液态介质吸热汽化,呈气液两相状态,使发热部件得以充分冷却,又因沸腾换热期间沸腾工质的温度基本分布在饱和温度点附近,使介质浸泡的各个定子部位温度分布比较均匀,尤其是定子端部无局部过热点。蒸气介质密度小于液态介质,产生浮力而向上浮升遇到顶部的冷凝器,将热量传给二次冷凝水后冷凝成液体又滴回原处,这样实现了常温下自循环、无噪声的蒸发冷却。上述循环过程已经在50MW蒸发冷却汽轮发电机中实现,图3.4为该电机的定子采用浸润式蒸发冷却的结构剖面图。从该机组运行时测得的多组不同工况下的温度数据看出,定子密封腔内各处基本相同,一般仅几度的差别,说明端部区域及铁心的冷却是相当好的[5]。

从电机绝缘角度来看,浸润式蒸发冷却如同油浸式冷却变压器,形成一个良好的绝缘体系。一方面能够全方位冷却蒸发冷却介质能够接触到的定子结构,使其温度低且分布比较均匀;另一方面因所用的蒸发冷却介质较高的绝缘性能,而为定子绕组提供了一个不同于其他冷却方式的气液两相绝缘环境,蒸发冷却介质充满端部及槽间的工艺间隙,改善了电场分布不均匀情况及局部放电产生的条件,提高了电晕起始电压,降低游离强度,再与绕组的固体绝缘材料配合就构成了蒸发冷却环境下的气、液、固三相的绝缘系统[6,7]。这一绝缘系统,对于大容量汽轮发电机向更高的绝缘和电压等级发展,及对于特种电机提高功率密度、缩小体积,都提供了很有利的先决条件,可以针对不同的机型研制出不同的新定子绝缘结构。

4.2　复合式绝缘系统的电场分布特点

在实际的绝缘系统中,往往由不同材质、不同状态的绝缘材料组成多层电介质[8]。例如,电缆、电容器用的油浸纸是由液态的矿物油和固态的绝缘纸组成;常规电机定子绝缘系统中的云母绝缘是由单纯固态的云母、胶(黏合剂)和纸或布(补强材料)组成;而本书的卧式蒸发冷却电机中的绝缘系统则是由固态的主绝缘层材料、液态与气态混合的蒸发冷却介质组成的。下面以双层电介质为例进行分析,多层电介质的电场可按同样方法类推。

4.2.1　复合式绝缘系统的介电常数和电场强度遵循的规律

设有一双层复合电介质,分析模型如图 4.1 所示[9]。

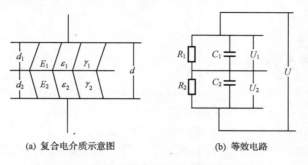

(a) 复合电介质示意图　　　　　　(b) 等效电路

图 4.1　双层串联复合电介质的分析模型

图 4.1 中,U、U_1、E_1、U_2、E_2 分别为施加的总电压及第一层、第二层介质中分得的电压、电场强度;ε_1、γ_1、ε_2、γ_2 为第一层、第二层介质的介电常数及电导率,这些参数满足以下电场分析。

(1) 在恒定电压 $U=U(t)$ 的作用下,由于漏导,电介质中将有泄露电流流过,因介质中各点电流密度 J 的方向都垂直于极板,且其大小相等,可得 $J_1=J_2$,而 $J=\gamma E$,所以 $\gamma_1 E_1=\gamma_2 E_2$。由此可知在直流电压作用下,双层电介质中场强之比为

$$\frac{E_1}{E_2}=\frac{\gamma_2}{\gamma_1} \tag{4.1}$$

考虑到 $E_1=U_1/d_1$,$E_2=U_2/d_2$,$U=U_1+U_2$,进一步可得

$$\begin{cases} E_1=\dfrac{\gamma_2 U}{\gamma_1 d_2+\gamma_2 d_1} \\[3mm] E_2=\dfrac{\gamma_1 U}{\gamma_1 d_2+\gamma_2 d_1} \end{cases} \tag{4.2}$$

$$\begin{cases} U_1=\dfrac{\gamma_2 d_1 U}{\gamma_1 d_2+\gamma_2 d_1} \\[3mm] U_2=\dfrac{\gamma_1 d_2 U}{\gamma_1 d_2+\gamma_2 d_1} \end{cases} \tag{4.3}$$

(2) 在交流电压 $U=U_m\sin\omega t$ 的作用下,根据电感应强度连续性,有 $D_1=D_2$,可得

$$\varepsilon_1 \dot{E}_1=\varepsilon_2 \dot{E}_2, \quad \varepsilon_1 E_{1b}=\varepsilon_2 E_{2b} \tag{4.4}$$

式中,$\dot{E}_1$、$\dot{E}_2$、E_{1b}、E_{2b} 分别为各层电场强度的有效值和击穿值。由式(4.4)可知,交流电压下,双层电介质中场强之比为

$$\frac{E_1}{E_2}=\frac{\varepsilon_2}{\varepsilon_1} \tag{4.5}$$

对比式(4.1)与式(4.5),能够明显看出两者的相似之处,则根据式(4.2)与式(4.3)直接写出

$$\begin{cases} E_1 = \dfrac{\varepsilon_2 U}{\varepsilon_1 d_2 + \varepsilon_2 d_1} \\[3mm] E_2 = \dfrac{\varepsilon_1 U}{\varepsilon_1 d_2 + \varepsilon_2 d_1} \end{cases} \tag{4.6}$$

$$\begin{cases} U_1 = \dfrac{\varepsilon_2 d_1 U}{\varepsilon_1 d_2 + \varepsilon_2 d_1} \\[3mm] U_2 = \dfrac{\varepsilon_1 d_2 U}{\varepsilon_1 d_2 + \varepsilon_2 d_1} \end{cases} \tag{4.7}$$

4.2.2 提高耐电压水平的条件

根据复合式绝缘中电场强度分布的特点:

(1) $\varepsilon_1 E_1 = \varepsilon_2 E_2$,若 $\varepsilon_1 > \varepsilon_2$,那么 $E_1 < E_2$。

假定 $d_1 = d_2$,那么 $E_2 d_2 > E_1 d_1$,即 $U_2 > U_1$。

(2) 当外施高电压时,由(1)可见,因为第二层中介电系数小,导致第二层介质电场过分集中,若第二层介质被击穿,全部电压要加在第一层介质上,很可能第一层介质也随即会击穿,则绝缘系统的稳定性不高。

可见,为了使各层电场强度均匀分布,应使不同电介质层的介电常数相同或相近,或者使不同电介质层的击穿电场强度 E_b 与 ε 乘积彼此相等或接近,即保证 $\dfrac{\varepsilon_1}{\varepsilon_2}$ 与 $\dfrac{E_{2b}}{E_{1b}}$ 比值相等或接近,以得到合理的电场分布,使复合绝缘系统达到或接近最大击穿电压的水平,从而保证足够的绝缘强度。

4.3　卧式蒸发冷却定子的传热规律

卧式电机定子侧采用浸润式相变冷却的传热规律[10],主要应考虑定子铁心、绕组端部、绕组直线部分的传热等。

4.3.1 定子铁心及绕组端部的传热

定子铁心、绕组端部及其他与介质直接接触面大、流道宽敞通畅的部件,均属于大容器内的饱和沸腾传热,此时液体主体温度达到饱和温度 t_s,壁温 t_w 高于饱和温度,产生的气泡能自由浮升,穿过液体自由表面进入容器空间。

在饱和沸腾时,随着壁面过热度 $\Delta t = t_w - t_s$ 的增高,会呈现不同的传热过程或称传热区。壁面过热度小时,沸腾尚未开始,传热服从单相自然对流规律。从起始沸腾点开始,在加热面的某些特定点上产生气泡,这些特定点在传热学中通常称为汽化核心[11,12]。开始阶段,汽化核心产生的气泡彼此互不干扰,称为孤立气泡区;随着 Δt 进一步增加,汽化核心增加,气泡互相影响,并会合成气块及气柱。在这两个区中,气泡的扰动剧烈,换热系数和热流密度都急剧增大。由于汽化核心对换热起着决定性影响,这两区的沸腾统称为核态沸腾(或称泡状沸腾)。核态沸腾有温压小、换热强的特点。从峰值点进一步提高

Δt，换热规律出现异乎寻常的变化，热流密度不仅不随 Δt 的升高而提高，反而越来越低，这是因为气泡汇聚覆盖在加热面上，而蒸气排除过程趋于恶化。这种情况持续到最低热流密度 q_{min} 为止，这就是传热学中所谓的过渡沸腾。采用沸腾传热进行冷却，应避免进入过渡沸腾区。

虽然卧式电机定子内部的热量分布不均[13]，但从试验观察看，主要以核态沸腾为主，呈现的是泡状和沫状沸腾，而过渡沸腾尚未见到，一般的壁面过热度 Δt 很小，不超过 5℃，说明电机内部的发热十分适合蒸发冷却。因为铁心及端部发热件的热负荷较低，从已经研制成的卧式蒸发冷却电机运行时实测的温度看，各处温度基本接近，一般仅有几度之差，说明定子端部及整体铁心的冷却相当好。

4.3.2　绕组直线部分的传热

蒸发冷却定子绕组放置在铁心槽内，使其直线部位的流动传热情况较为复杂。采用传统工艺制造的环氧粉云母定子绝缘浸放在冷却介质中，将构成复合绝缘系统的传热问题。蒸发冷却的沸腾换热过程，主要发生在定子线棒与槽壁间的工艺间隙内及铁心段间的流液沟内，硅钢片的槽壁属于带沟槽的粗糙表面，对沸腾传热在一定热负荷范围内有强化作用，另外冷却介质的导热系数高，又是沸腾状态。

根据传热学中复合壁导热概念，对于类似蒸发冷却定子绕组槽内的传热过程，可用等效导热系数表示这种复合绝缘系统对周围环境的换热情况

$$\lambda = \frac{(b_1 + b_2)\lambda_1\lambda_2}{b_1\lambda_2 + b_2\lambda_1} \qquad (4.8)$$

式中，b_1、λ_1 为固体主绝缘层的单边厚度及导热系数；b_2、λ_2 为工艺间隙单边厚度及冷却介质的导热系数。

利用式（4.8）分别计算空冷与 F-113 蒸发冷却的等效导热系数，加以比较说明蒸发冷却所构成的复合式绝缘结构的传热特点。

假定环氧粉云母带的厚度取 3.75mm，工艺间隙取 0.2mm；环氧粉云母带的导热系数为 0.0025W/(cm·℃)，即 $b_1 = 3.75$mm，$\lambda_1 = 0.0025$W/(cm·℃)，$b_2 = 0.2$mm。对于空气，40℃时的导热系数为 0.00161W/(cm·℃)；对于 F-113，应按工艺间隙内的沸腾换热过程处理，根据牛顿公式 $q = \alpha\Delta t = \lambda_2\Delta t/\delta_2$，求出工艺间隙内的导热系数。在这一传热过程中，因为温度下降 Δt 是在工艺间隙内的整个宽度上发生的，可以认为 $\delta_2 = b_2 = 0.2$mm，于是 λ_2 就是所求的工艺间隙内的导热系数。根据前人做过的 F-113 沸腾时的换热曲线，取 $\alpha = 11 \times 10^{-2}$W/(cm^2·℃)，则 $\lambda_2 = \alpha b_2 = 22 \times 10^{-4}$W/(cm·℃)，因此，空冷绝缘系统等效导热系数为 0.0013W/(cm·℃)，蒸发冷却绝缘系统的等效导热系数为 0.0022W/(cm·℃)，这一计算结果与试验数据基本对应。可见，经过粗略的计算分析，同样是传统绝缘结构，蒸发冷却方式下气、液、固三相绝缘系统所构成的复合式传热，比空冷方式下的传热效果提高了 1.69 倍[5]。

4.4　卧式蒸发冷却电机定子绝缘结构的设计原则

总结前述的传热规律，卧式电机采用蒸发冷却后，既可以使电机定子的铁心、端部结

构部件的冷却得到圆满解决,又可以使整个定子全浸在高绝缘介质中,只有定子绕组槽内部分的冷却,是定子侧比较难处理的关键部分,若对定子绝缘结构重新合理设计,也能很好解决。

现将设想的、拟采用的绝缘结构描述如下。图4.2是拟用于20kV以下电机中的主绝缘结构的示意图[14]。导杆5和9先包以固体绝缘,承担部分主绝缘作用。然后以架位装置3和8固定在槽内,架位装置应该选择与蒸发冷却介质的介电系数ε相接近的低介电系数固体绝缘,如聚丙烯或聚酰亚胺,起固定和支撑作用,并以垫板隔开,用槽楔固定在槽内。为了便于冷却液体循环流动,在上、中垫板中间分别钻出若干圆孔,并在槽楔下部开一弧形沟槽。

图4.3是拟用于电压等级为20kV以上电机中的主绝缘结构的示意图[15]。导杆4和7用主绝缘包扎好,其材料可用低介电系数有机合成材料,如聚丙烯或聚酰亚胺,甚至可采用电缆纸。导杆中间以换位方式留下适当的间隙,以保证冷却液体进入槽内线棒之间进行流通。

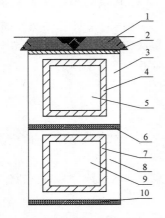

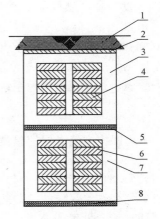

图4.2　20kV以下电机中的主绝缘结构

1-槽楔;2-上垫板;3-上架位装置;4-固体主绝缘层;

5-上层线棒导杆;6-中垫板;7-固体主绝缘层;

8-下架位装置;9-下层线棒导杆;10-下垫板

图4.3　20kV以上电机中的主绝缘结构

1-槽楔;2-上垫板;3-上层线棒主绝缘;

4-上层线棒导杆;5-中垫板;6-下层线棒主绝缘;

7-下层线棒导杆;8-下垫板

尽管上述方案已经在文献[14]、[15]中给予了较充分的论证,但是却不被电机制造厂认可,尤其是第一种。根据制造厂的绝缘工艺规程[16],首先要保证定子绕组电气绝缘具备相当的可靠性,其次槽内固定要达到相当的稳固性,而厂家认为,第一种方案在这两方面,都很冒险,所以至今还未经过工程实践验证。鉴于此,本书主要以第二种方案为研究重点,结合制造厂的工艺许可,针对不同的卧式电机设计出适合于蒸发冷却的合理的、可靠的、优化的绝缘结构。

至此,卧式蒸发冷却电机定子绝缘结构必须重新设计的各种技术支持已经相当充分了。根据已有的各种分析的结果,总结出如下的总设计原则:

(1)减薄固体绝缘层,由冷却介质承担一大部分定子绕组主绝缘的作用。

(2)减薄固体绝缘层,完全采用浸润式冷却方式,让蒸发冷却原理在卧式定子结构上充分发挥作用,达到最佳的绝缘、传热效果。

（3）卧式蒸发冷却电机使用实心导体作为定子绕组的载流体,取消内冷结构,与原来的空心导线结构相比,使导线截面的高度下降 3 倍左右,提高槽满率并降低交流附加铜耗。

（4）依据具体的电机设计方案与使用要求,可以在宽范围内选择合适的电流密度。

固体绝缘材料的选用原则如下：

（1）其介电常数与蒸发冷却介质的相同或相近。

（2）耐压强度高、介电损耗小。

（3）导热性能好。

（4）具备一定的机械强度和抗变形能力。

（5）在一定的温度范围内各种性能稳定。

4.5　本 章 小 结

从电气绝缘与热工传热的基本原理出发,本章阐述了卧式蒸发冷却电机定子气、液、固三相绝缘、传热系统的形成机理。经过分析得出这一新型定子绝缘、传热系统的电气性能及冷却效果要优于电机传统的云母绝缘系统的,若对其合理设计并充分利用,可以研制出针对不同使用需要而对应不同系列的、具备较高各项性能指标（如可靠性、安全性、效率、材料利用率等）的新型卧式蒸发冷却电机定子绝缘结构。

参 考 文 献

[1] 维底曼 E,克伦贝格尔 W. 电机结构. 北京:机械工业出版社,1973.

[2] 陈世坤. 电机设计. 北京:机械工业出版社,1982.

[3] 卡李特维扬斯基. 电机绝缘. 北京:机械工业出版社,1958.

[4] 顾国彪. 蒸发冷却应用于 50MW 汽轮发电机的研究和开发. 中国科学院电工研究所论文报告集,1992,23(7):1～14.

[5] 丁瞬年. 大型电机的发热与冷却. 北京:科学出版社,1992.

[6] 廖少葆,顾国彪. 定子自循环蒸发冷却∥第一次全国蒸发冷却电机会议,北京,中国,1960.

[7] 廖少葆. 论电机的蒸发冷却. 中国科学院电工研究所研究报告,1964.

[8] 陈季丹,刘子玉. 电介质物理. 北京:机械工业出版社,1982.

[9] 李婷. 采用复合绝缘方法提高主绝缘耐压水平的研究. 绝缘材料,2003,37(2):10～12.

[10] 张学学,李桂馥. 热工基础. 北京:高等教育出版社,2000.

[11] 杨世铭,淄文铨. 传热学. 第三版. 北京:高等教育出版社,1998.

[12] 景思睿,张鸣远. 流体力学. 西安:西安交通大学出版社,2001.

[13] 魏永田,孟大伟,温嘉斌. 电机内热交换. 北京:机械工业出版社,1998.

[14] 李作之. 蒸发冷却定子绝缘结构的试验与分析. 中国科学院电工研究所论文报告集,1980,2(7):87～93.

[15] 李作之,王淑贤,傅德平. 11 千伏级蒸发冷却电机定子绝缘. 中国科学院电工研究所论文报告集,1980,2(7):87～93.

[16] 西安交通大学电机系绝缘教研室. 绝缘结构设计和工艺. 西安:西安交通大学出版社,1975.

第 5 章　高功率密度卧式蒸发冷却电机
定子绝缘结构的初步设计

目前,浸润式蒸发冷却方式在大型电机上的应用有向两个方向发展的趋势:一个是装机于特殊使用环境的特种新型卧式电机,包括异步或同步电机;另一个是高电压大容量的汽轮发电机。本章以前者为研究切入点,对高功率密度卧式蒸发冷却电机定子的绝缘结构进行探索性分析与设计。

5.1　高功率密度卧式电机概述

2500kW 多相整流异步发电机是一种新型的高功率密度、大功率高速整流发电机,能够实现发电机与原动机的直接相连,从而消除减速机构带来的诸如体积大、噪声高等不利因素。该发电机将工作于转速达 6000r/min 的整流发电状态,因而可以采用同步或异步两种备选方案。最初考虑同步方案的实现时,主要针对机械强度及转子冷却进行研究,结果电机对机械强度和加工工艺依赖性较强,而与同步方案相比,异步发电机具有以下同步发电机所不具备的优势:

(1) 功率密度高,相同功率的异步发电机其体积比同步发电机要小很多。

(2) 结构简单,维护简易,经济性好。

(3) 机械强度好,特别适用于高速运行(转子可采用鼠笼甚至实心结构)。

(4) 冷却方式简单易行,可仅对定子采取特殊的冷却,而转子仅需风冷即可。

电力电子技术高速发展到现在,对于工作在整流状态的异步发电机,原来的频率不恒定已不再是制约其发展的因素。正是由于这一系列的原因,使得异步方案的研究变得非常有意义,而且具有较大的推广应用价值。所以最后的确定性方案是异步方案。

用户要求该机组具备高可靠性、安全性、温升低、寿命长、体积小及噪声低等性能指标。这无疑对电机的冷却方式提出了很严格的要求。比较现有的四种冷却方式——空冷、氢冷、水冷、蒸发冷却,空冷机组体积大、噪声大;氢冷、水冷安全性、可靠性不能完全保证;最后唯有蒸发冷却方式能够满足以上的各种要求[1~4]。所以,由该电机研制单位与中国科学院电工研究所联合,研制 2500kW 蒸发冷却异步发电机,即电机的定子采用浸润式蒸发冷却。由此引出定子绝缘结构需要重新设计的问题。

这台电机的定子为卧式结构,额定电压是 710V,有两套额定电流均为 600A 的绕组,一套是十二相用于输出电能,一套是三相用于调节励磁。这台电机定子与同类型的常规电机定子相比,一个很大的不同是功率密度较高,反映出单位热负荷较大。且看仅对基本损耗的粗略估算[5]。

定子基本铁耗为

$$p_{Fe} = 10 \text{kW} \tag{5.1}$$

定子铜耗,若只考虑绕组电阻的基本损耗,为

$$p_{Cu} = 21.9 \text{kW} \tag{5.2}$$

定子内径为

$$D = 45 \text{cm} \tag{5.3}$$

定子铁心长为

$$l_a = 50 \text{cm} \tag{5.4}$$

定子绕组平均半匝长度为

$$l_{Cu} = 117.05 \text{cm} \tag{5.5}$$

单位热负荷可定义为由单位电枢表面积所散逸的损耗,即

$$q = \frac{p_{Cu} \dfrac{l_a}{l_{Cu}} + p_{Fe}}{\pi D l_a} \tag{5.6}$$

将式(5.1)~式(5.5)代入式(5.6)中,得到以下结果:

$$q = \frac{p_{Cu} \dfrac{l_a}{l_{Cu}} + p_{Fe}}{\pi D l_a} = 2.74 \text{W/cm}^2 \tag{5.7}$$

如此造成了定子侧的热负荷较一般异步机要高出许多倍,发热情况十分严重,而且电机用户对定子的局部最高运行温度(包括铜线内部)要求不超过 75℃,所以,如何在有限的电机体积下控制住定子温升,成为该台机组设计的关键。为此,必须要针对定子线棒及铁心设计出合理的绝缘、传热结构与蒸发冷却配合才能将这些热量带走,符合机组的运行要求。

5.2　设计新型的定子绝缘结构

5.2.1　蒸发冷却异步发电机的初步设计

直流侧电压 $U_{DC} = 1000 \text{V}$,电流 $I_{DC} = 2500 \text{A}$,功率 $P_N = 2500 \text{kW}$,转数 $n = 6000 \text{r/min}$,相数 $m_1 = 12$,交流侧极对数 $p = 2$,则

$$\left. \begin{aligned} U_{lAC} &= \frac{U_{DC}}{\dfrac{2M\sqrt{2}\sin\left(\dfrac{\pi}{2m_1}\right)}{\pi}} = \frac{1000\pi}{2 \times 12 \times \sqrt{2} \times \sin\left(\dfrac{\pi}{2m_1}\right)} \approx 710 \text{V} \\ U_{\phi AC} &= 410 \text{V} \end{aligned} \right\} \text{有效值(基波)}$$

该电机运行时的额定频率

$$f = \frac{pn}{60} = \frac{2 \times 6000}{60} = 200(\text{Hz}) \tag{5.8}$$

相电流的有效值,由经验公式计算

$$I_{\phi AC} \approx 0.24 I_{DC} = 600 \text{A} \tag{5.9}$$

相电流的有效值,由经验公式计算

$$I_1 \approx \frac{2\sqrt{6}\sin 7.5^\circ}{\pi}I_{DC} \approx 0.2I_{DC} = 500\text{A} \tag{5.10}$$

其他如电机设计常数 C_A 和 P' 计算为

$$C_A = \frac{60D_1^2 l_{ef}}{2\pi\dfrac{60P'}{2\pi n}} = \frac{D_1^2 l_{ef} n}{P'} \tag{5.11}$$

$$P' = \frac{K_E P_N}{\cos\varphi_N} \tag{5.12}$$

取 $K_E = 1.05$，$\cos\varphi_N = 0.9$，$C_A = 0.16$（该值参考了双绕组电机），将这些值代入式 (5.11) 和式 (5.12)，有

$$0.16 = \frac{D_1^2 l_{ef} \times 6000}{\dfrac{1.05 \times 2500}{0.9}} = 2.06D_1^2 l_{ef} \Rightarrow D_1^2 l_{ef} \approx 0.08 \approx 0.1 \tag{5.13}$$

1. 定子侧的结构计算

该电机的主要尺寸初步设计如下：

定子内径 $D_1 = 45\text{cm}$，铁心轴向的有效长度 $l = 50\text{cm}$，定转子之间的气隙 $\delta = 0.25\text{cm}$，则计算长度为

$$l_{ef} \approx l + 2\delta = 50.5\text{cm} \tag{5.14}$$

绕组数据：定子槽数，$Z_1 = 96$；极数，$2P = 4$；每极每相槽数，$q = 2$。采用整距或者短距，即线圈边的跨距 $y_1 = \frac{5}{6}\tau$ 或者 $y_1 = \frac{11}{12}\tau$，定子斜一个槽距或者不斜槽，转子斜一个槽距。

初设气隙磁密为

$$B_\delta = 6800\text{Gs}^{1)} \tag{5.15}$$

定子绕组后来决定采用分布整距，以提高该电机整流部分的效率，则：

基波节距因数为

$$k_{d1} = 1 \tag{5.16}$$

基波分布因数为

$$k_{p1} = \frac{\sin\left(\dfrac{\pi}{2m_1}\right)}{q\sin\left(\dfrac{\pi}{2m_1 q}\right)} = \frac{\sin\left(\dfrac{\pi}{24}\right)}{2\sin\left(\dfrac{\pi}{48}\right)} = 0.998 \tag{5.17}$$

结合式 (5.16) 与式 (5.17) 基波绕组因数为

$$k_{dp1} = k_{d1}k_{p1} = 0.998$$

若定子斜一个槽距，则分布因数为

$$k_w = k_{dp1}k_t \tag{5.18}$$

式 (5.18) 中的 k_t 为斜一个槽应打的折扣，其计算公式为

---

1) $1\text{Gs} = 10^{-4}\text{T}$，下同。

$$k_t = \frac{\sin\left(\frac{\pi}{48}\right)}{\frac{\pi}{48}} \tag{5.19}$$

故将式(5.19)代入式(5.18)中得到

$$k_w = k_{dp1} k_t = \frac{24\sin 7.5}{\pi} = 0.997 \tag{5.20}$$

再根据异步电机的感应相电动势的计算公式

$$U_{\phi AC} \approx E_{\phi 1} = \sqrt{2}\pi f W_1 k_w \frac{D_1 l_{ef}}{P} B_{\delta 1} \times 10^{-8} \tag{5.21}$$

得到每相串联匝数是

$$W_1 = \frac{410 \times 2 \times 10^8}{\sqrt{2}\pi 200 \times 0.997 \times 45 \times 50.5 \times 6800} = 6(t) \tag{5.22}$$

式中,t代表匝。

按照常规,定子绕组为双层结构,则每相线圈数为

$$\frac{Z_1}{m_1} = \frac{96}{12} = 8(个)$$

取每个线圈 3t,则并联支路数 a 为

$$a = \frac{8 \times 3}{W_1} = \frac{24}{6} = 4 \Rightarrow a = 4 \tag{5.23}$$

因采用新型冷却方式,初取定子电流密度为 $J_{\sigma 1} = 8\text{A/mm}^2$,则每条支路的导线截面积为

$$S_1 = \frac{\dfrac{I_{A\phi}}{4}}{J_{\sigma 1}} = \frac{\dfrac{600}{4}}{8} = 18.75(\text{mm}^2) \tag{5.24}$$

定子槽形采用矩形开口槽,其中定子槽距为

$$t_1 = \frac{\pi D_1}{Z_1} = \frac{\pi \times 450}{96} = 14.726(\text{mm}) \tag{5.25}$$

定子槽口宽度取 $b_{s1} = 8\text{mm}$,则齿宽为

$$t_1 - b_{s1} = 6.726(\text{mm}) \tag{5.26}$$

槽占空系数,根据槽形、绝缘漆、槽绝缘、层间绝缘等具体情况,再参照一般双绕组电机,取 0.54。

由此计算出的槽深为

$$h_{s1} = \frac{S_1 \times 3 \times 2}{0.54 \times b_{s1}} + 6 = 32\text{mm} \tag{5.27}$$

其中辅助绕组约占槽深 6mm,放在槽下部,总体槽的高度是

$$h = h_{s1} + h_0 = 32 + 4.5 = 36.5(\text{mm}) \tag{5.28}$$

而槽楔的高度取 $h_0 = 4.5\text{mm}$ 。详见图 5.1。

定子的外径

$$D_s = (h + h_t) \times 2 + D_1 = (36.5 + 53) \times 2 + 450 = 629(\text{mm})$$

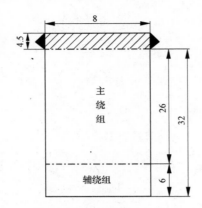

图 5.1　2500kW 整流异步发电机的定子槽形尺寸（单位：mm）

则取 $D_s = 650$mm（暂定）。

2. 磁路计算

. 每极下气隙磁压降

$$F_\delta = k_\delta H_\delta \delta = k_\delta \frac{B_\delta}{\mu_0}\delta = 1.2704 \times \frac{6800}{0.4\pi} \times 10^6 \times 2.5 \times 10^{-3} \times 10^{-4}$$

$$= 1718(\text{A} \cdot \text{t})（估算值） \tag{5.29}$$

式中，考虑了开槽所带来的磁场效应是

$$k_\delta = 1.2704 \tag{5.30}$$

初步选定的铁心叠片是 DW360-50，叠片系数取 0.96。

（1）气隙磁位降。

$$B_{\delta 1} = \frac{\Phi}{\frac{2}{\pi}\tau l_{\text{ef}}} = \frac{E}{4.44 k_w f W_1} \cdot \frac{1}{\frac{2}{\pi}\tau l_{\text{ef}}} = 6787\text{Gs} \tag{5.31}$$

其中

$$\tau = \frac{\pi D_1}{2P} = 353.4\text{mm} \tag{5.32}$$

取

$$B_\delta = B_{\delta 1}$$

则每极

$$F_\delta = k_\delta \frac{B_\delta}{\mu_0}\delta = 1715(\text{A} \cdot \text{t}) \tag{5.33}$$

（2）定子齿部磁位降。

$$B_{Zs} = \frac{B_\delta l_{\text{ef}} t_s}{0.96 l b_{2s}} \tag{5.34}$$

齿的顶部

$$b_{Z1} = \frac{\pi \times 450}{96} - 8 = 6.73(\text{mm})，相应 B_{Z1} = \frac{B_\delta l_{\text{ef}} t_s}{0.96 l b_{Z1}} = 15625\text{Gs} \tag{5.35}$$

查表得

$$H_{Z1} = 2300 \text{A/m} \tag{5.36}$$

齿的中部

$$b_{Z2} = \frac{\pi(450 + 18.25 \times 2)}{96} - 8 = 7.92(\text{mm}),\text{相应 } B_{Z2} = 13278\text{Gs} \tag{5.37}$$

查表得

$$H_{Z2} = 450 \text{A/m} \tag{5.38}$$

齿的根部

$$b_{Z3} = \frac{\pi(450 + 36.5 \times 2)}{96} - 8 = 9.12(\text{mm}),\text{相应 } B_{Z3} = 11530\text{Gs} \tag{5.39}$$

查表得

$$H_{Z3} = 210 \text{A/m} \tag{5.40}$$

$$F_{Zs} = \frac{1}{6}(H_{Z1} + 4H_{Z2} + H_{Z3})l_t = \frac{1}{6}(2300 + 450 \times 4 + 210) \times 0.0365 = 26(\text{A} \cdot \text{t}) \tag{5.41}$$

（3）定子磁轭位降。

$$h_{js} = \frac{650 - 450}{2} - 36.5 = 63.5(\text{mm}) \tag{5.42}$$

$$B_{js} = \frac{\Phi}{2h_{js}l \times 0.96} = \frac{7712200}{2 \times 6.35 \times 50 \times 0.96} = 12650(\text{Gs}) \tag{5.43}$$

由 B_{js} 查硅钢片 Dw360-50 的磁化曲线表得

$$\xi_{js} = 0.46, \quad H_{js} = 330\text{A/m}$$

磁扼有效长度

$$l_{js} = \frac{\dfrac{650 + (450 + 36.5 \times 2)}{2}}{2 \times 2 \times 2}\pi = 230.3(\text{mm}) \tag{5.44}$$

$$F_{js} = H_{js}\xi_{js}l_{js} = 330 \times 0.46 \times 0.2303 = 35(\text{A} \cdot \text{t}) \tag{5.45}$$

则

$$F_{Zs} + F_{js} = 61(\text{A} \cdot \text{t}) \tag{5.46}$$

即定子齿部、扼部仅占气隙磁势的 $\frac{61}{1715} = 3.6\%$ 。

转子齿部结构略,仅给出转子侧的磁路计算结果。

（4）转子齿部磁位降。

转子齿宽

$$t_r = \frac{445\pi}{80} = 17.475(\text{mm}) \tag{5.47}$$

转子齿高

$$b_{zr} = \frac{(445 - 2 \times 3.5)\pi}{80} - 8.9 = 8.3(\text{mm}) \tag{5.48}$$

则齿部磁密为

$$B_{Zr} = \frac{B_\delta l_{ef} t_r}{l b_{Zr}} = \frac{505 \times 17.475}{500 \times 8.3} B_\delta = 14433 \tag{5.49}$$

查磁化曲线表得

$$H_{Zr} = 2713 \text{A/m}$$

相应的磁位降是

$$F_{Zr} = 2713 \times 0.03 = 81(\text{A} \cdot \text{t}) \tag{5.50}$$

（5）转子磁扼磁位降。

$$h_{jr} = \frac{445 - 2 \times 31.5 - 200}{2} = 91(\text{mm}) \tag{5.51}$$

$$B_{jr} = \frac{\Phi}{2 h_{jr} l} = \frac{7712200}{2 \times 9.1 \times 50} = 8475(\text{Gs}) \tag{5.52}$$

查磁化曲线表得

$$H_{jr} = 1213 \text{A/m}, \quad \xi_{jr} = 0.601 \tag{5.53}$$

磁扼有效长度

$$l_{jr} = \frac{\dfrac{(445 - 63) + 200}{2}}{4P} = 114.3(\text{mm}) \tag{5.54}$$

则

$$F_{jr} = H_{jr} \xi_{jr} l_{jr} = 1213 \times 0.601 \times 0.1143 = 83(\text{A} \cdot \text{t}) \tag{5.55}$$

（6）每极励磁磁势。

$$\sum F = F_\delta + (F_{Zs} + F_{js}) + (F_{Zr} + F_{jr}) = 1715 + (26 + 35) + (81 + 83) = 1940(\text{A} \cdot \text{t})$$

饱和系数

$$k_\mu = \frac{\sum F}{F_\delta} = 1.13$$

每相励磁电流

$$I_\mu = \frac{\sum F}{\dfrac{m_1 \sqrt{2}}{\pi} \cdot \dfrac{W_1 k_w}{p}} = \frac{1940}{16.159} = 120(\text{A})$$

3. 定子损耗计算

（1）定子十二相绕组的相电阻 R_1。

极距

$$\tau_e = \frac{\pi(450 + 30.5)}{4} = 377(\text{mm}) \tag{5.56}$$

线圈平均匝长

$$\begin{aligned}
l_w &= 2(500 + 2 \times 40 + 2 \times 50 + 1.3\tau_e) \\
&= 2 \times (500 + 80 + 100 + 1.3 \times 377) \\
&= 2341(\text{mm}) = 2.34(\text{m})
\end{aligned} \tag{5.57}$$

考虑到蒸发冷却介质的沸点温度低于 60℃，估算时仅考虑绕组 75℃时的电阻

$$R_{1\,75℃} = 0.0217 \times \frac{6 \times 2.34}{4 \times 18.75} = 4.06(\text{m}\Omega) \tag{5.58}$$

（2）定子基本铁损耗。

① 扼部基本铁损耗。

$$p_{\text{Fej1}} = k_a p_{\text{Fej}} M_j \times 10^{-3} \quad \text{kW} \tag{5.59}$$

式中，M_j 为扼部质量；k_a 为统计平均值，对于异步电机 $P_N < 100\text{kV·A}$ 时，$k_a = 1.5$，$P_N \geqslant 100\text{kV·A}$ 时，$k_a = 1.3$。p_{Fej} 为扼部损耗系数，按照式(5.60)取值

$$p_{\text{Fej}} = p_{\frac{10}{50}} B_j^2 \left(\frac{f}{50}\right)^{1.3} \quad \text{W/kg} \tag{5.60}$$

式中，B_j 取扼中最大磁通密度值；当选用 DW360-50 铁心片时，$p_{\frac{10}{50}} = 1.31$；密度 $\rho = 7.65\text{g/cm}^3$，则

$$M_j = \pi\left[\left(\frac{65}{2}\right)^2 - \left(\frac{45 + 3.65 \times 2}{2}\right)^2\right] \times 50 \times 0.96 \times 7.65 = 429.6(\text{kg})$$

$$p_{\text{Fej1}} = k_a p_{\text{Fej}} M_j \times 10^{-3} = 1.3 \times 1.31 \times 1.265^2 \times 4^{1.3} \times 429.6 \times 10^{-3} = 7.1(\text{kW})$$

② 定子齿部的基本铁损耗。

$$p_{\text{Fet1}} = k_a p_{\text{Fet}} M_t \times 10^{-3} \quad \text{kW} \tag{5.61}$$

式中，M_t 为齿的质量；k_a 为一统计平均值，对于异步电机 $k_a = 1.8$；p_{Fet} 为扼部损耗系数，按照下式取值：

$$p_{\text{Fet}} = p_{\frac{10}{50}} B_t^2 \left(\frac{f}{50}\right)^{1.3} \quad \text{W/kg}$$

式中，B_t 取扼中最大磁通密度值；当选用 DW360-50 铁心片时，$p_{\frac{10}{50}} = 1.31$；密度 $\rho = 7.65\text{g/cm}^3$，则

$$M_t = \left\{\pi\left[\left(\frac{45 + 3.65 \times 2}{2}\right)^2 - \left(\frac{45}{2}\right)^2\right] - 96 \times 3.65 \times 0.8\right\} \times 50 \times 0.96 \times 7.65$$

$$= 101.9(\text{kg})$$

$$p_{\text{Fet1}} = k_a p_{\text{Fet}} M_t \times 10^{-3} = 1.3 \times 1.31 \times 1.6545^2 \times 4^{1.3} \times 101.9 \times 10^{-3}$$

$$= 2.9(\text{kW})$$

综合①、②，定子基本铁损耗为

$$p_{\text{Fe1}} = p_{\text{Fej1}} + p_{\text{Fet1}} = 7.1 + 2.9 = 10(\text{kW}) \tag{5.62}$$

（3）定子铜损耗。

仅考虑定子绕组电阻的损耗

$$p_r = 12 \times 600^2 \times 4.46 \times 10^{-3} + 3 \times 600^2 \times 4.06 \times 10^{-3}$$

$$= 21.9(\text{kW}) \tag{5.63}$$

5.2.2　蒸发冷却环境下定子电流密度的选取

显著地减小发电机体积是该台机组设计的一个很重要的环节。根据电机设计原理，电机的利用系数为[6]

$$K_A = \frac{P_s}{D^2 l_a n} = \frac{\pi^2}{60} C_A A B_\delta \times 10^{-3} \tag{5.64}$$

式中，P_s 为视在内功率，$kV \cdot A$；D 为定子直径，m；l_a 为定子铁心长度，m；A 为电枢电负荷（又称线负荷），A/m；B_δ 为气隙磁密的最大值，T。

从式（5.64）可见，当电机的功率和转速给定时，电磁负荷 A 和气隙磁密的最大值 B_δ 选用得越高，电机利用系数越高，则电机的体积越小。

从电机的设计常识可知，对一确定了容量的定子线圈而言，即气隙磁密的最大值 B_δ 提高的程度有限，若保持其不变，提高电流密度，就可以减小槽截面，同时槽齿的宽度不变化，则降低了槽的高度，进而缩小了定子铁心的外径。所以，提高电负荷，能够将电机的体积降下来。

根据前述的卧式蒸发冷却电机定子绝缘结构的设计原则，定子载流体用实心导体，电流密度初选为 $8A/mm^2$，对应的基本铜耗的热流密度[7]为

$$\rho_{Cus} = \nu J^2 = 1.3888 W/cm^3 \tag{5.65}$$

式中，ν 为铜的电阻率，$\Omega \cdot mm^2/m$；J 为电流密度，A/mm^2。

这一发热数量级，若仍沿用常规云母绝缘系统，必须以内冷方式进行直接集中冷却，方能起到预期的冷却效果。

5.2.3 绝缘结构的初步设想

该电机额定电压并不高，一般的绝缘材料一层就足以维持其正常运行时基本的电绝缘强度，核心问题是发热与冷却。为了保证在提高电流密度、减小体积所导致的定子侧高热流密度的情况下，最高正常运行温度不高于 75℃，设计人员对绝缘结构的初步设想如下：

（1）大幅度减薄定子绕组外包的主绝缘层厚度，蒸发冷却介质承担主要的绝缘作用，以减小固态绝缘层的温度梯度。

（2）让冷却介质进入到槽内蒸发流动，与发热的定子绕组充分接触，以便及时、高效地发挥蒸发冷却的作用，将定子最热段的热量传出来。

基于这种技术构思，采取图 5.2 所示的绝缘结构[8]。定子导体外包一薄层固体绝缘

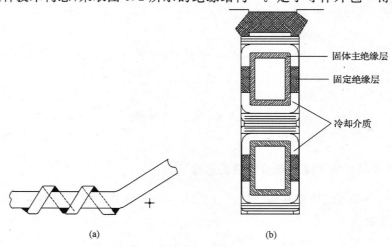

固体主绝缘层

固定绝缘层

冷却介质

(a)　　　　　　　　　(b)

图 5.2　新型绝缘结构示意图

材料做一部分主绝缘,主绝缘外以螺旋式绕包一定厚度的绝缘层,如图 5.2(a)所示,起到将绕组固定在槽内的作用,然后用槽楔压紧,绕组在槽内放置的横截面如图 5.2(b)所示。这种结构既可以减薄主绝缘层,又可以让蒸发冷却介质在槽内沿螺旋式固定层留出的空间通畅地循环流动。工程上认为,螺旋式流道能保证无流动死角。

5.3　计算模型的仿真工具

为了可靠地设计出适合于蒸发冷却方式的新型绝缘结构,设计人员采用专门的电磁、热问题工作站计算软件 EMAS 对上述定子绝缘结构的电场、热场进行了计算仿真,从理论上确定其是否可行,具体量化各部分尺寸的大小。

EMAS[9]是由美国 Ansoft 公司早期推出的一种电磁场仿真软件。该软件可以分析计算包括稳态、暂态,或线性、非线性等各种电磁场,电磁场与温度场耦合的一维、二维及三维问题,使用方便、功能齐全、计算速度较快。计算过程如图 5.3 所示,主要由以下几个步骤组成:①建立计算区域的实体模型;②将多连域多媒质的计算区域分割成各个单连域、单媒质区域的组合;③对各区域施加激励及边界条件;④自动(或半自动)生成有限元网格;⑤有限元数值计算;⑥查看计算结果,包括各个求解量的场图及对应的数据文件。

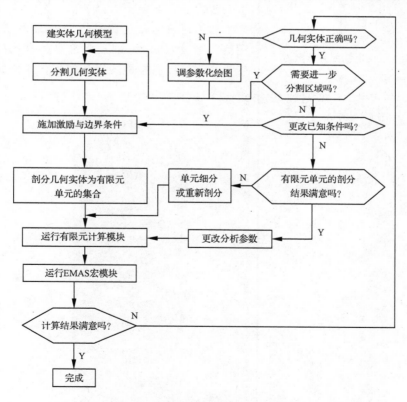

图 5.3　EMAS 软件的场计算流程图

5.4　初步设计的绝缘结构电场计算与仿真过程

本章对电场的计算过程[9]分为二维、三维两个阶段。根据对绝缘材料选用的要求，选择了云母绝缘以外的环氧漆布、聚酯薄膜、聚丙烯、聚酰亚胺这四种作为候选的固体绝缘材料与冷却介质配合构成定子绕组的主绝缘结构，据此分成四组以二维问题模式进行分析。根据电场的对称性，取定子槽内主绝缘横截面的四分之一作为计算区域，由铜导线的外表面、固体主绝缘层、冷却介质、槽壁组成，如图 5.4 所示，估算时主绝缘距离取 1mm、固定绝缘层取 0.2mm。按照 EMAS 的场求解步骤，分别得出了这四组电场的仿真结果，显示在图 5.5～图 5.8 中。

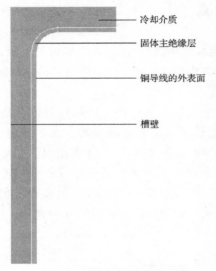

图 5.4　二维电场的计算区域

比较这四种场的计算结果，第四组聚酰亚胺薄膜与冷却介质组合时，冷却介质中出现的场强最小，故选定这一组合作主绝缘与固定绝缘层配合，进入下一步的三维电场分析。

因为对该电机的可靠性及寿命要求严格，所以用耐热等级为 H 级、耐压强度高的有机硅玻璃漆布带为固定绝缘层螺旋式绕包在固体主绝缘层外。这

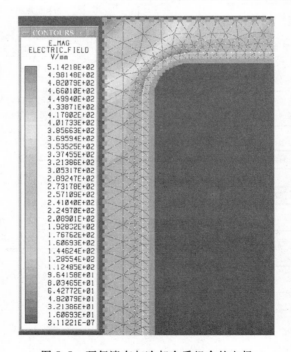

图 5.5　环氧漆布与冷却介质组合的电场

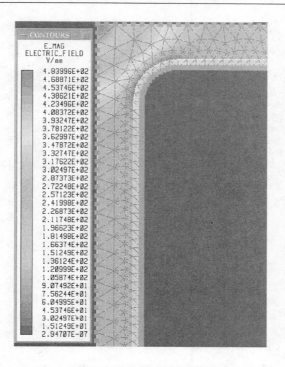

图 5.6　聚酯薄膜与冷却介质组合的电场

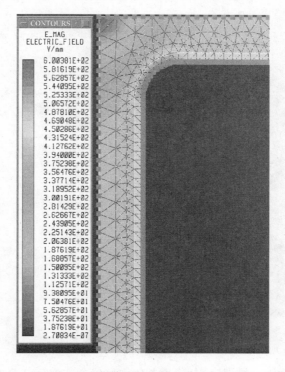

图 5.7　聚丙烯薄膜与冷却介质组合的电场

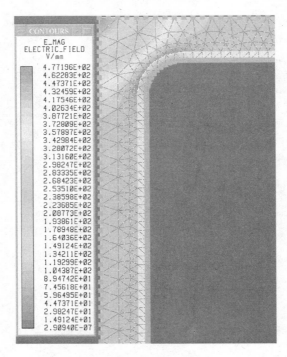

图 5.8 聚酰亚胺薄膜与冷却介质组合的电场

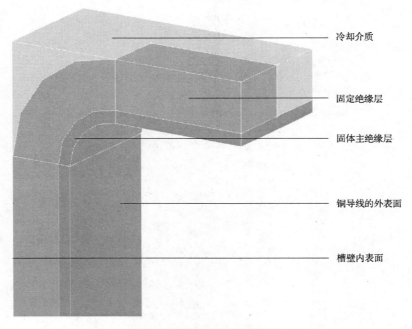

图 5.9 三维电场的计算区域

一阶段需要考核固体主绝缘层、冷却介质与固定绝缘层在空间三个方向的电场分布状况，必须使用三维问题模式进行分析。同样根据电场的对称性，横向取定子槽内主绝缘的四分之一作为计算区域,轴向取固定绝缘层的一个螺距(将在第 8 章解释这一取法的合理性),由铜导线的外表面、固体主绝缘层(聚酰亚胺薄膜)、冷却介质层、固定绝缘层(有机硅玻璃漆布)与槽壁内表面组成计算区域,详见图 5.9。前面所取的主绝缘距离只是估算,而这一步要具体确定这一尺寸,同时还要确定固体主绝缘层、固定绝缘层的厚度尺寸等。设固体主绝缘层的厚度为 d_1,固定绝缘层的厚度为 d_2,铜线角部弯曲部分的曲率半径为 r。根据电机的额定电压等级,对 d_1、d_2、r 设定了四组值加以分析仿真,仿真结果分别示于图 5.10~图 5.13 中。为了能更清楚地说明问题,将各种尺寸条件下的电场集中情况汇总于表 5.1 中。表 5.2 给出了绝缘材料的电特性与热特性。

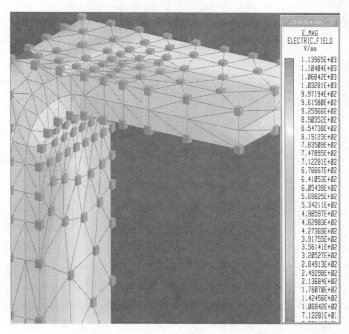

图 5.10　$d_1 = d_2 = 0.25\text{mm}, r = 0.8\text{mm}$ 时的电场

表 5.1　不同绝缘尺寸组合中电场集中情况汇总

各部分尺寸 /mm	F-113 中的最大场强 $E_{1max}/(\text{V/mm})$	E_{1max} 出现的位置	固体主绝缘层中的最大场强 $E_{2max}/(\text{V/mm})$	E_{2max} 出现的位置
$d_1 = d_2 = 0.25,$ $r = 0.8$	1.13965×10^3	固定层与槽壁接触的缝隙内	1.02057×10^3	角部弯曲部分
$d_1 = 0.25,$ $d_2 = 0.5, r = 0.8$	7.81122×10^2	固定层与槽壁接触的缝隙内	7.59695×10^2	角部弯曲部分
$d_1 = 0.4, d_2 = 0.6,$ $r = 0.8$	6.29243×10^2	固定层与槽壁接触的缝隙内	6.04834×10^2	角部弯曲部分
$d_1 = 0.2, d_2 = 0.8,$ $r = 0.8$	5.50700×10^2	固定层与槽壁接触的缝隙内	6.76035×10^2	角部弯曲部分
$d_1 = 0.2, d_2 = 0.8,$ $r = 1.0$	6.81265×10^2	固定层与槽壁接触的缝隙内	6.48711×10^2	角部弯曲部分

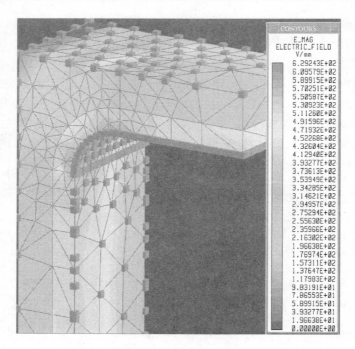

图 5.11　$d_1=0.4\text{mm},d_2=0.6\text{mm},r=0.8\text{mm}$ 时的电场

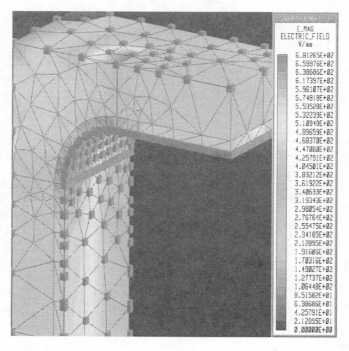

图 5.12　$d_1=0.2\text{mm},d_2=0.8\text{mm},r=1.0\text{mm}$ 时的电场

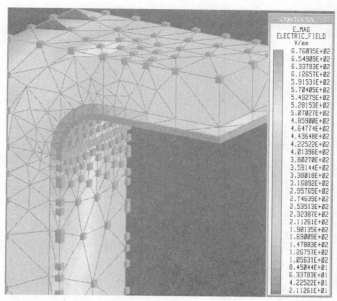

图 5.13　$d_1 = 0.2\text{mm}, d_2 = 0.8\text{mm}, r = 0.8\text{mm}$ 时的电场

表 5.2　固体绝缘材料的电特性与热特性

材料名称	ε_r	$\lambda/[\text{W}/(\text{mm} \cdot \text{K})]$	$E_{max}/(\text{kV}/\text{mm})$	$\tan\delta$
有机硅玻璃	4.5～4.9	0.8～1.2	45	不定
环氧漆布	4.0～4.4	0.2～0.5	42.3～59.2	0.040～0.085
聚酯薄膜	约 3.2	0.1～0.2	＞160	0.005
聚丙烯薄膜	2.2	0.17～0.27	＞200	＞0.02
聚酰亚胺薄膜	3	0.37	110	不定

比较以上四种仿真结果，$d_1 = 0.2$，$d_2 = 0.8$ 或 $d_1 = 0.4$，$d_2 = 0.6$，即固体主绝缘层（聚酰亚胺）取 0.2mm 或 0.4mm，固定绝缘层取 0.8mm 或 0.6mm，$r = 0.8$mm，这两组尺寸的组合对应的三维电场分布结果较好。

5.5　初步设计的绝缘结构温度场计算与仿真过程

在电场计算的基础上，对选择出来的两种电场分布较好的尺寸组合对应的绝缘结构还应进行温度分布的研究。温度场采用二维问题模式进行了仿真计算，以说明这种新型绝缘结构对蒸发冷却效果的改善程度。这两种绝缘结构的尺寸组合如下：第一组，固体主绝缘层（聚酰亚胺）取 $d_1 = 0.2$mm，固定绝缘层（有机硅玻璃漆布）取 $d_2 = 0.8$mm；第二组，固体主绝缘层（聚酰亚胺）取 $d_1 = 0.4$mm，固定绝缘层（有机硅玻璃漆布）取 $d_2 = 0.6$mm；铜线角部弯曲部分的曲率半径取 $r = 0.8$mm。

定子铁心段上的温度分布，以轴向每段铁心段的中心为对称轴，成对称性分布。所以，温度场的计算区域取沿定子圆周上半周部分的轴向横截面，由两段铁心的中心线的左右两部分及段间的流液沟、再与槽内的定子线棒一起构成了如图 5.14 所示的场域。仿真结果如图 5.15 和图 5.16 所示,图中的 d_1、d_2 分别为固体主绝缘层与固定绝缘层的厚度。

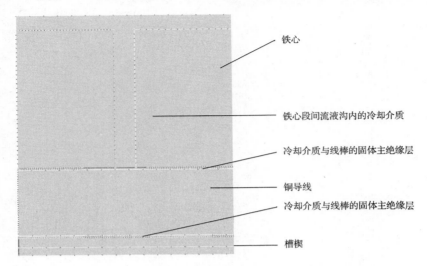

　　　　　　　　　　　　　　　　　　　　　　铁心

　　　　　　　　　　　　　　　　　　　　铁心段间流液沟内的冷却介质

　　　　　　　　　　　　　　　　　　　　冷却介质与线棒的固体主绝缘层

　　　　　　　　　　　　　　　　　　　　铜导线

　　　　　　　　　　　　　　　　　　　　冷却介质与线棒的固体主绝缘层

　　　　　　　　　　　　　　　　　　　　槽楔

图 5.14　温度场的计算区域

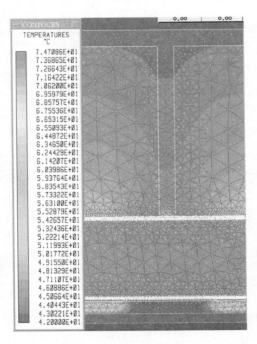

图 5.15　$d_1 = 0.2, d_2 = 0.8$mm 时的温度分布

　　仿真结果说明:根据已试制成功的上海 50MW 蒸发冷却汽轮发电机的定子实际运行状况,冷却介质的运行温度取 50℃。从结果来看,显然,$d_1 = 0.2$mm,$d_2 = 0.8$mm 这一组尺寸的各处温度最低,铜线中心处的最高温度约为 74.8℃,略低于控制温度 75℃,铁心内的最高温度为 52.4℃,且各处温度差别不大。若增大冷凝器中二次冷却水的流量,使冷

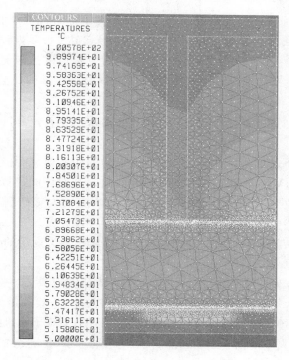

图 5.16　$d_1=0.4, d_2=0.6$mm 时的温度分布

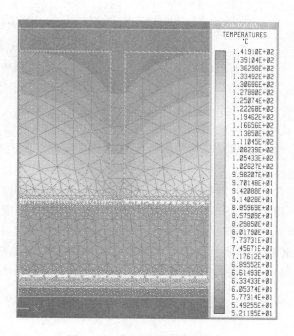

图 5.17　常规绝缘的温度分布

凝表压强降低,进而降低蒸发冷却介质的运行温度,则铜线中心处的最高温度也将相应的下降,确保其不超过 75℃。为了将这一新型的绝缘结构与常规绝缘结构的温度分布状况

作对比,本书又计算了在相同热负载与蒸发冷却条件下的常规环氧粉云母绝缘结构的温度场,其结果示于图 5.17 中,铜线中心处的最高温度已达 141℃,与所要求的控制温度相去甚远,即使增大冷凝器的冷凝容量,也无法满足对电机温度控制的要求。可见,对浸润式蒸发冷却卧式高功率密度的电机来说,改变定子常规绝缘结构是必然的技术举措。

5.6　初步设计的绝缘结构仿真结果中存在的问题及说明

本章中提出的卧式蒸发冷却电机定子绝缘结构的初步设想,是以中国科学院电工研究所已研制的 1200kV·A 机组的绝缘结构为基础改进设计的,得出的两组数据是仿真的阶段性结果,还要在试验模型上做进一步的检测,然后再与该研制项目指定的电机制造企业的定子绝缘工艺生产条件相结合,才能用到实际机组上。

对初步设计出的新型卧式蒸发冷却电机定子绝缘结构温度场的仿真计算存在以下三个问题:

(1) 狭窄空间内蒸发冷却介质(本书以 F-113 为研究对象)的沸腾换热系数的研究,是热工领域内的学术空白点。而温度场计算中,需要这一系数确定计算域内换热边界条件,关系到最后计算结果的正确程度。本章中给出的新、旧定子绝缘结构的温度分布仿真结果,采用的是根据大空间内 F-113 的沸腾换热关联式(5.66)推导的换热系数,即

$$\alpha_{F-113} = 0.086863 q^{0.77} p^{0.19} \tag{5.66}$$

该关联式是由文献[10]中提供的试验数据经过整理得到的。大空间与狭窄空间的沸腾换热过程是有一定差别的,对应的换热系数也是不同的,第 6 章将对此进行专题研究。

(2) 在本章的温度场计算过程中,计算域内定子铜线所在区域施加的是基本铜耗对应的平均热流密度[11],这可以从图 3.15～图 3.17 所示的仿真结果中看出:铜线区域内的温度变化很小。这也与实际情况不符。电机负载运行期间,定子导体处于交变的电磁场中,除了负载电流之外,导体内还有涡流[12],使导体上部的电流密度增大,下部减小甚至反向,形成电流集肤效应,其结果使导体的铜耗、有效电阻变大,分布不均匀,与此对应的铜线内部的温度分布也应是不完全均匀的。本章的计算模型对此没有考虑。

(3) 对诸如定子槽内外结构的复杂温度场问题,采用二维数学计算模型,在理论前提上就人为地减少了一个方向的传热途径,与实际情况有很大出入[13～15]。

综合以上三个问题,本章给出的温度场仿真结果误差大,置信度有限。但是,本章所提出的绝缘结构方案只是初步设想,研究的重点是给予理论上的定性分析,不是要求一定精确度的定量分析,其目的是阐明研制高功率密度卧式蒸发冷却电机的定子绝缘结构的必要性与可行性,提供出一种适合于卧式蒸发冷却电机定子的新绝缘结构的原理性方案。

5.7　本　章　小　结

蒸发冷却,优越于其他冷却方式之处在于它在冷却定子的同时自然形成一个气、液、固三相的绝缘系统,为电机定子的运行提供了一个安全、可靠、高效的绝缘、传热的整体大环境。国内的某些用户更看重蒸发冷却能带来体积小、噪声低、无爆炸危险、维护简便的

有利因素,经过严格的论证决定在一种新型高功率密度整流异步发电机的定子部分采用蒸发冷却技术。

　　本章开始进入到浸润式蒸发冷却的一个十分重要的应用方向——高功率密度卧式电机的研究中。鉴于该机组的特殊应用环境及使用空间的限制,决定了必须提高电流密度,取消风冷来缩小体积、降低噪声,同时还要保证高可靠性、安全性、温升低且均匀分布、长使用年限等。这些硬性指标的实现,若沿用传统的异步电机的定子绝缘结构,与蒸发冷却配合,难以达到项目要求中的局部最高温度的控制要求。所以本章,在参考以往制造成功的卧式蒸发冷却电机定子绝缘结构的基础上,提出了一种针对高功率密度卧式蒸发冷却电机定子的初步设计方案,首次运用能分析多种物理场及其相互耦合的仿真工具——工作站环境下的 EMAS 软件,计算了新型绝缘结构初步方案中的电场、热场的分布和传统绝缘结构内的温度分布,从而在理论上定性地分析新型绝缘结构研制的必要性与可行性。

　　因为仿真的计算模型过于理想化,仿真过程中的某些边界参数的选取过于粗糙,所以仿真结果的精确程度有待提高。

参 考 文 献

[1] Gu G B, Li Z Z, Liang X K et al. Evaporative cooling of hydro-generator// Proceeding of the International Conference on Electrical Machines,Beijing,China,1984.

[2] Gu G B, Lun M Z, Li Z Z et al. The investigation of turbo-generator with full evaporative cooling system// Proceeding of the International Conference on Electrical Machines,Beijing,China, 1986.

[3] Xu S, Gu G B, Li Z Z. The calculation of the transient negative sequence temperature field in the rotor of a turbine generator with the stator evaporative cooling system// International conference on the Evolution and Modern Aspects of Synchronous Machines,Zurich,Switzerland,1991.

[4] 顾国彪. 蒸发冷却应用于 50MW 汽轮发电机的研究和开发. 中国科学院电工研究所论文报告集,1992,23(7): 1~15.

[5] 程福秀,林金铭. 现代电机设计. 北京:机械工业出版社,1993.

[6] 陈世坤. 电机设计. 北京:机械工业出版社,1982.

[7] 维底曼 E,克伦贝格尔 W. 电机结构. 北京:机械工业出版社,1973.

[8] 栾茹,顾国彪. 蒸发冷却汽轮发电机定子绝缘结构的模拟试验及分析. 大电机技术,2002,165(6):23~26.

[9] Stalker G H, Johnson M J. Coupled thermal analysis using EMAS and MSC/NATRAN// Proceedings of Electromagnetic of MSC World User's Conference, Washington D C,USA,1991.

[10] 蔡静. 可控硅整流电路的蒸发冷却系统[硕士学位论文]. 天津:河北工业大学,2002.

[11] 魏永田等. 电机内热交换. 北京:机械工业出版社,1998.

[12] Xypteras J. 考虑铁耗和深槽影响的电机热分析. 国外大电机,2001,21(2):1~6.

[13] 杨芳春,张民. 风冷式矿用防爆三相异步电动机定子绕组温度场的计算. 电工技术学报,1993,7(4):31~35.

[14] 李伟力,赵志海,侯云鹏. 大型同步发电机定子同相槽和异向槽的温度场计算. 电工技术学报,2002,17(3):1~7.

[15] 王辉. 电机中温度场计算的一般过程. 江西电力职工大学学报,2002,15(3):15~16.

第6章 狭窄空间内蒸发冷却介质的沸腾换热系数的研究

6.1 引　言

在温度场的计算过程中,首先要利用热传导方程和牛顿散热定律,确定边界条件,才能建立起正确的温度场数学模型。对于电机定子槽内外结构的温度场计算域,根据牛顿散热定律,存在以下两种边界条件。

(1) 对流换热边界面,即

$$-k\left(\frac{\partial t}{\partial n}\right) = \alpha(t_w - t_f) \tag{6.1}$$

式中,k 为导热系数;α 为散热面的表面传热系数;t_w 为壁面温度;t_f 为冷却介质温度;n 为曲面的法向。

(2) 绝热面。无热量从这个面通过

$$\alpha = 0, \quad 即 \frac{\partial t}{\partial n} = 0 \tag{6.2}$$

第一种边界条件中表面传热系数的大小反映对流换热的强弱,它不仅取决于流体的物性(热导率、黏度、密度、比热容等),流动的形态(层流、湍流),流动的成因(自然对流或受迫对流),物体表面的形状和尺寸,还与换热时流体有无相变(沸腾或凝结)等因数有关,是得到正确温度分布计算结果至关重要的一个参数。

蒸发冷却的换热过程在热工学中被称为沸腾换热[1],其间存在有相变的对流换热,即所谓的气液两相流态,并依靠气液间的密度差实现自循环,一般情况下,沸腾换热的表面传热系数要比单相流体的对流换热高出几倍甚至几十倍。浸润式蒸发冷却电机沸腾换热机理的研究难度比较大。这主要体现在,要将定子做成一个密闭的腔体,所有需要冷却的结构部件均被冷却介质浸泡,如此一来,腔体内既存在大空间的饱和沸腾换热,如定子铁心的外表面及端部,又存在狭窄沟槽内的饱和沸腾换热,如定子槽内及铁心段之间的流液沟。不同类型的沸腾换热,其换热强度、对应的表面传热系数是不同的[2,3]。当将窄通道竖直放置于液体介质中,对通道壁面加热负荷时,通道内的液体沸腾,产生气泡,于是通道内外产生密度差,并相应产生静压差,从而形成液体由窄通道壁面底部不断流进内部,形成流动的自然循环,这种现象称为热虹吸沸腾换热。狭窄通道内的热虹吸沸腾换热有明显的强化换热效果。文献[1]通过试验观察证实了在矩形窄通道中加热时,通道内有大量扁平气泡的存在,并证实了窄通道对液氮的沸腾传热有明显的强化传热效果。文献[2]对纯净水在水平环状窄通道内试验后得出结论,其与一般的沸腾换热相比,传热系数提高了230%。其他文献分别对丙酮、乙醇、丙醇、三乙胺等十来种物质在环隙窄空间内的沸腾换热进行了试验研究,证实了缝隙宽度与气泡直径接近时,窄缝通道强化传热效果好[4~8]。总之,定子槽内绕组与槽壁之间的工艺间隙、铁心段之间的流液沟内绕组与铁心壁之间,均属于狭窄空间,与大空间相比,均对沸腾换热有强化作用。所以,大空间沸腾换热对应的表面传热系数与狭窄空间内沸腾换热对应的表面传热系数要分别确定。

蒸发冷却介质(F-113)大空间的饱和沸腾换热的研究已有报告涉及[9,10],而狭窄空间内的蒸发冷却介质沸腾换热的表面传热系数却属国内外的研究空白,未见任何报道。本章即针对此现状展开研究。

6.2　沸腾换热关联式

无论是大空间,还是狭窄空间的内饱和沸腾过程,因存在气、液、固相之间的传热,气、液相之间的传热传质传动量过程的相互作用,不仅影响因素多而且各种影响因素必然要按其效应的性质、大小及相互内在联系组合在一起对沸腾换热产生影响。迄今为止,处理沸腾换热问题,不能像处理热传导或热辐射换热的某些问题那样,根据传热机理及其数学模型,得到较严格的沸腾换热解析式。因此,试验研究仍然是解决复杂沸腾换热问题的可靠方法[11]。对饱和沸腾中表面传热系数大小的确定,应以不同的方法对大量试验数据进行回归整理,以得到沸腾换热关联式。

在传热学中,对某种或某类工质,可以根据其沸腾换热试验数据,直接整理成下列形式的由少数有因次变量组成的换热关联式(6.3)[12]:

$$h = cq_b^n f(p) \tag{6.3}$$

式中,h 为沸腾换热表面传热系数,$W/(mm^2 \cdot K)$;c 为常数项;q_b 为热流密度,W/mm^2;p 为沸腾绝对压强,Pa。

文献[11]已经采用这种形式的关联式得到了大空间内 F-11 的沸腾换热的表面传热系数,并经过试验证实在所限定的范围内使用准确度较好,而且这类关系式中不包含物性参数,使用起来更方便。但这类关系式是根据某种液体在特定条件下的试验结果整理所得到的,所以使用时,也应是与试验情况相同或相近的条件下发生的沸腾换热过程[13,14]。

6.3　浸润式蒸发冷却中微小温差的测量

固体表面的传热系数可以用牛顿冷却公式来表示[14],即

$$h = \frac{q}{\Delta t} \tag{6.4}$$

式中,h 为换热表面传热系数,$W/(mm^2 \cdot K)$;q 为热流密度,W/mm^2;Δt 为换热表面与周围流体的温差,℃。

可见,任何传热系数的求取,都需测出换热面与其周围流体之间的温差。根据传热学理论,在所有冷却方式中,浸润式蒸发冷却的冷却介质与发热体之间温差最小,在 1～0.1℃,如此小的温差,又分布在密闭的腔体内,一般的测温仪表根本无法测出,更谈不到提高测量精度。所以,如何能够准确测得狭窄沟槽内蒸发冷却介质与铁心表面、定子槽内的绕组表面之间的温差,是取得狭窄沟槽内蒸发冷却介质(F-113)沸腾换热的表面传热系数所需要突破的测量技术难题。

　　本书在深入研究比较热工学中各种测温方法的基础上[13,15~18]，应用了一种能比较准确地测两种物质之间微小温度差的测量技术。

6.3.1　测微小温差的原理

　　热电偶是一种将温度信号转换成电势（mV）信号的温度传感元件，若配以测量毫伏的仪表或变送器，就可以实现温度的测量或温度信号的转换，具有性能稳定、复现性好、体积小、响应时间较短等优点。其测温原理如图 6.1 所示，两种不同的导体（或半导体）A、B（通常为铜、康铜）组成闭合回路，当 A、B 相接的两个接点温度不同时，则在回路中产生一个电势，称为热电势，导体 A 和 B 称为热电偶的热电极。

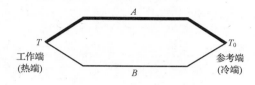

图 6.1　热电偶闭合回路

　　热电偶产生的热电势由两部分组成：接触电势和温差电势。前者是由于两种不同材料的导体接触时在一定的温度下形成的电位差；后者是由于在一导体中由于两端的温度不同而产生的电势。若热电偶的两个接点的温度相同，则只存在接触电势并相互抵消；若一种导体组成闭合回路，不论其截面和长度如何及沿长度方向上各处的温度分布如何，都不能产生热电势。简言之，两种不同材料的导体组成的热电偶在两端存在温差时才存在热电势，其输出的热电势是两个温度函数的差，即

$$E_{AB}(T,T_0)=f(T)-f(T_0) \tag{6.5}$$

　　一般的热电偶测温时，将一个热电偶的工作接点或称热端置于被测介质（温度为 T）中，另一端接点，称为冷端，接至参考温度为 T_0（或环境温度）的测量仪表上。保持热电偶冷端的温度不变，则热电势是被测温度 T 的单一函数，对于铜与康铜组成的热电偶而言，热电势与被测的温度值成线性关系：每 1℃ 对应 0.04mV 左右，如 0V，对应的是 0℃；1mV对应的是 25℃；1.196mV 对应的是 30℃；1.237mV 对应的是 31℃。据此，在测量仪表中可以将测出的热电势转换成对应的温度值而将被测温度值直接显示出来。要求测量仪表至少具备测量毫伏级的精度，才能将热电势测出来，工业用铜-康铜热电偶在 −40～400℃温度范围内，其允许误差为 ±1℃ 或 ±0.75%·t，其中 t 为所测的温度值。另外，利用热电偶测温还要考虑温度补偿问题，具体措施会在有关热工测量的文献中查到[13,15~18]，在此不再赘述。显然，若所要测的温差大且精度要求不是很高时，直接利用热电偶测温仪表测出两者的温度，再做差是很方便的，若所要测的温差在 2℃ 以内或测量精度要求相当高时，单一热电偶的测温仪表就难以胜任了。可以利用热电偶的温度信号转换成电势信号的功能，间接取得温差值，这是本章利用热电堆测微小温差的基本出发点。

　　热电堆是由两个及两个以上的热电偶相互串联构成的测温元件。本章采用的是四个铜-康铜热电偶串联的热电堆，图 6.2 所示为四个热电偶的具体连接方法，即前一个热电偶的康铜与下一个热电偶的铜相接，依次串联在一起，两个引出的测量端 A、B 均为铜线。

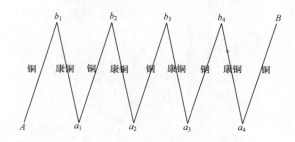

图 6.2　热电堆的连接方法

形成的 a_1、a_2、a_3、a_4 接点作为一组,称为 a 组;b_1、b_2、b_3、b_4 接点作为另一组,称为 b 组。测量温差时,将 a 组接至一个温度为 T_1 的物质,将 b 组接至另一个温度为 T_2 的物质,将测量引出端 A、B 接至一个高精度的直流电位差计,如此构成了该热电堆测量微小温差的回路。

根据前述热电偶的测温原理,当一个热电偶的两端存在温差时,无论这个温差值多么小,都可产生相应的热电势。那么,图 6.2 中热电堆回路中的热电势应为

$$E(A \cdot B) = E(a_1 \cdot b_1) + E(a_2 \cdot b_2) + E(a_3 \cdot b_3) + E(a_4 \cdot b_4)$$
$$= 4[f(T_1) - f(T_2)] \tag{6.6}$$

所以,该热电堆测出的热电势是单个热电偶测出的热电势的四倍,扩大热电势值相当于扩大温差值,这样将微小温差扩至一定倍数(在此是四倍),极大的方便测量,只要查表(或查图)得出热电势对应的温度值,再除以放大倍数 4,即可得到微小温差值。

利用这种测温差原理还体现出如下的优越性:①能够直接得到扩大了的温差电势,无需分别测两个物质的温度,然后求差,大大提高了测量精度,经估算该热电堆至少比单一热电偶测温的精度提高 8～10 倍;②两个引出端 A、B 均为铜线而便于接线,不存在温度补偿的问题;③不仅适用于蒸发冷却定子的密封腔体内的测温,还可用于其他的需要测微小温差的实际应用中,具有通用性。

6.3.2　热电堆中热电偶数量的选择

上述的热电堆对微小温差的放大是有一个严格的前提的,即必须保证 a 组中的各个接点 a_1、a_2、a_3、a_4 处于同一温度(T_1)的不同测量点上而不是一个点,而且 a_1、a_2、a_3、a_4 要彼此绝缘;b 组中的各个接点 b_1、b_2、b_3、b_4 同样如此。否则,热电堆测出的热电势,不是对微小温差对应的热电势的准确倍数放大,而得出毫无意义的结果。原则上组成热电堆的热电偶串联数量越多,对微小温差放大的倍数越大,越有利于测量,但实际上其测量可靠性却越难以保证。所以,对热电堆中热电偶的数量选择要慎重考虑,要根据被测的两个对象的空间位置、温度分布状况、热电偶接点的大小等因数确定,并非多多益善。

6.3.3　测微小温度差的线路组成与操作过程

微小温差的测量线路表示在图 6.5 中,主要由热电堆与高精度的直流电位差计组成,本节采用的是图 6.3 所示的 UJ26 型低电势直流电位差计,它的电势测量精度能达到 10^{-4} mV,图 6.4 中给出了直流电位差计的工作原理图;检流计采用的是测量精度为 $3\times$

10^{-10} A/分度的 AC15 型直流复射式检流计;标准电池采用的是 BC9a 型饱和标准电池。

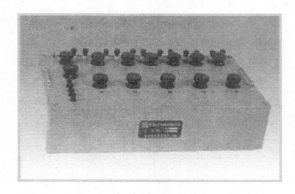

图 6.3　UJ26 型低电势直流电位差计

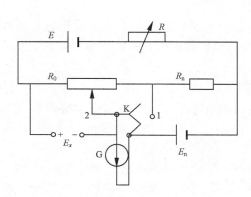

图 6.4　直流电位差计的工作原理图

E- 工作电源(6V);R_n- 固定电阻;R_0- 可调标准电阻;

G- 检流计;E_n- 标准电池;E_x- 被测电势

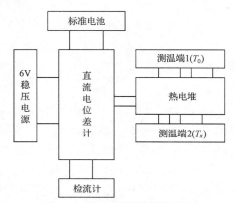

图 6.5　微小温差的测量线路

测量之前,首先应根据环境温度算出标准电池的实际输出,将直流电位差计的电位校正挡旋至该实际输出值。测量步骤如下:

(1)将热电堆的 a 组、b 组分别放置在两个具备不同温度的被测物质内,要求各个热电偶接点与被测对象可靠接触,并彼此间隔一定距离。

(2)检流计的选择开关放置短路侧,调节检流计的调零旋钮使其指零,然后将选择开关放置在直接挡。

(3)将图 6.4 中直流电位差计的开关 K 倒向位置 1,调节电阻 R 使通过检流计的电流为零,得到稳定的工作电流,保持 R 不变。

(4)将图 6.4 中直流电位差计的开关 K 倒向位置 2,调节 R_0 侧的三个旋钮,由粗调到细调,使检流计再次指零。

(5)R_0 尽管是可调标准电阻,但在直流电位差计内,根据步骤(1)中的工作电流,已将其转换为电位值,所以其刻度显示是毫伏数,读取时 R_0 侧的毫伏数既是被测的热电势值。

(6)查铜-康铜的热电势与温度差的关系图或分度表,得到被测热电势对应的温差值,除以放大倍数 4,所得的结果为要测量的微小温差。

6.3.4　热电堆的分度校正

在工业测量中,每一种测温元件或测温方法在使用前必须进行效验,以确保其测量结果的可靠性。本章中所提供的测微小温差的测量手段也不例外,需要对热电堆进行分度校正。

分度校正的试验线路与图 6.5 中的测量线路一致。测温端 1 采用的是保温瓶 1 号,其内盛满温度为 T_0 的温水;测温端 2 采用的是保温瓶 2 号,其内盛温度为 T_x 的温水;保温瓶顶部安放精度为 0.1℃的水银温度计。试验时,保持 1 号保温瓶内的温水温度 T_0 不变,依次改变 2 号保温瓶内温水温度 T_x,每次改变 0.5℃,测量并记录 T_0 与 T_x 的温度差。根据蒸发冷却介质的运行温度是 50℃左右,本节选择了 39～80℃的温度范围,共做了三组的分度校正,得到了三组关系曲线,分别绘制在图 6.6 的(a)、(b)、(c)中,同时给出了国际标准曲线以做对比。

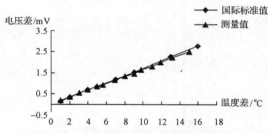

(a) 热电堆(由四个热电偶组成)测小温差的分度校正(66~50℃)

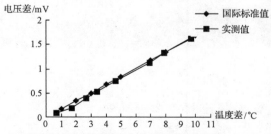

(b) 热电堆(由四个热电偶组成)测小温差的分度校正(50~39℃)

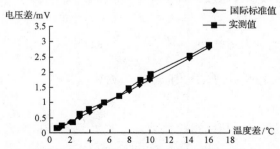

(c) 热电堆(由四个热电偶组成)测小温差的分度校正(75~59℃)

图 6.6　热电堆分度校正的试验曲线与标准曲线

需要说明的是,图 6.6 中的温度数与毫伏数均是实际值的四倍,将它们除以 4 后得到的才是真实的微小温差值及其对应的热电势值。从分度校正的试验结果来看,测量值与国际标准值几乎一致,最大误差为 1.03×10^{-4} mV,可见本节中提出的这种测微小温差的测量技术是正确的。

6.4　狭窄空间内蒸发冷却介质(F-113)沸腾换热系数的试验研究

6.4.1　试验模型的设计

前已述及,目前做试验是得到沸腾工质表面传热系数较为可靠的方法。要得到正确的蒸发冷却电机流液沟内、定子铁心槽内,介质与铁心、介质与绕组之间的沸腾换热关联式,必须要设计出一个合理的试验模型,使之结构尺寸、发热、蒸发冷却过程与电机内定子实际运行时的情况相接近。为此,本章将试验模型设计成变压器形式,如图 6.7 所示,以低压绕组为试验研究对象,模拟电机定子的线棒进行设计。

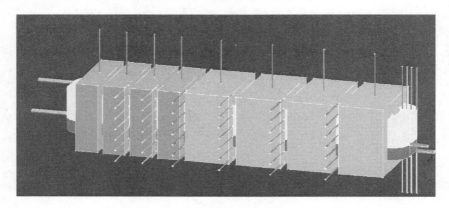

图 6.7　试验模型图

(1) 模型的额定参数:原边 $U_1 = 220$V,$S = 3.3$kW,$I_1 = 15$A;副边 $U_2 = 5.5$V,$I_2 = 600$A。

(2) 计算单:铁心的设计尺寸如图 6.8 所示。图 6.8(a)为横截面图,图 6.8(b)为纵向图。

(3) 铁心中心柱内的总磁通 $\Phi_\mathrm{m} = \dfrac{e_\mathrm{t}}{\omega t} = 0.012387$Wb,截面积 0.032m×0.08m,铁心内的磁密 $B_\mathrm{m} = \dfrac{\Phi_\mathrm{m}}{s_\mathrm{m}} = 12903.125$Gs,质量 $G_\mathrm{t} = k_\mathrm{c} V_\mathrm{t} \rho_{铁} = 15.2285$kg,则铁心损耗 $p_{铁} = p_0 G_\mathrm{t} = 31.77$W。

(4) 低压绕组的设计:低压绕组按照第 5 章中提到的高功率密度卧式电机中的定子模拟线棒设计。

电压 $U_2 = 5.5$V,电流 $I_2 = 600$A,匝数 $N_2 = 2$。电流密度 $J = 8$A/mm^2,则裸铜线是 6.9mm×5.5mm 的扁铜线,线棒的排列及绝缘结构如图 6.9 和图 6.10 所示。

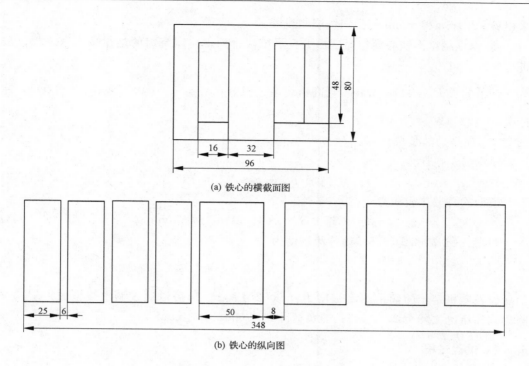

(a) 铁心的横截面图

(b) 铁心的纵向图

图 6.8　铁心示意图(单位:mm)

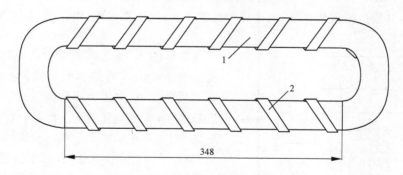

图 6.9　低压绕组绝缘结构示意图

1-低压绕组首先包聚酯薄膜至 0.2mm 厚;2-然后再螺旋式绕包无碱玻璃布带至 0.8mm 厚,
采用宽度为 8mm 或 10mm 的无碱玻璃布带

根据工作站的仿真结果,图 6.9 中主绝缘层聚酯薄膜包 0.2mm,固定绝缘层用无碱玻璃布带分段包 0.8mm,匝绝缘为一般的绝缘漆、厚度在 0.05mm 左右。线圈绕成后先固化,后包各绝缘层。低压绕组电阻 $R_{低} = \rho_{铜} \dfrac{l}{s} = 4.56 \times 10^{-4} \Omega$,则对应的绕组损耗 $p_{低} = R_{低} I_2^2 = 16.2936\text{W}$。

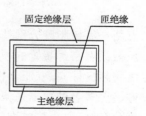

图 6.10　低压绕组
横截面示意图

(5) 高压绕组的设计:按照常规变压器线圈制造,电压 $U_1 = 220\text{V}$,电流 $I_1 = 15\text{A}$,匝数 $N_1 = 80$。电流密度 $J = 4.335\text{A/mm}^2$,

采用 $d = 2.1\mathrm{mm}/2.2\mathrm{mm}$ 的圆铜线绕制线圈。

高、低压绕组沿铁心窗口高度由上至下依次排列。高压绕组的绝缘按厂家常规方法进行处理。

绕组的长 $L = 4178.4\mathrm{mm}$，则高压绕组电阻 $R_{高} = \rho_{铜}\dfrac{L}{S} = 0.3943\Omega$，铜损耗 $p_{高} = R_{高}I_1^2 = 88.73\mathrm{W}$。

（6）模型的热负载计算。

模型的总损耗为

$$p_{总} = p_{低} + p_{高} + p_{铁} = 136.7936\mathrm{W} \tag{6.7}$$

模型的总散热面积为

$$S_{总} = (S_1 + S_2 + S_3) \times 2 = 137856\mathrm{mm}^2 \tag{6.8}$$

利用式（6.7）和式（6.8），则热流密度为

$$q_{\max} = \frac{p_{总}}{S_{总}} = 0.0009923\mathrm{W/mm}^2 \tag{6.9}$$

而所研发电机定子的额定热流密度为 $0.000274\mathrm{W/mm}^2$，可以通过调整模型输入端功率将原边高压电流降至 2.5A，使其热负荷降到 $0.000274\mathrm{W/mm}^2$。

6.4.2　试验过程

试验测量设备由 220V 单相交流电源、单相调压器、电压表、电流表（接在变压器模型的原边）、多参数数据采集系统、微小温差测量系统、电流互感器、电流表（接至变压器模型的副边）组成。

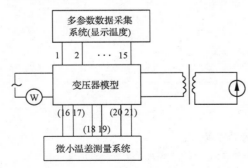

图 6.11　测沸腾换热系数的试验线路

按照图 6.11 连接试验设备，将 220V 单相交流电源经调压器接至变压器模型的高压侧，同时用电流表、电压表测量高压侧的输入电流、励磁电压，低压侧经电流互感器、电流表串联后短路，电流表显示的则是低压绕组中的电流；变压器模型中的铁心叠片内、高低压绕组内部多个位置，在制造过程中分别埋设了热电偶测温元件；将三个热电堆的 a 组测点、b 组测点用环氧树脂胶分别粘在不同铁心段之间流液沟内的铁心表面、绝缘板上，将另三个热电堆的两组测点用环氧树脂胶分别粘在流液沟内的绕组表面、绝缘板上。热电堆、热电偶的接线均由变压器模型密封装置的顶部环氧板、法兰盘上的孔隙引出，之后用环氧树脂胶灌注孔隙，使之密封良好；将变压器模型放置在如图 6.13 的容器内，再进行彻底密封；将热电偶测温元件接至多参数数据采集系统中的温度显示端子上，以测取铁心内及高低压绕组内部的温度分布；将六个热电堆的出线端轮流接至如图 6.5 所示的测量微小温差系统中的直流电位差计上，以测出狭窄空间内浸泡在蒸发冷却介质中的铁心表面、绕组表面与介质之间的微小温差电势；将一个标准水银温度计插在密封装置顶部的温度计座内，以测取蒸发冷却

介质的温度。铁心叠片内热电偶的埋设位置如图 6.12 所示,而绕组内的热电偶间隔 50
～80mm 包扎在绝缘里,热电堆的布置位置如图 6.7 所示。

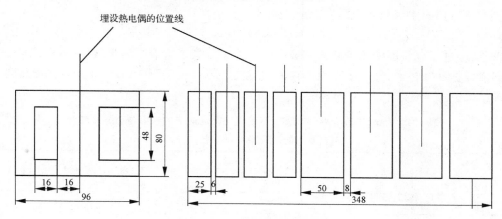

图 6.12　铁心内热电偶的埋设位置图

图 6.13　试验模型的密封装置

1-压力表；2-放气阀；3-温度计座；4-热电堆、热电偶引出线密封法兰；5-二次冷凝水的出水侧；6-二次冷凝水的进水侧；
7-装有试验模型的密封容器；8-试验模型的输入端(高压侧)；9-试验模型的输出端(低压侧)

试验步骤如下:

(1) 打开放气阀,用抽气泵对密封容器抽真空至负压:－0.05MPa。

(2) 蒸发冷却介质 F-113 通过密封容器底部的阀门缓缓灌入容器内,直至灌液面到
达位于容器上部的视察窗底线,将阀门、放气阀关闭好。

(3) 接通试验电源,从高到低依次调节原边电流,每次调降 2A,维持一段时间,直至
温度显示稳定为止。这期间通过调节二次冷凝水的流量保持压力表的读数不变。

(4) 记录各个测点的测量数据。

(5) 重复步骤(3)、步骤(4)数次。

(6) 调节输入端的电压,将输出电流保持在 600A,使试验模型运行在额定状态,由小
到大调节二次冷凝水的流量,使压力表的指示由高到低依次变化,每次变化 0.05MPa。

(7) 记录各个测点的测量数据。

(8) 重复步骤(6)、步骤(7)数次。

6.4.3　试验数据的整理与误差分析

本节选择的狭窄空间内蒸发冷却介质沸腾换热关联式是

$$h = cq_b^n f(p) \qquad\qquad (6.10)$$

所以,试验过程也是围绕该关联式完成的。试验中采集了近万个测量数据,采用统计学中的离散数据处理技术,经过细致而严格的整理与计算,得到了表 6.1~表 6.4 的试验数据处理结果。

表 6.1　6mm 流液沟内、常压下、不同热流密度对应的铁心与蒸发冷却介质间的沸腾换热试验结果

热流密度 q_b /(W/m²)	2793.70046	2430.07280	1785.75473	1228.42017	780.28435
温差 Δt/℃	1.93125	1.7000	1.54100	1.38625	1.22562
换热系数 /[W/(m²·K)]	1446.58	1429.45	1158.83	886.15	636.64

表 6.2　6mm 流液沟内、额定热负载、不同压强对应的铁心与蒸发冷却介质间的沸腾换热试验结果

压强/MPa	0.913	0.963	1.013	1.063	1.113	1.163	1.213
温差 Δt/℃	2.2475	1.8750	2.1550	1.8925	1.9425	1.8325	1.8425
换热系数 /[W/(m²·K)]	1243.03	1489.97	1296.38	1476.20	1438.20	1524.53	1516.26

表 6.3　6mm 流液沟内、常压下、不同热流密度对应的绕组与蒸发冷却介质间的沸腾换热试验结果

热流密度 q_b	2793.70046	2430.07280	1785.75473	1228.42017	780.28435
温差 Δt/℃	2.07467	2.01757	1.87810	1.73225	1.50158
换热系数 /[W/(m²·K)]	1346.58	1204.45	950.83	709.15	519.64

表 6.4　6mm 流液沟内、额定热负载、不同压强对应的绕组与蒸发冷却介质间的沸腾换热试验结果

压强/10⁵Pa	0.913	0.963	1.013	1.063	1.113	1.163	1.213
温差 Δt/℃	2.24750	2.16570	2.08893	2.03002	1.94250	1.86180	1.82680
换热系数 /[W/(m²·K)]	1243.03	1289.97	1337.38	1376.20	1438.20	1500.53	1529.26

根据以上试验结果可以得到蒸发冷却介质沸腾换热关联式的量化结果,其推导过程如下:

第一步。保持压强 p 不变,即换热关联式(6.3)成为

$$h_1 = c_1 q_b^n \qquad\qquad (6.11)$$

以此求出常数项 n。该常数反应了换热系数与热流密度之间的具体关系。对式(6.11)两边取对数：$\lg h_1 = \lg c_1 + n \lg q_b$，将表 6.1 和表 6.3 中各组试验数据代入，采用最小二乘法对这些试验数据进行曲线拟合，可以获得常数项 c_1、n 的数值，同时还可以求得试验数据的标准偏差。

　　第二步。保持热流密度不变，取额定电流时的值为 2793.70046W/mm²，即换热关联式(6.3)成为

$$h_2 = c_2(a_1 + a_2 p) \tag{6.12}$$

以此求出反应了换热系数与介质压强之间具体关系的常数项 a_1、a_2。将表 6.2 和表 6.4 中各组试验数据代入，同样采用最小二乘法对数据进行曲线拟合，再求得 a_1、a_2 及标准偏差。

　　第三步。完成前两步之后，式(6.3)成为

$$h_3 = c q_b^n (a_1 + a_2 p) \tag{6.13}$$

从常压试验数据中任意抽出五组，再从常热流密度试验数据中任意抽出五组，分别代入式(6.13)中，得到常数项 c 平均值，并求出其标准偏差。

　　经过了上述三个运算推导步骤，最后总结得到了狭窄空间内铁心表面的蒸发冷却介质沸腾换热系数与铁心槽内绕组表面的蒸发冷却介质沸腾换热系数。它们分别是 6mm 流液槽内铁心与蒸发冷却介质间的沸腾换热

$$h = q_b^{0.752}[0.866 + 2.56(p/p_0)] \tag{6.14}$$

6mm 流液槽内绕组与蒸发冷却介质间的沸腾换热

$$h = q_b^{0.75}[0.556 + 1.94(p/p_0)] \tag{6.15}$$

式中，q_b 为热流密度，W/mm²；p 为沸腾绝对压强，Pa；p_0 为标准大气压强，Pa。

　　并以此在双对数坐标系上绘出了 h 与 q_b 关系曲线图 6.14 和图 6.15，在笛卡儿坐标系上绘出了 h 与 p 关系曲线图 6.16 和图 6.17，观察狭窄空间内蒸发冷却介质的表面沸腾换热系数与二者之间的关系，以及两个关联式的误差范围。从关系曲线图中可以看出，在一定的参数范围内，增加热负荷及蒸发冷却空间内的压强，能够加强沸腾换热强度。

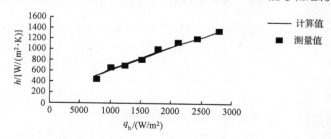

图 6.14　6mm 空间铁心与 F-113 的沸腾换热系数随热流密度变化间的关系

　　误差分析显示，试验中因使用较高精度的测量仪表，所带来的系统误差远小于测量数据本身的随机误差，可以忽略，经过计算比较，两个关联式的最大相对误差式(6.14)为 8.78%，式(6.15)为 9.04%，而且两个关联式只与使用的热源变量、环境压强变量有关，不必考虑物性参数，为后续的分析计算提供便利。

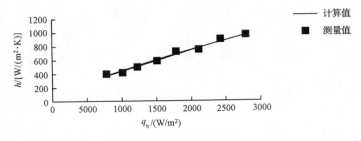

图 6.15　6mm 空间绕组与 F-113 的沸腾换热系数随热流密度变化间的关系

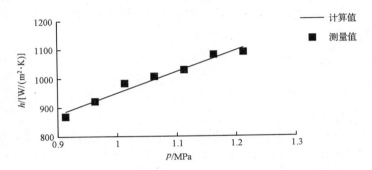

图 6.16　6mm 空间绕组与 F-113 的沸腾换热系数随压强变化的关系

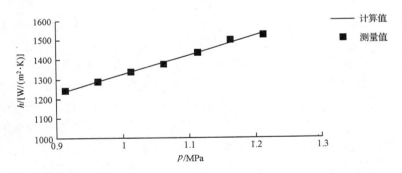

图 6.17　6mm 空间铁心与 F-113 的沸腾换热系数随压强变化的关系

6.5　本 章 小 结

　　电机定子密封腔体内的蒸发冷却换热过程与传热学中饱态沸腾换热过程基本相同，传热学中的沸腾换热原理，为研究蒸发冷却定子温度场分布中迫切需要解决的狭窄流道内的表面沸腾传热系数的取值，提供了理论依据及解决途径。

　　本章在查阅了国内外有关狭窄空间内沸腾传热研究文献的基础上，了解并基本掌握了这一学术领域的发展现状、研究方法。借鉴并参考已有的沸腾换热试验研究的方式、程序、要求等，针对蒸发冷却电机定子密封腔体内沸腾换热的实际情况，研究测量密封环境下微小温差的原理，解决了这一测温难题，然后设计出合理的试验模型与试验线路，按照选用的沸腾换热关联式的参数形式，测取各参数与关联式的系数关系。因为沸腾换热过程对诸多因素反应敏感,决定了其统计特征很强,所以每测一个系数都伴有大量的重复性试验,以提高测量的精度。最后,采用统计学中的科学数据的处理技术,经过对数以万计的试验数据的精心整理,得到了狭窄空间内的蒸发冷却介质 F-113 分别与定子铁心、绕组之间的沸腾换热系数的表达式,该表达式的一大优点是与铁心、绕组的物理参数无关,使用起来很方便。

本章中测得的两个沸腾换热关联式的最大相对误差为 8.78%、9.04%,主要来源于试验测量过程的相对系统误差,即随机误差。

参 考 文 献

[1] 刘振华,陈玉明. 紧凑传热管管束狭窄空间内沸腾强化的换热特性. 太阳能学报,1999,20(4):444~448.

[2] Liu Z H,Ishibashi E. Enhanced boiling heat transfer of water/salt mixture in restricted space of the compact tube bundle. Heat Transfer Engineering,2001,22(3):4~10.

[3] Webb R L, Oais C. Nucleate pool boiling data for five refrigerants on plain, integral-fin and enhanced tube geometries. International Journal of Heat and Mass Transfer, 1992,35(8):1893~1904.

[4] Marto P J, Anderson G L. Nucleate boiling characteristics of R-113 in a small tube bundle. ASME Journal of Heat Transfer, 1992, 114(2):425~433.

[5] Memory S B, Chlman S V, Marto P J. Nucleate pool boiling of a TURBO-B bundle in R-113. ASME Journal of Heat Transfer, 1994, 116(3):670~678.

[6] Hsien S S, Hsu P T. Nucleate boiling characteristics of R-114, distilled water and R-113a on plain and rib-roughened tube geometries. International Journal of Heat and Mass Transfer, 1994, 37(10):1423~1432.

[7] 朱群志,刘振华. 水平管降膜式蒸发换热器蒸发换热特性. 上海交通大学学报,1999,33(3):276~280.

[8] 刘振华,易杰. 强化传热管束狭窄空间内 R-11 的沸腾换热特性. 热能动力工程,2003,18(3):136~138.

[9] 陈振斌. 蒸发冷却电机定子绝缘的等效导热系数的研究. 中国科学院电工研究所论文集,1980,(1):111~116.

[10] 林瑞泰. 沸腾换热. 北京:科学出版社,1988.

[11] 陈振斌. 不同绝缘材料对电机绕组蒸发冷却过程的强化. 大电机技术,1975,4(4):22~26.

[12] 张学学等. 热工基础. 北京:高等教育出版社,2000.

[13] 张子彗. 热工测量与自动控制. 北京:中国建筑工业出版社,1996.

[14] 杨世铭,陶文铨. 传热学. 北京:高等教育出版社,1998.

[15] 吴伟,杜建华,王补宣. 多孔表面槽道对沸腾传热影响的实验研究. 上海理工大学学报,2001,23(3):244~246.

[16] 师晋生. 竖管内空气强迫与自然对流换热实验. 热能动力工程,2002,17(1):43~46.

[17] 王增辉,贾斗南,刘瑞兰. 狭缝通道两相流强化换热研究综述. 热能动力工程,2002,17(7):329~332.

[18] 孙中宁,阎昌琪,黄渭堂等. 管外及窄环隙流道池沸腾换热对比实验分析. 哈尔滨工程大学学报,2003,24(2):136~140.

第7章 高功率密度卧式蒸发冷却电机 定子绝缘确定性结构的试验研究

7.1 引 言

气、液、固三态绝缘材料所构成的新型卧式电机定子绝缘系统是蒸发冷却方式所独具的,所以,其绝缘特性、热场分布等问题的研究属于国内外电机领域内的学术空白,研究难度大,学术价值高,同时是急需的、确定不同容量等级蒸发冷却电机设计原则的重要依据[1,2]。电机本身就是工程性很强的研究对象,不能只依靠单一抽象的理论计算研究,必须要经过多方案、大量而周密的试验论证,考核其结构设计上的合理性、可靠性,工艺实施上的可行性、易操作性,试验与理论分析的每一细节都很关键。所以,对于高功率密度卧式蒸发冷却电机定子绝缘结构方案确定性研究阶段,必须将模型试验与数值仿真两方面的研究结合起来,才能确定出可用于真机组上的、最后落于实处的结构方案。

第5章中论及的高功率密度卧式蒸发冷却电机定子绝缘结构的初步设计结论,已提交给项目负责单位及相关的制造厂家,他们认可了蒸发冷却介质在气液两相下的绝缘性能,考虑调整原来的设计方案,但不会全盘接受这一计算结果。这是因为一来仿真计算结果还有待进一步提高精确程度,二来更主要的原因是新型绝缘结构还没有经过模拟样机的验证,马上起用到真机上有一定风险,再加上制造厂的工艺生产条件是否能保证0.2mm如此薄的绝缘层均匀,甚至要推翻常规的定子绝缘工艺过程,对于制造方来说,需要有一个认识和接受过程。为此,制造厂家参照中国科学院电工研究所提供的定子绝缘结构初步设计结论,改变了原有的常规设计理念,制订了三种新型的定子绝缘结构方案及规范,进入到高功率密度卧式蒸发冷却电机定子绝缘结构确定性研究阶段,并对此提供了试验模型。

7.2 试验中的定子模拟结构

为确保2500kW多相整流异步发电机的使用寿命长、运行安全可靠,该项目的设计单位决定将电机定子额定电流密度由原来的8A/mm² 调降至7A/mm²,定子线圈的电磁线采用的是聚酰亚胺-氟树脂复合薄膜烧结线,薄膜厚度为0.0375mm,2/3 叠包烧结,制成后的电磁线单边绝缘厚度是0.1125mm。采用这种电磁线中的两个线规制造定子的两套试验线圈,用于输出电能及调节励磁。在完成模拟线圈制造、定子的嵌线与浸漆及性能考核试验等前期工作的基础上,厂方提供以下三种定子嵌线与绝缘方案:

(1)采用0.2mm NHN 槽绝缘,线圈半叠包0.075mm 云母带一次,平包0.06mm 玻璃丝带一层。定子绝缘总厚度为0.5225mm。

(2)取消任何槽绝缘,线圈半叠包0.075mm 云母带一次,平包0.06mm 玻璃丝带一层,定子绝缘总厚度为 0.3225mm。

（3）采用 0.2mm NHN 槽绝缘,取消线圈绝缘,利用电磁线本身的绝缘,定子绝缘总厚度为 0.3125mm。

其中,有槽绝缘结构的绝缘方案（1）、（3）,所有定子铁心段之间的流液沟内的槽绝缘均去掉,只在铁心槽内布置槽绝缘,以强化线圈的散热效果。两套试验线圈绕制完成后下嵌到 E 形模拟铁心中,线圈层间垫以 1mm 厚的层间绝缘,然后用槽楔压紧,在线圈的层间、线圈绝缘（或电磁线）与槽绝缘（或槽壁）之间及紧靠铜线位置埋设了测温元件——热电偶,以测取这几处的温度分布。

（1）、（2）、（3）三种定子绝缘方案,每一种方案制造两个模拟结构。嵌完线后,全部线圈接受对地耐压 3000V、1min,匝间脉冲:3000V、5s。接下来进行浸漆处理,将六个定子模拟结构整个浸漆两次。浸漆后,再次接受对地耐压 3000V、1min,全部通过。

7.3　传热及耐压试验装置

本章上述三种新型绝缘结构的传热效果及运行状态下耐压的考核,采用的试验装置均为图 7.1 中所示的试验装置。

图 7.1　试验装置图

定子模型放进高压试验装置容器中,加以密封并抽真空,然后缓缓灌入蒸发冷却介质 F-113,直至将整个定子模型完全浸泡。两组不同线规的模拟线圈由导电螺杆引出接到两个调压器的输出端,热电偶由法兰密封处引出接至显示温度的标准仪表,同时连接测电流、电压的仪表。准备一台介质击穿装置,在测温结束后,接至高压试验装置一侧的导电螺杆。

7.4　试　验　过　程

每一种方案中抽取一个定子模型,依次分别进行试验,试验过程如下:

(1)同时调节两个调压器的输入电流,使其输入到定子模拟线圈的电流密度达到 7A/mm²,稳定 1h,测出该电流密度下的各点温度。

(2)在不断电的情况下,采用介质击穿装置对定子模拟线圈施加对地 3kV 电压,持续 1min,再加至 5kV 电压,持续 1min,观察其耐压情况。

(3)在不断电的情况下,采用介质击穿装置对两组定子模拟线圈之间施加 3kV 电压,持续 1min,观察其耐压情况。

(4)重复步骤(1)~(3),使定子模拟线圈的电流密度分别达到 9A/mm²、11 A/mm²,测出对应的各点温度,接受各种耐压考核。

7.5　试验结果及分析

7.2 节给出的(1)、(2)、(3)三种绝缘结构方案经过 7.4 节中的试验过程,其结果汇总在表 7.1 中。该试验结果是经过三次不同时间内的试验模型改进后得到的总结性结果。从试验结果来看,定子模型在超过额定负荷(7A/mm²)的 28.6%(9A/mm²)、64.3%(11A/mm²)等情况下运行时,定子绝缘内的温度均不超过 75℃;除导线内部的铜以外,各处温度相差不超过 10℃,与冷却介质的运行温度比较,额定运行温升不到 20℃。试验线圈的电性能完全达标,耐压等级均超过 3000V,远高于其额定电压值(710V)。

表 7.1　三种绝缘方案传热效果及电性能的试验结果

试样号	电流密度/(A/mm²)	绕组层间温度/℃	绕组主绝缘中温度/℃	液体介质温度/℃	导线温度/℃	线圈对地耐压 3kV 持续 1min	线圈对地耐压 5kV 持续 1min	线圈相间耐压 3kV 持续 1min
(1)	7	58.4	52.5	47.5	63.3	通过	—	通过
	9	63.5	56.1	47.5	75.4	通过	—	通过
	11	66.9	57.4	47.5	81.4	通过	通过	通过
(2)	7	62.1	61.5	47.5	62.3	通过	—	通过
	9	68.6	68.4	47.5	70.1	通过	—	通过
	11	75.1	75	47.5	78.2	通过	通过	通过
(3)	7	48.3	48	47.5	52.1	通过	—	通过
	9	48.4	48.3	47.5	54.7	通过	—	通过
	11	49.3	48.7	47.5	55.4	通过	通过	通过

方案(1):定子模型的各处温度分布较为均匀,三种方案中与冷却介质之间的温差最大,当电流密度为 9A/mm² 以下时,通过调节二次冷却水流量,定子模型的最热点可以控制在 75℃ 以内;若电流密度超过此值,则局部过热点——铜线的温度将升至 80℃ 以上。

方案(2)：三种方案中线圈绝缘中的温度分布均匀，但线圈的绝缘层内外有较大的温度梯度，当电流密度达到 $11A/mm^2$ 时，导线与冷却介质之间的温差将达 30.7℃左右。

方案(3)：线圈整体的温度分布比较均匀，由于无线圈绝缘，不存在绝缘层温降，电磁线与冷却介质直接接触，提高热负荷，其最高温升变化不剧烈，呈缓慢上升态势，说明线圈采用这种绝缘结构热量能被及时带走，所以，比较而言冷却效果最好，最大温差出现在电流密度为 $11A/mm^2$ 时的导线与冷却介质之间，为 7.9℃。

7.6　试　验　结　论

通过对三种定子绝缘结构模型的试验研究，得到的试验结论如下：

(1) 对于定子采用蒸发冷却方式的高功率密度、高速整流异步发电机，可以提高电流密度，使电机的体积比空冷机组大幅度减小，材料利用率可以提高到目前最高的水内冷电机的水平或更高。

(2) 浸润式蒸发冷却为卧式电机的定子提供了优良的气、液、固三相绝缘系统。试验证明，针对此绝缘系统研制出的三种新型绝缘结构可以充分保证定子结构的传热效率及电性能安全可靠。

(3) 试验结果证明，在电机额定运行时三种新型绝缘结构的温度分布状况，可以满足高功率密度卧式蒸发冷却电机研究项目中对温升严格限制的要求。

7.7　本　章　小　结

本章的研究内容是第5章的延续，是对第5章提出的原理性设计的修正与定案。在充分认同浸润式蒸发冷却的强冷却效果，并为卧式电机的定子提供了优良的气、液、固三相绝缘系统的基础上，制造厂提供的高功率密度卧式蒸发冷却电机定子的三种绝缘结构，是经过三次不同时间的试验考核，加以改进后得到了确切的结构方案。最后得到的总结性温度分布试验结果达到了该机组对温度分布的严格要求，解决了高功率密度卧式蒸发冷却电机定子绝缘结构的确定性方案，研究结果表明三种新型的、针对蒸发冷却方式的定子绝缘结构均可行。并为后续的理论上的仿真计算提供了验证的依据。

参 考 文 献

[1] 周健,黄祖洪. 高导热绝缘材料在高压电机上的应用及前景. 绝缘材料通讯,1999,33(6):38～41.
[2] 栾茹,顾国彪. 蒸发冷却汽轮发电机定子绝缘结构的模拟试验及分析. 大电机技术,2002,165(6):23～26.

第8章 新型蒸发冷却定子绝缘结构中三维温度场的仿真计算

8.1 引　言

电机温升计算的常规方法是热等效线路法[1]。这种方法算出的温升值没有考虑热源体(即铜、铁)自身的温度分布,而无论是铜还是铁它们本身的温度是并不均匀,所以这种方法只是一种近似的简化处理手段。

随着计算机技术和数值计算方法的发展,电机设计人员对应用数值计算技术研究电机温度场分布的需求越来越高。电机温度场的准确计算,不仅能保证电机设计结构的可靠性、合理性,而且在提高机组运行效率、优化机组设计、降低电机体积或制造成本等方面有着重要的应用价值,特别是对于确定电机中局部过热点问题、温升控制问题等的研究,具有特殊重要意义[1]。电机温度场问题可归结为偏微分方程的边值问题,利用有限元法,借助计算机,可较准确地计算电机的温度分布,为电机参数的选择、电机结构的合理调整提供参考[2,3]。

本章的蒸发冷却定子三维温度场的研究,以第 7 章的高功率密度卧式蒸发冷却电机定子绝缘确定性结构作为实例。鉴于这台 2500kW 整流异步电机额定电压低、功率密度高,但对定子的温度分布要求十分严格,对前述三种定子绝缘结构方案的可行性,应主要考核定子在一定热负荷下局部最热段的温度分布情况,并以此确定定子绕组的载荷能力,即定子绕组的额定电流密度。由于实测定子内各点的温度分布是不可能的(如铁心与铜导线内部的温度),所以理论上正确计算定子温度分布就很重要。本节应用专门的电磁、热问题工作站计算软件——EMAS,对该定子三维温度场进行仿真计算。

8.2 定子最热段三维温度场的仿真计算模型

电机中温度分布计算是一个难题,由于几何形状复杂,有各种不同的传热方式,热源分布不均匀、非线性等的障碍,还存在难于确定散热系数的问题。唯一的解决办法是对所要计算的区域进行合理有效的简化,本书参考了许多重要文献在这方面所使用的方法,目的就是最大限度地近似计算电机中那些重要部位和点的温度。

浸泡式蒸发冷却定子是将整个定子密封在腔体内,被其内充放的液态蒸发冷却介质完全浸泡。定子的端部、铁心表面与蒸发冷却介质充分接触,热量很快被带走,所以定子中最热段应位于直线部分中心定子槽内的绕组中。本书在参考了其他冷却方式的汽轮发电机定子三维温度场计算的基础上,为了提高仿真计算的可信度,考虑电磁线绝缘对定子绕组最热段温度的影响,据此确定了如下的求解区域:由电机定子结构的对称性,可取电机定子的半挡铁心、半个齿距和半个径向流液沟的铁心、槽和蒸发冷却介质作为三维温度场的计算区域,如图 8.1 所示。定子槽内的上、下层线圈分别对应该电机定子侧的三个主绕组线圈边(输出电能)与一个辅助绕组线圈边(调节励磁),两者之间无电的联系。

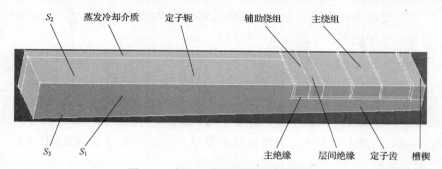

图 8.1　定子三维温度场的求解场域

根据实际情况和传热学知识[4],作如下假设:

(1) 定子绕组和铁心的最热段位于整个铁心的中部,中间截面是绝热面。

(2) 定子中心段两侧的径向流液沟的中心截面是绝热面。

(3) 由于周向的对称性,槽中心面与齿中心面均是绝热面。

(4) 由于定子绕组温升低,可以不考虑因温度变化所引起的电阻变化,即铜耗只随电负荷的变化而改变。

根据传热学理论,在直角坐标系下,媒质中三维稳态热传导方程为

$$
\begin{cases}
\lambda_x \dfrac{\partial^2 T}{\partial x^2} + \lambda_y \dfrac{\partial^2 T}{\partial y^2} + \lambda_z \dfrac{\partial^2 T}{\partial z^2} = -q \\
\dfrac{\partial T}{\partial n} = 0, & \text{在 } S_p \text{ 上} \\
-\lambda \dfrac{\partial T}{\partial n} = \alpha(T - T_f), & \text{在 } S_q \text{ 上}
\end{cases}
\tag{8.1}
$$

式中,S_p 为绝热面;S_q 为各种散热面;λ_x、λ_y、λ_z 为 x、y、z 方向的导热系数;q 为热流密度;α 为对流散热系数或沸腾换热系数;T_f 为传热流体的温度;T 为待求解的温度。

热辐射换热的方程,则根据斯特藩-玻耳兹曼定律列出

$$
\begin{cases}
C_1 \left[\left(\dfrac{T + 273}{100} \right)^4 - \left(\dfrac{T_0 + 273}{100} \right)^4 \right] = q \\
C_1 = \varepsilon C_0
\end{cases}
\tag{8.2}
$$

式中,C_1 为表面辐射系数;ε 为灰体黑度;C_0 为绝对黑度;T_0 为周围介质温度;T 为辐射体表面的待求温度。

EMAS 工作站结合式(8.1)和式(8.2),通过数值分析方法,将求解域内的温度场定解问题描述为

$$
\boldsymbol{K}_T \boldsymbol{T} + \boldsymbol{R}_L (\boldsymbol{T} + 273)^4 = \boldsymbol{F}_T + \boldsymbol{F}_{TE}
\tag{8.3}
$$

式中,$\boldsymbol{K}_T$ 和 $\boldsymbol{R}_L$ 分别为计算热传导和热辐射矩阵;$\boldsymbol{T}$ 为要求解的温度矢量矩阵;$\boldsymbol{F}_T$ 为外附加热负载矢量;$\boldsymbol{F}_{TE}$ 为电、磁负荷对应的热负载矢量,主要指涡流损耗。

本节中要解决的是浸润式蒸发冷却定子中最热段温度场的问题,因整个定子完全浸泡在液态蒸发冷却介质里,其传热过程由导热、散热面表面的对流换热等构成的,不存在辐射换热过程,所以,在计算本节中的温度场时忽略热辐射项。

式(8.3)的定解条件除图 8.1 所示的绝热面以外,与蒸发冷却介质接触的面应为沸腾换热面,按传热学中的第三类边界条件处理。

8.3　计算定子中的热源分布

电机定子三维温度场问题中的热源确定,其难度及准确程度主要体现在对定子槽内绕组涡流损耗的处理上。本书在查阅整理大量中外文献的基础上,归纳出以下三种计算涡流损耗的方法。

方法一。文献[5]~[10]计算的是实心导体,根据电磁场理论推导定子上、下层绕组属于同相槽和异相槽时,槽内各根股线的电阻增大系数表达式,即上、下层线棒的菲尔德系数,由此计算了各根股线内涡流损耗值,将温度场计算结果与实测的温度结果进行比较,发现不论采用哪种损耗分布系数,两种结果相差并不是很大,说明这种涡流损耗的处理方法能够满足工程误差的要求;

方法二。文献[11]、[12]计算的是带有内冷管道的空心导体,他们不考虑绕组的位置、相位对涡流损耗分布的影响,而假定涡流效应对每根股线的影响相同,故计算定子绕组铜损耗时取其平均值,这样计算较简便,对绕组外层温度分布的计算较为理想,但不能反映出定子绕组内部实际温度分布;

方法三。文献[13]~[20]采用的是电磁场与热场相互直接耦合,将两种物理场方程结合在一起推导出有限元数值计算的离散格式,计算难度及计算量最大,但最终得到的温度场分布的结果精度最高。

因方法一在 EMAS 工作站上实现有困难,本章将方法二与方法三相结合,分别计算定子铁心、绕组内的基本损耗与涡流损耗。

在定子最热段计算模型的求解区域内,热源是定子的各项损耗,主要由铁耗(包括铁心叠片内的涡流损耗、磁滞损耗)和电气损耗(包括基本铜耗与实心导体内的涡流损耗)组成。

8.3.1　定子铁心内基本损耗的计算

铁心内基本损耗包括涡流损耗和磁滞损耗,与铁心材料、质量、磁通密度的分布及电机容量大小密切相关。根据定子实际的几何形状,轭部与齿部的损耗值应分别计算。

(1)定子轭部的磁滞损耗

$$p_{\text{Fej1}} = k_{\text{a}} p_{\text{Fej}} M_{\text{j}} \times 10^{-3} \quad \text{kW} \tag{8.4}$$

式中,k_{a} 为统计平均值,根据不同电机种类、容量大小而分别取值;p_{Fej} 为轭部损耗系数;M_{j} 为轭部的质量。轭部损耗系数按式(8.5)计算

$$p_{Fej} = p_0 B_j^2 \left(\frac{f}{50}\right)^{1.3} \quad \text{W/kg} \tag{8.5}$$

式中，p_0 为铁心叠片系数，与铁心材料有关；B_j 为轭部最大磁通密度；f 为电机频率。联立式(8.4)和式(8.5)就可以计算出定子轭部的磁滞损耗。

（2）定子齿部的磁滞损耗

$$p_{Fet1} = k_a p_{Fet} M_t \times 10^{-3} \quad \text{kW} \tag{8.6}$$

式中，k_a 为统计平均值，根据不同电机种类、容量大小而分别取值；p_{Fet} 为齿部损耗系数；M_t 为齿部的质量。齿部损耗系数按式(8.7)计算

$$p_{Fet} = p_0 B_t^2 \left(\frac{f}{50}\right)^{1.3} \quad \text{W/kg} \tag{8.7}$$

式中，p_0 为铁心叠片系数，与铁心材料有关；B_t 为齿部最大磁通密度；f 为电机频率。联立式(8.6)和式(8.7)就可以计算出定子齿部的磁滞损耗。

求得定子铁心内的磁滞损耗后，以人为赋予平均热流密度的方式，加载到图 8.1 求解场域中的铁心区域内，再由工作站内部转成计算模型式(8.3)中的外附加热负载矢量 $\mathbf{F}_T$。

8.3.2　定子铁心、绕组内涡流场与热场的耦合计算

电磁、热场的耦合计算，分为直接耦合与间接耦合，在实现手段上存在有限元法或边界元法两种数值方法。有限元法多是根据变分原理对两种物理场的偏微分方程予以离散化。本章所使用的仿真工具——工作站 EMAS 软件，则是选择了间接耦合原理，即首先计算各项有功损耗，再代入式(8.3)中的热负载矢量矩阵中；对两种物理场方程的求解，采用有限元数值计算方法来编程，实现仿真计算过程，而具体的有限元解法及实现过程则是通过虚功原理建立起来，具体的推导过程详见文献[21]。

EMAS 软件计算涡流损耗的具体过程：将相应的频域电磁场计算的边界条件与激励加载到计算模型中，由工作站的电磁计算模块自动予以完成。

根据电磁场理论[22~24]，EMAS 工作站用矢量磁位 $\mathbf{A}$、标量电位 ϕ 作为涡流场边值方程的求解量，如图 8.1 所示，径向的槽中心截面 S_2 为磁场的正交对称面、电场的平行等位面，在其上 $\mathbf{A}$ 满足第二类齐次边界条件：$\partial A/\partial n = 0$，$\phi$ 满足第一类边界条件：为定值；径向齿中心截面 S_3、轴向齿、轭中心截面 S_1，是磁场的平行对称面，属第一类边界条件，$\mathbf{A}$ 为定值，而与电场方向的正交，属于第二类齐次边界条件，$\partial\phi/\partial n = 0$；激励为定子主绕组及辅助绕组内的额定电流密度，沿定子轴向加载在这两个绕组区域内，计算频率取工频 50 Hz。求得表征电磁场特征的矢量磁位 $\mathbf{A}$、标量电位 ϕ 后，便能利用式(8.8)唯一地确定场矢量 $\mathbf{B}$ 和 $\mathbf{E}$

$$\begin{cases} \dot{\mathbf{B}} = \nabla \times \dot{\mathbf{A}} \\ \dot{\mathbf{E}} = -\nabla\phi - \dot{\mathbf{A}} \end{cases} \tag{8.8}$$

在分析交流电磁场时，通常用复数形式建立数学模型，而场中线性媒质的材料参数与场的频率有关

$$\mathbf{D} = \hat{\epsilon}(\omega)\mathbf{E}$$

$$\boldsymbol{B} = \hat{\mu}(\omega)\boldsymbol{H}$$

$$\boldsymbol{J}^{c} = \hat{\sigma}(\omega)\boldsymbol{E} \tag{8.9}$$

式中，$\boldsymbol{D}$、$\boldsymbol{B}$、$\boldsymbol{J}^{c}$、$\boldsymbol{E}$、$\boldsymbol{H}$ 分别是复数形式的位移电流、磁通密度、传导电流密度、电场强度、磁场强度；$\hat{\varepsilon}$、$\hat{\mu}$、$\hat{\sigma}$ 分别代表介电系数、电导率和磁导率；ω 为频率。根据流的广义概念，电磁场中感应的电流与磁流为

$$\begin{cases} \boldsymbol{J} = (\hat{\sigma} + \mathrm{j}\omega\hat{\varepsilon})\boldsymbol{E} = \hat{y}(\omega)\boldsymbol{E} \\ \boldsymbol{M} = \mathrm{j}\omega\hat{\mu}\boldsymbol{H} = \hat{z}(\omega)\boldsymbol{H} \end{cases} \tag{8.10}$$

注：此处 $\partial\boldsymbol{B}/\partial t$ 被定义为磁位移流，简称磁流 $\boldsymbol{M}$。

若计及场中的激励源，则交流电磁场的复数模型为

$$\begin{cases} -\boldsymbol{\nabla}\times\boldsymbol{E} = \hat{z}(\omega)\boldsymbol{H} + \boldsymbol{M}^{\mathrm{i}} = \boldsymbol{M}^{\mathrm{t}} \\ \boldsymbol{\nabla}\times\boldsymbol{H} = \hat{y}(\omega)\boldsymbol{E} + \boldsymbol{J}^{\mathrm{i}} = \boldsymbol{J}^{\mathrm{t}} \end{cases} \tag{8.11}$$

式中，$\boldsymbol{M}^{\mathrm{i}}$、$\boldsymbol{J}^{\mathrm{i}}$ 代表交流电磁场中的电与磁激励源。

电磁场中的功率密度，通常用坡印亭矢量表示

$$\dot{\boldsymbol{S}} = \dot{\boldsymbol{E}}\times\dot{\boldsymbol{H}} \tag{8.12}$$

坡印亭矢量的复数形式为

$$\boldsymbol{S} = \boldsymbol{E}\times\boldsymbol{H}^{*} \tag{8.13}$$

以 $\boldsymbol{H}^{*}$ 左点乘式(8.11)中的第一式等号两侧，$\boldsymbol{E}$ 左点乘式(8.11)中的第二式等号两侧，然后将两式相加得到式(8.14)的结果

$$\boldsymbol{E}\cdot\boldsymbol{\nabla}\times\boldsymbol{H}^{*} - \boldsymbol{H}^{*}\cdot\boldsymbol{\nabla}\times\boldsymbol{E} = \boldsymbol{E}\cdot\boldsymbol{J}^{\mathrm{t}} + \boldsymbol{H}\cdot\boldsymbol{M}^{\mathrm{t}} \tag{8.14}$$

而

$$\boldsymbol{\nabla}\cdot\boldsymbol{S} = \boldsymbol{\nabla}\cdot(\boldsymbol{E}\times\boldsymbol{H}^{*}) = \boldsymbol{E}\cdot\boldsymbol{\nabla}\times\boldsymbol{H}^{*} - \boldsymbol{H}^{*}\cdot\boldsymbol{\nabla}\times\boldsymbol{E}$$

所以

$$\boldsymbol{\nabla}\cdot(\boldsymbol{E}\times\boldsymbol{H}^{*}) + \boldsymbol{E}\cdot\boldsymbol{J}^{\mathrm{t}*} + \boldsymbol{H}^{*}\cdot\boldsymbol{M}^{\mathrm{t}} = 0 \tag{8.15}$$

将式(8.15)对计算域进行体积分，并应用散度定理，其结果是

$$\oiint\boldsymbol{E}\times\boldsymbol{H}^{*}\cdot\mathrm{d}s + \iiint(\boldsymbol{E}\cdot\boldsymbol{J}^{\mathrm{t}*} + \boldsymbol{H}^{*}\cdot\boldsymbol{M}^{\mathrm{t}})\mathrm{d}r = 0 \tag{8.16}$$

式(8.16)反映了能量守恒定律，前一项是坡印亭矢量的闭合面积分，即计算域内能量密度的增长量。现在分析后一项的物理意义，对于不计激励源、仅考虑感应的电磁场量有式(8.17)的关系

$$\begin{cases} \boldsymbol{J}^{\mathrm{t}} = \hat{y}\boldsymbol{E} = (\sigma + \mathrm{j}\omega\varepsilon)\boldsymbol{E} \\ \boldsymbol{M}^{\mathrm{t}} = \hat{z}\boldsymbol{H} = \mathrm{j}\omega\mu\boldsymbol{H} \end{cases} \tag{8.17}$$

这样得到式(8.18)

$$\begin{cases} \boldsymbol{E}\cdot\boldsymbol{J}^{\mathrm{t}*} = \sigma|\boldsymbol{E}|^{2} - \mathrm{j}\omega\varepsilon|\boldsymbol{E}|^{2} \\ \boldsymbol{H}^{*}\cdot\boldsymbol{M}^{\mathrm{t}} = \mathrm{j}\omega\mu|\boldsymbol{H}|^{2} \end{cases} \tag{8.18}$$

可见，式(8.18)应为计算域内媒质消耗的功率密度。

由此，得到损耗功率项为

$$p_{\mathrm{d}} = \mathrm{Re}(\hat{y}|\boldsymbol{E}|^{2} + \hat{z}|\boldsymbol{H}|^{2}) \tag{8.19}$$

经过上述的推导过程,EMAS 工作站最后采用复数形式的电场强度、磁通密度矢量式计算涡流损耗

$$p = \mathrm{Re}(\boldsymbol{E}^{*\mathrm{T}}\boldsymbol{\sigma}\boldsymbol{E}) + \omega lm(\boldsymbol{B}^{*\mathrm{T}}\boldsymbol{\nu}\boldsymbol{B}) - \omega lm(\boldsymbol{E}^{*\mathrm{T}}\boldsymbol{\varepsilon}\boldsymbol{E}) \tag{8.20}$$

式中,$\boldsymbol{\sigma}$ 为复电导率张量;$\boldsymbol{\varepsilon}$ 为复相对介电强度张量;$\boldsymbol{\nu}$ 为复磁阻率张量;ω 为圆频率。式(8.20)可以由式(8.10)带入式(8.19)经整理后得到。

EMAS 工作站采用复数矩阵形式的式(8.20)计算出铁心及绕组内的涡流损耗后,将其加载至计算模型式(8.3)中的电、磁负荷对应的热负载矢量矩阵 $\boldsymbol{F}_{\mathrm{TE}}$ 中,而这一加载过程也是由 EMAS 工作站内部自动完成的。图 8.2 中给出了本节利用 EMAS 工作站计算的定子中的涡流损耗密度的分布情况,绕组中的电流密度取为 $7\mathrm{A/mm}^2$,即定子处于额定运行工况。从图 8.2 中可见,涡流损耗集中在位于槽口处的主绕组,与集肤效应相吻合,而定子齿、轭中的涡流却很小,可以忽略。

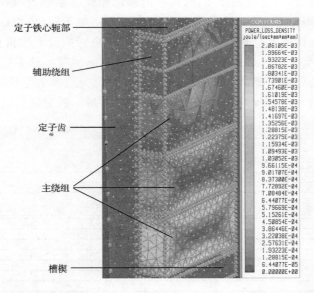

图 8.2　定子绕组在额定负载(电流密度为 $7\mathrm{A/mm}^2$)下涡流损耗密度的分布

8.3.3　定子绕组内基本铜耗的计算

鉴于绕组内涡流损耗的分布已由 8.3.2 节求出,故不必考虑定子槽内的挤流效应对定子绕组电阻的影响,直接应用欧姆定律计算铜损耗

$$p_{\mathrm{Cu}} = I^2 R_{75℃} \tag{8.21}$$

以人为赋予平均热流密度的方式,加载到图 8.1 求解场域中的定子主绕组和辅助绕组区域内,再经过 EMAS 工作站内部转成计算模型式(8.3)中的外附加热负载矢量 $\boldsymbol{F}_{\mathrm{T}}$。

8.4　表面沸腾换热系数和等效热传导系数的确定

在图 8.1 中的求解区域内,凡与蒸发冷却介质接触的面均为沸热换热面,包括定子铁

心齿、轭在流液沟内的表面、槽内主绝缘在流液沟内的表面、槽楔在流液沟内的表面等,按传热学中的第三类边界条件处理,即

$$-k\left(\frac{\partial t}{\partial n}\right) = h(t_w - t_f) \tag{8.22}$$

式中,k 为导热系数;h 为散热面的表面沸腾换热系数;t_w 为壁面温度;t_f 为冷却介质温度;n 为曲面的法向。

表面沸腾换热系数 h 根据第 6 章中提供的试验关联式确定,具体过程如下:

(1) 槽内绕组表面的沸腾换热系数由式(6.15)计算,热流密度 q_b 的取值,是已经通过耦合场计算得到的绕组沸腾换热面处的涡流损耗密度与基本铜耗密度之和;p 取常压,即进行模型试验研究时密封容器内蒸发冷却介质的压强。

(2) 流液沟内铁心表面的沸腾换热系数由式(6.14)计算,p 同样取常压;由前述的涡流损耗计算结果可知,与磁滞损耗相比,铁心的涡流损耗非常小,所以热流密度只考虑铁心磁滞损耗密度,而由于定子齿部与轭部的最大磁通密度不同(齿部磁通较密集、磁密最高),对应的磁滞损耗密度也是不一样的,应按照不同位置的最大磁密计算该处的磁滞损耗密度(即热流密度),再代入式(6.10)计算对应的表面沸腾换热系数。对此,EMAS 软件提供了这方面的处理功能,在加载计算场域内的第三类边界条件时,按照操作流程给表面传热系数 h 赋值,点击变参数功能键,进入如图 8.3 所示的对话框。

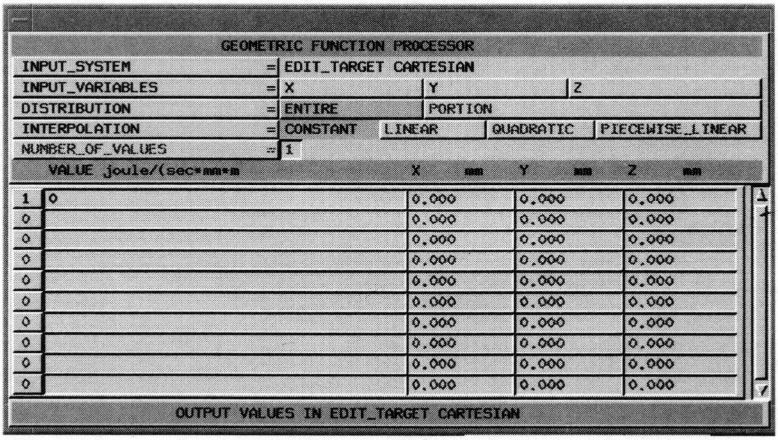

图 8.3　EMAS 中的变参数对话框

将定子齿部及轭部的表面沸腾换热系数的计算结果输入后,得到图 8.4 的显示画面。

赋值结束后,再无须人工干预,由工作站软件内部自动完成变参数的温度场计算过程。经过上述处理后,本章利用已经完成的沸腾换热试验关联式、工作站 EMAS 软件的独特功能,将狭窄空间内与蒸发冷却介质相接触的绕组与铁心的沸腾换热面的传热系数的确定问题,较圆满地解决了。

在图 8.1 所示的求解域中,含有多种绝缘材料,如槽绝缘、电磁线绝缘、绕组绝缘等,它们的几何尺寸相对于其他介质区域而言,如铁心、铜线、蒸发冷却介质等,特别小,在进行有限元网格剖分时,为了使单元形状不过分畸变,必须要加大小区域内的网格密度,所

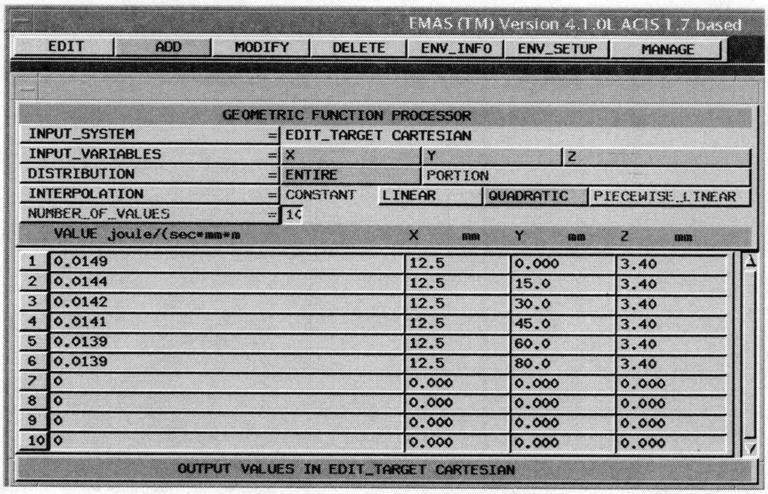

	VALUE joule/(sec*mm*m	X mm	Y mm	Z mm
1	0.0149	12.5	0.000	3.40
2	0.0144	12.5	15.0	3.40
3	0.0142	12.5	30.0	3.40
4	0.0141	12.5	45.0	3.40
5	0.0139	12.5	60.0	3.40
6	0.0139	12.5	80.0	3.40
7	0	0.000	0.000	0.000
8	0	0.000	0.000	0.000
9	0	0.000	0.000	0.000
10	0	0.000	0.000	0.000

图 8.4　定子齿部及轭部的表面沸腾换热系数表

以，为了避免计算规模过大或单元尺寸相差过分悬殊，本书取等效热传导系数来处理他们的传热计算[4]，即将几种绝缘材料等效为一种材料进行有限元网格的生成，以增大绝缘区域的几何尺寸，改善网格部分的质量。通过传热学分析可知，多层材料媒质的等效热传导系数为

$$\lambda_{\mathrm{T}}=\frac{\sum_{i=1}^{n}\delta_i}{\sum_{i=1}^{n}\left(\frac{\delta_i}{\lambda_i}\right)} \tag{8.23}$$

式中，δ_i、λ_i 分别为第 i 个媒质的厚度和导热系数。

蒸发冷却介质的饱和温度，由定子热负荷及定子密封腔体内的压强决定，定子热负荷变化，引起腔体内压强发生相应的改变，则介质的温度亦随之变化。此次在对温度场仿真计算时，为了使其具有实际依据，取模型试验时蒸发冷却介质温度值为 47.5℃。

8.5　三种定子绝缘结构温度场的仿真结果及分析

经过上述的各种算法步骤，运用工作站 EMAS 软件，计算出了与三种定子绝缘结构相对应的三维温度场的仿真结果。为了能充分论证针对高功率密度卧式蒸发冷却电机定子而研究出的三种新型绝缘结构的可靠性、合理性，本章按照模型试验时的加负载顺序，分别计算了 7.2 节给出的(1)、(2)、(3)三种绝缘结构在额定负载(电流密度为 7A/mm^2)、超过额定负荷的 28.6%(电流密度为 9A/mm^2)、64.3%(电流密度为 11A/mm^2)三种运行工况下的温度分布。

(1) 方案(1)绝缘结构：三种运行工况下温度场结果如图 8.5 所示。

(2) 方案(2)绝缘结构：三种运行工况下温度场结果如图 8.6 所示。

(3) 方案(3)绝缘结构：三种运行工况下温度场结果如图 8.7 所示。

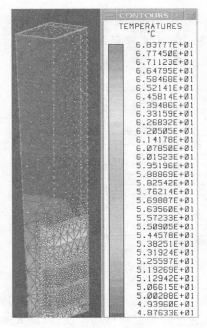

(a) 电流密度为7A/mm²时的温度

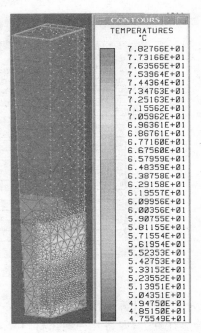

(b) 电流密度为9A/mm²时的温度

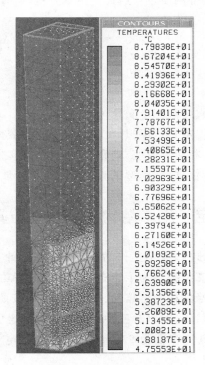

(c) 电流密度为11A/mm²时的温度

图 8.5　方案(1)绝缘结构的温度仿真计算结果

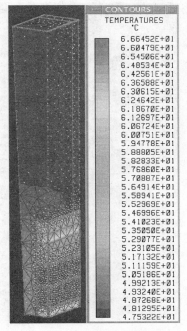

(a) 电流密度为7A/mm²时的温度

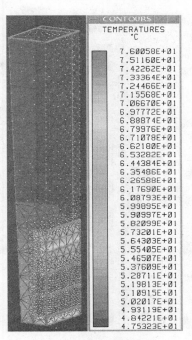

(b) 电流密度为9A/mm²时的温度

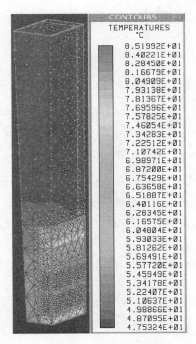

(c) 电流密度为11A/mm²时的温度

图 8.6　方案(2)绝缘结构的温度仿真计算结果

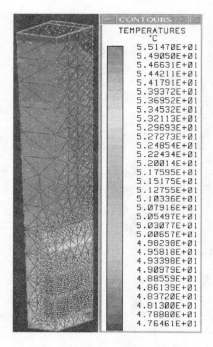

(a) 电流密度为7A/mm²时的温度

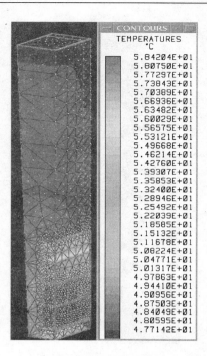

(b) 电流密度为9A/mm²时的温度

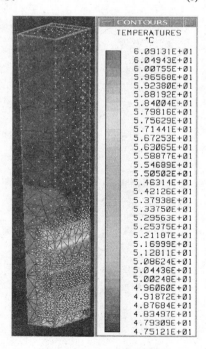

(c) 电流密度为11A/mm²时的温度

图 8.7　方案(3)绝缘结构的温度仿真计算结果

为了验证本章中提供的浸润式蒸发冷却方式定子三维温度场的仿真计算方法的正确性,将额定负载时,即电流密度取 $7A/mm^2$ 时,测得的三种绝缘结构对应的模拟线圈中的温度结果列于表 8.1 中,同时列出了同一位置的仿真计算结果以作直接对比。

表 8.1　三种绝缘结构温度分布试验与仿真计算的对比

绝缘编号		绕组层间温度/℃	绕组绝缘内温度/℃	导线温度/℃
(1)	计算值	62.1	58.5	67.5
	实测值	58.4	52.5	63.3
(2)	计算值	61.3	55.3	64.9
	实测值	62.1	61.5	62.3
(3)	计算值	53.2	52.6	54.8
	实测值	48.3	48.0	52.1

从表中可以看出,计算值与实测值的分布规律相符,二者的最大相对误差为 10.02％,位于绕组内,平均误差为 9.17％,符合工程上热计算误差的要求,且实测值均小于计算值。分析误差来源,主要是因为影响沸腾换热的因素过多,造成沸腾换热过程的波动性很强,难以把握其规律性分布,所以第 6 章中列出的沸腾换热关联式,其误差来源主要是随机误差,最大为 9.04％。因此,本章中得到的三维温度场分布的仿真结果与实际结果之间的误差,主要是沸腾换热面的表面传热系数存在的误差。由此可见,本章中阐述的气、液、固三相新型绝缘系统中的定子三维温度场的计算原理正确,仿真方法可靠,仿真结果有很大的参考价值。值得一提的是,测铜线温度的热电偶埋设在位于槽楔下的铜导体上,而不是导体内部,尽管此处因集肤效应涡流大,损耗也较大,但还不是最热点,根据仿真的结果,最热点处于槽口处铜线的中心位置内。

从以上定子温度场的各个分布图可以看出浸润式蒸发冷却定子的最热段位于槽楔下的主绕组内。这是因为定子整体倒坐在密封腔体内,从高到低依次为定子铁心轭、齿浸泡在蒸发冷却介质中,而槽楔底面与腔体壁紧密接触,冷却介质无法进入其中的空间,槽楔下的主绕组产生的热量只能通过定子齿传至其周围的蒸发冷却介质中。而定子齿内的磁密大、本身的热负荷较高,再加之定子绕组内电流的集肤效应,形成了槽楔下的主绕组内热量集中的现象。靠近定子铁轭的辅助绕组,相对主绕组而言热负荷稍低、热量传散得快,但因铜耗较铁耗大近 8 倍,所以它比定子齿部的温度高一些。定子铁心轭部热负荷相对小,与冷却介质充分接触,温度最低。仿真出的温度分布规律,与预期的定子最热段的估计完全相符。

8.6　高功率密度卧式蒸发冷却电机定子绝缘结构的研究结论

(1) 对于定子采用浸润式蒸发冷却方式的高功率密度、高速整流异步发电机,可以通过合理设计定子的绝缘结构,提高电流密度,使电机在运行十分可靠的前提下,大幅度减小其体积,电机材料的利用率可以提高到目前最高的水内冷电机的水平或更高。

(2)浸润式蒸发冷却,为电机的定子提供了最优的气、液、固三相绝缘体系及冷却空间。理论仿真与试验均证明该绝缘系统可以充分保证定子结构的传热效率及电性能安全可靠。

(3)浸润式蒸发冷却卧式电机的定子,在电机正常运行及一定过载运行时,温度均没超过 90℃,说明定子温度低,则定子线圈总的热膨胀就小,对瞬时过载导致线圈必须承受的额外机械负荷有较大的适应能力,即过载的裕度较大。

(4)三种新型的定子绝缘方案均实现了预期的绝缘、传热效果,并且能很好地适应电机运行中负载变化要求,可以作为将来同类型机组的定子绝缘结构的备选设计方案。

8.7　本 章 小 结

本章首次较为成功地解决了卧式蒸发冷却电机定子密封腔体内形成的气、液、固三相绝缘系统的温度场求解的难题。本章采用三维模式得到了浸润式蒸发冷却定子的温度场仿真分布,计算过程严谨。首先,根据传热学理论,结合定子结构的实际情况,正确地建立了定子三维温度场的计算模型,其特点是便于确定边值问题;其次,热源分布采用分类解决的途径,一是对基本损耗直接取平均值的简化解法,二是对涡流损耗采取电磁、热场间接耦合的较为精确的解法,其特点是简化解法合理,精确解法符合定子结构内损耗的实际分布,简繁结合既提高了计算精度又简化了计算步骤;再次,各种传热系数的确定,从节约计算量的考虑出发,将不同媒质的微小区域等效为一种媒质计算域,既优化了有限元三维网格单元形状,又使计算量相当大的两种三维物理场耦合计算得以顺利实现,同一媒质计算域内表面传热系数的非线性变化,利用工作站软件本身的变参数赋值的功能,在计算过程中自动实现了这一参数变化的需要。最后的计算结果与试验结果尽管存在一定误差,但符合工程实际的要求,而且对误差的来源给予了合理的说明。本章提供的气、液、固三相绝缘系统内定子热场分布的计算方法正确可靠,结果值得参考。

本章着重解决了高功率密度卧式蒸发冷却电机定子绝缘结构的确定性方案的三维温度分布的仿真计算,研究结果表明三种新型的、针对蒸发冷却方式的定子绝缘结构均可行,符合项目性能指标的要求,可以作为将来同类型机组的定子绝缘结构的备选设计方案。

参 考 文 献

[1] 绍青春,孙宪华. 电机线圈绝缘监测诊断用专家系统. 绝缘材料通讯,1995,5:28~31.

[2] 盛剑霓. 工程电磁场数值分析. 西安:西安交通大学出版社,1991.

[3] 胡之光. 电机电磁场的分析与计算. 北京:机械工业出版社,1980.

[4] 杨世铭,陶文铨. 传热学. 北京:高等教育出版社,1998.

[5] 孔祥春,李伟力. 股线绝缘对水轮发电机定子绕组最热段温度的影响. 电机与控制学报,1997,1(4):228~230.

[6] 裴远航. 汽轮发电机定子温升分布的三维有限元分析. 大电机技术,1992,(5):24~27.

[7] 李伟力等. 大型同步发电机同相槽和异相槽的温度场计算. 电工技术学报,2002,17(3):1~6.

[8] 李伟力等. 基于流体相似理论和三维有限元法计算大中型异步电动机的定子三维温度场. 中国电机工程学报，2000，20(5)：14～17.

[9] 李德寿，潘良明. 用不等距有限差分法及有限元法计算电机的温度场. 中小型电机，2001，28(5)：17～19.

[10] 槽果宣. 水能冷汽轮发电机转子温度场计算. 电工技术学报，1993，9(1)：18～22.

[11] 姚若萍，饶芳权. 蒸发冷却水轮发电机定子温度场研究. 中国电机工程学报，2003，23(6)：87～90.

[12] Ohishi H, Sakabe S et al. Analysis of temperature distribution in coil-strands of rotating electric machins with one turn coil. IEEE Transaction on Energy Conversion, 1987, 2(3)：432～438.

[13] 鲁涤强等. 汽轮发电机端部三维温度场的有限元计算. 中国电机工程学报，2001，21(3)：82～85.

[14] 岑理章. 大型汽轮发电机定子铁心的温度分布研究. 电工技术学报，8(3)：35～39.

[15] 杜炎森，黄学良等. 大型汽轮发电机端部三维温度场研究. 中国电机工程学报，1996，16(2)：95～101.

[16] Michelsson O et al. Calculation of strongly coupled thermal and electromagnetic fields in pulse-loaded devices. IEEE Transactions on Magnetics, 2002, 38(2)：925～928.

[17] 李德基，白亚民. 用热路法计算汽轮发电机定子槽部三维温度场. 中国电机工程学报，1986，6(6)：36～45.

[18] Kurgan E. Analysis of coupled electric and thermal fields problems by boundary-element method. IEEE Transaction on MAG, 2002, 38(2)：949～952.

[19] Kim S W et al. Coupled finite-element-analytic technique for prediction of temperature rise in power apparatus. IEEE Transaction on MAG, 2002, 38(2)：921～924.

[20] Janssen H H J M et al. Simulation of coupled electromagnetic and heat dissipation problems. IEEE Transaction on MAG, 1994, 30(5)：3331～3334.

[21] Brauer J R, Brown B S. EMAS User's Manual. Version 4. London：Ansoft Corporation, 1997.

[22] Harrington R F. Time-Harmonic Electromagnetic Fields. New York：McGraw-Hill, 1961.

[23] 冯慈璋. 电磁场. 北京：高等教育出版社，1980.

[24] Glenn H et al. Coupled thermal analysis using EMAS and MSC/NASTRAN// Proceeding of Electromagnetic Sessions of MSC world Users' Conference, Washington D C, USA, 1991.

第9章 高功率密度卧式蒸发冷却
电机试运行的温升试验

拥有我国自主知识产权的、技术上处于国际先进的多相整流异步发电机,经过四年的研究、论证、试验与设计等阶段,终于试制出了样机,根据实际研究结果,将原定的2500kW修正为1600kW。

这是一台高度集成化的、高功率密度的卧式电机,定子侧的十二相绕组输出交流电,再经与电机集成在一起的大功率器件整流成直流,供给直流负载;同时,定子侧的另一套绕组是承载三相交流电,一方面可以提供给交流负载的供电需要,另一方面能够调节励磁,制成后的样机结构如图9.1所示。

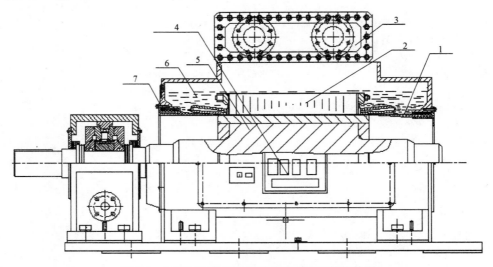

图 9.1 1600kW 多相整流异步发电机的结构简图

1-定子内侧套筒;2-定子铁心;3-冷凝器;4-大功率器件;5-转子;6-蒸发冷却介质;7-密封系统

正如前几章所述,电机的关键技术之一是要设计好冷却系统,特别是定子侧的冷却。本章主要介绍采用蒸发冷却技术的定子与大功率器件实际运行时的温度分布情况。

9.1 蒸发冷却样机定子实际运行的温度分布

蒸发冷却多相整流异步发电机的本机结构简图如图9.2所示,该电机的定子与其他异步电机的定子在结构上的主要区别在于,定子内侧紧靠定子齿贴了一壁厚3mm的绝缘玻璃钢套筒,并延伸至两端,将整个定子构造成一个封闭空间,图9.3显示了定子结构的横截面。电机运行前将蒸发冷却介质灌入这一密封腔体内,将所有需要冷却的部件,如铁心、绕组等浸泡。

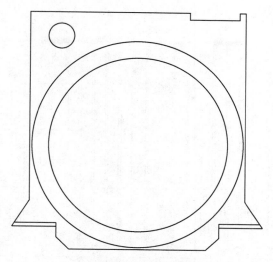

图 9.2　蒸发冷却多相整流异步发电机的本机结构

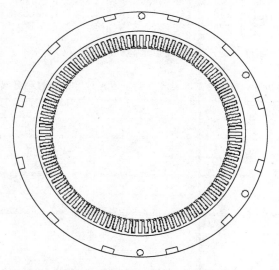

图 9.3　蒸发冷却多相整流异步发电机定子的横截面

　　为了能够测量电机运行状态下定子铁心、绕组各处的温度[1]，在制造定子的过程中对不同的位置埋设了热电偶测温元件，并进行了编号，如图 9.4 所示。1～12 号热电偶是埋设在铁心片内，以测量铁心的温度，图中没有标出；13～27 号热电偶、31 号、32 号热电偶测量绕组绝缘中的温度，包括层间绝缘、绕组绝缘、槽绝缘等；28 号、33～35 号热电偶测量的是导线的温度。

　　2007 年 1 月 9 日，进行发电机在额定工况(1600kW、1000V、6521r/min)下的温升试验。当内部压强在半个小时内不再变动，则蒸发冷却系统已经达到稳定状态。15：47 满负荷运行，16：21 系统稳定，压强为 0MPa。继续运行 2h 后记录数据。测得的试验数据见表 9.1。

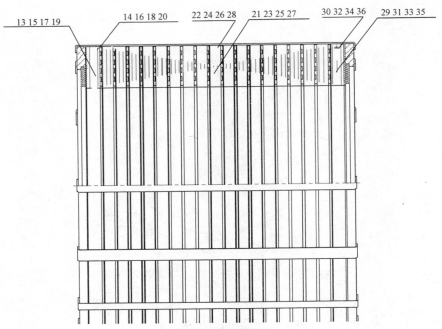

图 9.4　定子各处热电偶引出线布置的示意图

表 9.1　蒸发冷却多相整流异步发电机定子侧的测量结果　　　（单位：℃）

T1	T2	T3	T4	T5	T6	T7
53.1	53.5	—	—	53.1	53.5	—
T8	T9	T10	T11	T12	T13	T14
51.9	59.5	—	—	—	51.9	58.7
T15	T16	T17	T18	T19	T20	T21
60.5	—	—	—	62.4	60.9	62.4
T22	T23	T24	T25	T26	T27	T28
60.9	62.3	55.5	—	60.3	57.2	74.6
T29	T30	T31	T32	T33	T34	T35
—	—	60.1	57.7	72.7	65.9	63.7
T36	励磁装置模块温度：					
59.4	测点 1（56.7）；测点 2（56.1）；测点 3（56.3）					

注：测点 1、2、3 为试验过程中任取的测温点。

　　测量过程中出现的问题如下：

　　（1）冷却水进出口温度、压强无测量装置。

　　（2）由于水流量并非满管，涡轮流量计测量误差大（即使在满管的情况下，经测量，误差仍然很大）。在这种情况下，估计换热管内也没有充满冷却水，换热效果变差，计算换热系数时应该考虑。

　　（3）大功率壁挂式冷却装置只有一边安装有二极管，且二极管全部烧毁。另外缺少热电偶位置分布图。

　　（4）变压器不能达到设计所需功率。

　　（5）装置内部热电偶位置分布具体尺寸不详细。

　　（6）F-113 现在变得非常混浊，不知其原因，另外不知会不会导致绝缘性能和其他性能的下降。

　　（7）压强传感器不能测量装置内部负压值，测量范围受限。

　　（8）压力表精度达不到理论分析所需精度。

　　（9）冷凝器内未安装热电偶，无法知道各种温度。

　　（10）冷凝器各种设计参数没有，无法进行换热系数求解。

　　（11）缺乏测量两相流参数工具。

　　（12）对装置失流情况进行安全分析。还要考虑失流经过一段时间后，突然重新供应冷却剂时，泡核沸腾对装置的影响，包括继续加载和停止功率加载两种情况。另外，还应提出此时最恰当的冷却措施。

　　（13）液面位置与上升速度，蒸气蒸发速度，需要作为专项课题，研究测量方法。

　　（14）需要补充测量不同功率下的温度、压强。

　　（15）缺少装置表面温度分布的测量结果，影响了表面对流换热系数的计算。

　　（16）热电偶失效统计：11 点、22 点、26 点、37 点、52 点、53 点。37 点、22 点、52 点因热电偶线短而取消，11 点、26 点、53 点失效，可能是接触不良引起的。

　　尽管如此，表 9.1 中的结果仍然提供了可靠的运行信息，说明样机定子采用蒸发冷却技术及前几章中所阐述的新型定子绝缘结构后，确实保证这台高功率密度、高集成化电机装置实现了预定的运行效果：定子侧的最高温度限制在 75℃ 以内，无冷却噪声等。为蒸发冷却技术在大功率密度电力设备上的应用开创了前进的道路，提供了可借鉴的宝贵技术与工程制造经验。

9.2　蒸发冷却样机大功率器件的冷却与实际温度分布

　　大功率器件是蒸发冷却多相整流异步发电机的整流部分，它的作用主要是将定子输出的十二相交流电整流成直流电，供给负载[2]。为了有效地减小整个发电设备所占的空间，实现高度集成化的设想，最好的方法是将整流部分与发电机本体做成一体结构，但是功率器件本身也是发热很严重的器件，其散热问题历来比较突出。况且，整流功率器件由于是易损元件，需要经常检修或者更换，不能像定子铁心与绕组一样浸泡在蒸发冷却介质中，这成为一个需要专门考虑的散热难题。

　　经过多次试验、分析、研究，设计人员对功率器件采取间接蒸发冷却技术与空气散热两种途径，即将器件安置在发电机定子腔体的外壁上，如图 9.5 所示。定子腔体内充满的是冷却定子的蒸发冷却介质，在冷却定子的同时，通过冷却贴面的传导与内壁上的对流散热也能够带走一大部分功率器件发出的热量，其余小部分热量再以空气对流散热方式散发至周围空间。

　　为了保证定子腔体密封优良，不能在定子腔体的外壁上钻孔以固定功率器件。在样

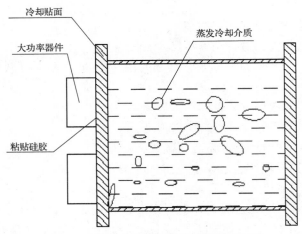

图 9.5　蒸发冷却功率器件的结构示意图

机设计中,研究人员通过查阅大量资料,发现一种硅胶材料不仅黏性非常高,可以将功率器件牢固地粘在定子外壁上,而且还具备高的导热性能,导热系数较大,可以明显减小功率器件与冷却贴面之间的导热热阻,进而减小了图 9.5 中功率器件与蒸发冷却介质之间的温度差,更好更快地通过蒸发冷却介质传热。

在进行 9.1 节所述的发电设备样机额定工况运行时,同时测量了功率器件的温度,测量的结果是 56.3℃。比预计的效果还要好,这就证明了对不能浸泡在蒸发冷却介质中的发热电设备或类似的大功率器件,采用外贴等间接蒸发冷却方式仍然可以达到较理想的冷却水平,同时说明了蒸发冷却只有在大空间环境里才能真正发挥其特有的传热功效[3]。

参 考 文 献

[1] 郭卉,宋福川,袁佳毅.蒸发冷却技术在电磁除铁器上应用的研究.中国电极工程学报,2006,26(11):60~65.
[2] 国建鸿,李正国,傅德平.蒸发冷却高功率电子器件的研究.电力电子,2005,39(5):138~140.
[3] 栾茹,顾国彪.蒸发冷却汽轮发电机定子绝缘结构的模拟试验及分析.大电机技术,2002,165(6):23~26.

第 10 章　135MW 蒸发冷却汽轮发电机定子
VPI 主绝缘厚度减薄的试验研究

10.1　引　　言

大型汽轮发电机也是一种卧式结构的电机,同时也是要将蒸发冷却技术做大做强的重要开拓发展方向之一,业内人士也在翘首以盼,希望能在大容量等级蒸发冷却汽轮发电机上取得突破性进展,为大型及以后的超大型汽轮发电机组真正的国产化做出重要贡献。

前已述及,蒸发冷却技术应用在兆瓦级汽轮发电机上出现的问题焦点为:能否取消内冷、采取全浸式外冷方式? 就已研制出的 50MW 蒸发冷却汽轮发电机实际的运行效果来看[1],尽管采取的是内、外冷结合的冷却方式,但定子绕组绝缘厚度,由于仍保持原水冷机组的厚度即 4.5mm,冷却效果没有达到预期的程度。该机组对定子绝缘结构的研制总结是,如果将定子绝缘大幅度减薄至合适的厚度,可以取消内冷结构,凭借大空间内浸润式蒸发冷却所形成的气、液、固三相绝缘系统达到电气绝缘强度可靠、传热效果理想的最佳匹配。所以,本章主要通过各种电气试验,研究卧式蒸发冷却电机减薄定子绝缘厚度的可行性。

蒸发冷却汽轮发电机现有容量仅为 50MW 等级,若向 300～600MW 大型机组方向发展,中间必须经过一个梯级的设计制造和运行经验的积累,即 100～200MW 汽轮发电机的工业性试验样机的研制。据此,2001 年 7 月 6 日,上海闸北发电厂、上海汽轮发电机有限公司、中国科学院电工研究所三家共同签订了 135MW 蒸发冷却汽轮发电机研制协议,上海汽轮发电机有限公司是该项目的主要承担单位,中国科学院电工研究所协助完成项目。其中,需要上海汽轮发电机有限公司、中国科学院电工研究所组织力量集中迫切研究解决的是,取消定子绕组的内冷系统、大幅度减薄主绝缘厚度,采用定子全浸式蒸发冷却技术的可行性方案的确定,包括设计、工艺、制造的具体实施细节。

10.2　问题的提出及解决的技术原理

电机设计的基本规律说明,单机容量越大,电机的经济性能越好。增大单机容量,意味着电压等级的提高与热负荷成立方指数的加大,二者之间在设计时出现了矛盾:既要保持一定的定子绕组主绝缘厚度,以确保绝缘的电气、机械强度;又要想方设法减薄这一绝缘厚度,以利于铜耗热量的散出。长期以来,这一矛盾一直困扰着大电机行业的工程技术人员,因为在此之前的机组采用的是空冷、氢冷、水冷,这些冷却方式的介质均不具备高绝缘性能,只能在绕组绝缘材料、绕组截面形状上想办法。蒸发冷却介质在冷却定子的同时自然形成一个气、液、固三相的绝缘系统,且不燃、不爆、无毒,这就为绝缘厚度的减薄提供很多有利的前提条件。

4.4 节已经论及卧式蒸发冷却电机定子绝缘结构的设计原则,对于汽轮发电机当然也是适用的。固体绝缘材料的选用原则如下:①与蒸发冷却介质相容,介电系数与液体冷却介质(2～3)相接近;②耐压强度高、介电损耗小;③导热性能好;④具备一定的机械强度、抗变形;⑤在一定的温度范围内各种性能稳定。

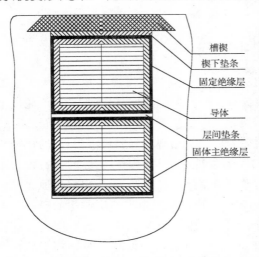

图 10.1　新型绝缘结构槽内横截面示意图

云母带材是一种经过长期实践考验合格的优质绝缘材料,特别对于高电压等级的电机绝缘,目前仍然是不可替代的材料。云母带材基本上符合以上对固体绝缘材料的各个要求,只是介电系数过大(为 5.6)、导热系数较低[2],为了使新的蒸发冷却绝缘系统和绝缘规范与传统定子绝缘结构规范相衔接[3～10],体现出一种继承性与工艺流程的过渡性,薄层固体绝缘材料仍沿用云母绝缘体系。对处于浸润式蒸发冷却环境下的汽轮发电机定子,设计出如图 10.1 所示的绝缘结构:定子载流体用实心导体;根据电压等级,按照少胶云母绝缘 VPI 制造工艺[11～15],在定子导体外包一减薄的固体主绝缘层,以承担部分主绝缘作用,剩下部分的绝缘强度则施加在冷却介质上;该固体主绝缘层外以分段式(或螺旋式)绕包一定厚度的绝缘层,以起到将绕组固定在槽内的作用;取消防晕结构,然后用槽楔压紧。

(图中标注:槽楔、楔下垫条、固定绝缘层、导体、层间垫条、固体主绝缘层)

10.3　新绝缘结构及规范的试验研究内容

从大型蒸发冷却汽轮发电机的研制发展战略出发,定子电压等级选择 13.8kV,完成以下的试验内容:

(1) 考核新绝缘系统的局部放电情况。

(2) 重新认识蒸发冷却介质的绝缘性能。

(3) 减薄主绝缘的实施性评价、耐电老化程度的确定。

(4) 蒸发冷却介质与云母 VPI 绝缘体系组成的复合绝缘结构与传统云母 VPI 绝缘结构的比较。

(5) 新绝缘结构用于工业机组的可行性判断。

考虑到价格上的因素及国内氟碳化合物的研制生产现状,本次试验仍沿用原来用过的 F-113 为蒸发冷却介质,若到了其使用的截止日期,再选择使用与之相接近、价格适宜的氟利昂替代品。

10.3.1　用局部放电特性评定绝缘的质量

对于一种新型的绝缘结构及绝缘规范,必须要设置一个评定标准以判断其是否可靠、可行。局部放电是额定电压达到 3300V 以上的电动机和发电机各种定子绕组绝缘系统损坏机理的一个起因或一个征兆,绝缘的耐电晕性对高压电机的长期安全运行有重要影响,是高压电机绝缘的关键性能之一[16~20]。目前,产业部门通常根据局部放电出现的各种特征来判断绝缘体内的缺陷和绝缘优劣的程度,这属于评定绝缘质量行之有效的非破坏性试验方法。对于局部放电,技术人员采用的测试手段及评定方法有很多,最普遍的是在一定的电压下测定放电量的大小,这是因为许多学者认为对绝缘危害最大的因素是局部放电中视在放电电荷的最大值(即放电量)[21]。对此,国内和国际标准中都推荐用最大放电量 Q_{max} 来评定绝缘的好坏。所以本次试验,以局部放电中最大放电量参数作为评定新绝缘结构合理性的主要尺度[22,23]。

10.3.2　试验中的定子模拟样棒

参照国内外各制造厂已生产的电机的常规绝缘厚度,对于环氧云母带做主绝缘、额定电压为 13.8kV 的定子,绝缘厚度应在 4.3~4.6mm。现在,我们在设计新绝缘结构时,仍以环氧云母带作固体绝缘材料,厚度却减至 2.7mm。试验时主要考核定子线棒直线部分在槽内的放电情况,所以上海汽轮发电机有限公司按照我们的要求,制成了少胶环氧云母 VPI 定子直线样棒三根,具体规格见表 10.1。两根(1、2 标号)取消了防晕层,一根(3 标号)表面有低阻(带)的防晕结构,以备在试验中进行两种绝缘结构放电情况的对比。

表 10.1　蒸发冷却 VPI 样棒尺寸　　　　　　　　　　(单位:mm)

铝芯截面	宽度	高度	长度
24.8×56.5	30.29	61.89	650

根据样棒尺寸,我们自己设计制造了定子铁心和槽楔模型。在将试验样棒放入铁心槽内之前,用宽 20mm 的无碱玻璃布带分段包在试验样棒的外表面上,形成如图 10.2(a)中所示的结构,其包缠厚度以将样棒稳定地压入槽内为准,分段间隔为 25~30mm。

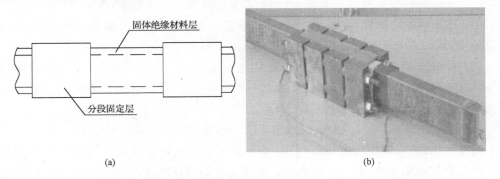

固体绝缘材料层

分段固定层

(a)　　　　　　　　　　　　　　　(b)

图 10.2　13.8kV 定子模拟样棒绝缘结构示意图

10.3.3　高压试验装置

考核新型绝缘结构的电气强度,采用的是图 10.3 所示的高压试验装置,图中表示的是浸在冷却介质中的定子线棒与铁心模型接受局部放电测试时的状况。定子样棒放置在铁心槽内,装配完成,如图 10.2(b)中的试验模型,再一起放进高压试验装置容器中加以密封并抽成真空,然后缓缓灌入 F-113 冷却介质,直至将整个定子模型完全浸泡。试样线棒由导电螺杆引出接到高压试验变压器,铁心一方面通过导电螺杆接地,一方面通过回路衰减器与局部放电测量仪输入端连接。

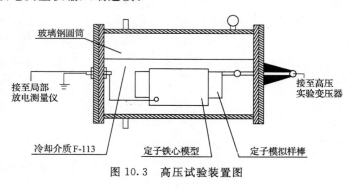

图 10.3　高压试验装置图

10.3.4　试验实施过程

两种结构(带防晕层与不带防晕层)绝缘强度的考核分两个阶段进行。首先考察新型绝缘结构在空气中的放电情况,利用图 10.4 中表示的测试原理图,抽出不带防晕层的 A1 样棒,进行以下步骤的试验:

(1) 将试验样棒包好分段固定层,与铁心模型装配在一起后,按照 10.3.3 节中所述的过程接线、检查线路。

(2) 通过标准的方波发生器,利用 DST-2 型局部放电测量仪及示波器,对视在放电量分度校正,取得校正系数。

(3) 调节施加的试验电压从零逐渐升高,直至示波器上有微弱的放电信号出现,维持该电压 1min,观察放电信号的变化,记录下该电压值及最大放电量,此即起晕电压。

(4) 逐渐缓慢降低试验电压至示波器上的放电信号消失,记下该电压值,即为放电熄灭电压值,该值应略低于起晕电压值。

(5) 再将施加的试验电压回升到起晕电压水平,以此为基点,每次调升试验电压0.5kV,直到额定相电压(8kV)为止。每调一次电压均持续 30~60s,观察放电信号、记下最大放电量。

(6) 重复步骤(3)~(5)三次,以观察所测得的放电结果的重复性情况。

同样根据图 10.4 中的测试原理图,考察新型绝缘结构在蒸发冷却介质中的放电情况。将装有试验样棒、密封完好的高压试验装置容器抽成真空,缓缓灌入F-113冷却介质,直至将整个定子模型完全浸泡。对浸泡在 F-113 冷却介质中的试验样棒,按照上述的试

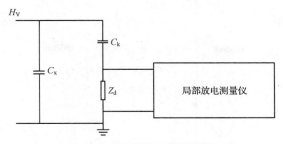

图 10.4　局部放电测试回路

验步骤进行,在各级试验电压下,用 DST-2 型局部放电测量仪、示波器检测并记录最大放电量 q,最终的试验电压调至 2 倍的额定相电压(15kV)。然后,从 13.8kV 电压等级的试验样棒中挑出带防晕层的 A3 样棒,重复上述整个过程,记录各放电情况。完成空气与蒸发冷却介质中的局部放电试验后,样棒 A3 的绝缘结构并没有受到严重损坏,所以紧接着进行蒸发冷却介质中的击穿性耐压试验,以确定其实际的耐压水平。将试验电压从零逐渐升至 30kV,样棒与铁心之间出现沿面放电、伴有火花、辉光现象,持续时间短,为 2～4s,再继续调节试验电压升到 40kV,维持 1min,此间出现更明显、更强烈的爬电,但整个绝缘系统未发生击穿。试验结束后,取出样棒 A3,观察到分段固定层出现一处变黑痕迹,程度轻、范围小,主绝缘层、防晕层的内外均完好无损。

10.3.5　试验结果及现象的分析

对 13.8kV 电压等级的新型绝缘结构,分为带防晕层、不带防晕层,分别在空气、蒸发冷却介质中逐级施加高电压,表 10.2 和表 10.3 中列出了试验过程中测得的具体数据。对放电试验过程中出现的现象及结果的分析总结如下。

表 10.2　13.8kV 不带防晕层的试验样棒最大放电量与施加电压的试验数据

介质		试 验 结 果								
空 气	电压/kV	3.5	4	4.5	5	5.5	6	6.5	7	7.5	8
	放电量/pC	8	12.3	29.7	183.3	366.7	958.3	2083.3	3083.3	4066.7	4333.3
F-113	电压/kV	10	10.5	11	11.5	12	12.5	13	13.5	14	
	放电量/pC	37.5	54.9	80.2	93.8	129.6	134.3	157.4	170.1	194.4	

表 10.3　13.8kV 带防晕层的试验样棒最大放电量与施加电压的试验数据

介质		试 验 结 果								
空 气	电压/kV	4	4.5	5	5.5	6	6.5	7	7.5	8
	放电量/pC	10	22.7	29.6	45.5	90.91	363.64	636.36	672.73	690.9
F-113	电压/kV	10	10.5	11	11.5	12	12.5	13	13.5	14
	放电量/pC	25	50	70	83.3	122.2	130.6	138.9	222.2	305.6

1. 不带防晕层的试验结果

对置于空气中与浸泡在冷却介质 F-113 中的试验样棒 A1 的局部放电情况进行对比,图 10.5 为试验样棒在两种介质情况下,最大放电量与施加电压的关系曲线。

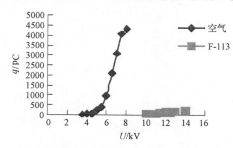

图 10.5　13.8kV 不带防晕层的试验样棒最大放电量与施加电压的关系曲线

从图中可见,空气中试验样棒的起晕电压为 3.5kV,起始放电量平均约为 8pC,熄灭电压为 2kV 左右,其后放电量随电压的升高缓慢增加,当外施电压升至 6kV 时放电量突然到达 1000pC,并以此为拐点,关系曲线几乎成与竖轴平行的趋势变化,放电量猛增至 4400pC,放电频度加剧,而此时的外施电压只是额定相电压的 94.1%,即 7.5kV,之后,放电量曲线又以此为拐点变化趋缓而接近饱和,电压升到额定相电压 8kV 时,放电量为 4500pC,放电频度急剧增强。以上过程说明在定子试验模型内发生的电晕放电,是由于局部气隙内的电场强度达到了气体的击穿场强所致,放电起初产生少量正负离子,随着电压的升高,电场强度的加大,不断产生新的正负离子,同时正负离子迁移加剧,并不断撞击其周围的气体分子产生撞击型游离放电,致使放电量急剧上升;而与此同时,正负离子向放电电极附近迁移,不断地抵消放电电场强度,再加上正负带电质点的复合作用,最终达到一定电压水平时,电极附近的电场强度维持一种动态平衡,放电次数增加而放电量则呈现出饱和状态。试验样棒在空气中起晕电压低的原因为:样棒外分段包的固定绝缘层,使线棒与铁心之间留有很大的空气隙,约 2mm,这一尺寸的空气间隙电晕起始电压为 3～4kV,故出现这种试验现象。而同样的试验样棒,浸泡在 F-113 冷却介质中,可以看到出现局部放电起始信号的外施电压高达 10kV,起始放电量为 37.5pC,但随着外施电压的升高,放电量呈现平稳趋势,略有增加,至 2 倍额定相电压时,最大放电量为 194pC,之后基本变化不大,说明浸泡在冷却介质中的定子试验模型,尽管被施加了很高的电压,对应的电场分布却比较均匀,不具备发展成大规模、大范围内的电晕放电的条件,局部微弱的放电量对定子模型整体结构的影响很小,比照空气中的放电程度可以忽略。图 10.5 中两种情况下的测试结果形成鲜明的对比,充分说明不带防晕结构、主绝缘厚度减薄至 2.7mm,对于空冷机组是行不通的,而对于蒸发冷却电机完全可行。

2. 防晕层的试验结果

将带防晕层的试验样棒 A3 分别在空气及蒸发冷却介质 F-113 中的局部放电量与外施电压的关系曲线绘制于图 10.6 中,以做对比。

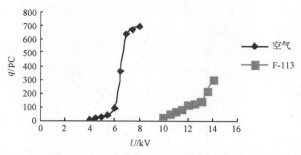

图 10.6　13.8kV 带防晕层的试验样棒最大放电量与施加电压的关系曲线

　　图 10.6 中显示出试样的局部放电随施加电压的变化趋势,与图 10.5 相类似,不同之处在于空气中试验样棒 A3 的起晕电压稍有提高,为 3.8kV,放电量为 10pC,随后的各级外施电压下的最大放电量均比样棒 A1 显著下降,至额定相电压 8kV 时,最大放电量为 700pC,放电频度同样略有减小,由此反映出低阻带半导体防晕层,在较低的电压下,对于空气中气隙电场的分布起到一定的改善作用。而样棒 A3 在 F-113 中的高电压放电程度加重,虽然起始放电电压为 10kV 未变、起始放电量为 25pC,但随着电压的升高,其放电强度比 A1 样棒明显加剧,至 2 倍额定电压时,最大放电量已达 330pC,再升高电压还有上升的趋势;接下来的耐压击穿试验,当对 F-113 中的试验样棒 A3 加到 30kV 时,出现一瞬间伴有火花的沿面放电,加至 40kV 维持 1min,出现更明显的沿面放电。待整个试验结束,取出样棒发现,沿分段绝缘固定层,即无碱玻璃布带,出现明显的爬电痕迹。据此分析,样棒 A3 上的低阻带半导体层在常规定子绝缘结构中应与铁心良好接触,使定子主绝缘外表面与铁心同电位,进而将局部气隙的放电短路掉,而在本试验中,该防晕层外又加包了无碱玻璃布带分段固定层,使防晕层不能与铁心接触、留有约 2mm 的空隙,在高电压下,防晕层成为一个电极,使得 F-113 中沿无碱玻璃布带的电场发生畸变,局部达到了 F-113 的击穿场强,造成了沿无碱玻璃布带的 F-113 液体介质的放电,随电压的升高,畸变越严重,放电强度也就越大,灼伤无碱玻璃布带使之变黑。取出试验模型后,观察冷却介质 F-113,与原来一样,并无放电引起的化学变化,说明 F-113 耐击穿能力很强,少量击穿后也能很快恢复。

10.4　试验研究结论

　　通过对 13.8kV 定子模拟样棒组的各种试验结果及现象的分析,得出的结论如下:
　　(1) 13.8kV 电压等级的定子线圈,沿用 VPI 少胶环氧云母主绝缘、厚度减至 2.7mm,对于蒸发冷却方式是完全可行的,若 VPI 制造工艺精良,可以进一步减薄绝缘厚度至 2mm。
　　(2) 试验中表面无任何防晕结构的定子模拟样棒,起晕电压已超出额定相电压值 2.1kV,放电强度极低,进一步证明了浸泡在蒸发冷却介质中的定子线棒具有较高的耐电晕性,可以取消放晕层。
　　(3) 带有防晕层的定子样棒,因其在蒸发冷却介质中,耐电晕性不如前者,不可取。

（4）新绝缘结构中的分段固定绝缘层，不宜采用 VPI 制造工艺，只要能保证合适而准确的分段间距，机包、人工包均可。

（5）对由蒸发冷却介质与固体绝缘材料构成的新型定子主绝缘体系，分别进行局部放电及击穿试验，结果表明各项试验指标均优于电机制造厂的试验标准。可见，这种绝缘结构经进一步研究改进后，用于大型蒸发冷却电机是可靠且可行的技术方案。

10.5　本 章 小 结

减薄定子的主绝缘厚度，是近十年来随着空冷机组需求的增加而在电机工程界引发的研究热点。本章首先论述了绝缘减薄的必要性，以及在蒸发冷却环境下的可实施性，其前提条件是设计出一种新型绝缘结构，使蒸发冷却介质进入到定子槽内，以达到绝缘与传热最佳的设计效果。本章中的新型绝缘结构不是对常规绝缘的彻底否定，而是将 VPI 少胶云母主绝缘层减薄后与蒸发冷却介质组成新的绝缘系统。气、液、固三相绝缘系统通过模型试验论证了这一绝缘系统的可行性。

其次详细叙述了模型的各种电气试验过程及过程中出现的种种现象。局部放电是本章重点研究的电绝缘强度试验，其放电过程短暂隐蔽、不易捕捉，通过测量最大放电量来反应，是鉴定绝缘质量较为有效的手段。再与闪络、击穿等带有破坏性的试验相结合，对于考核一种新的绝缘结构是比较可靠的办法。

最后通过详细分析研究试验中出现的各种现象、试验结果，得出了积极支持这一新型绝缘结构的结论。

参 考 文 献

[1] 顾国彪. 蒸发冷却应用于 50MW 汽轮发电机的研究和开发. 中国科学院电工研究所论文报告集，1992,23(7)：1～15.
[2] 付岚贵，金英兰. 云母带等主绝缘材料在发电机和高压大电机工业中的应用. 绝缘材料，2000,34(5)：9～17.
[3] 西安交通大学电机系. 绝缘结构设计和工艺(内部资料)，1975.
[4] 邢郁甫，杨天民等. 新编实用电工手册. 北京：地质出版社，1997.
[5] 金维芳，王绍禹. 大型发电机定子绕组绝缘结构改进的研究. 西安交通大学学报，1995,29(5)：23～24.
[6] 梁智明. 电机定子绕组绝缘老化特性的在线分析. 绝缘材料通讯，1999,33(2)：37～42.
[7] 余强，张韵曾等. 三峡发电机绝缘技术的开发. 绝缘材料通讯，1999,33(4)：34～37.
[8] 成德明. 大中型发电机绝缘材料的改进. 绝缘材料，2000,34(6)：23～26.
[9] 何小玫，聂仁双. 减薄高压电机定子线圈主绝缘的探讨. 绝缘材料通讯，1996,30(3)：15～16.
[10] 隋银德. 优化型 300MW 汽轮发电机绝缘结构及工艺特点. 绝缘材料通讯，1996,30(5)：22～26.
[11] 陈宗昱等. VPI 绝缘现状及对策. 电器工业，2002,2(12)：1～4.
[12] 陈宗昱. 真空压强浸渍用少胶带的分析对比. 绝缘材料，2001,34(4)：27～30.
[13] 葛发余. 真空压强浸渍技术在 27kV 大型汽轮发电机绝缘结构中的应用. 上海大中型电机，2001,43(4)：27～30.
[14] 吴秀娟. 高压电机用环氧玻璃粉云母带. 大电机技术，2003,151(4)：39～42.
[15] 蔡明茹. 我国高电压大电机绝缘系统的新发展. 电器工业，2003,3(8)：44～48.
[16] 徐永嬉，胡维新，库钦斯基 ГС. 高压电气设备局部放电. 北京：水利电力出版社，1984.
[17] Laurenceau P, Dreyfus G, Lewiner J. New principle for the determination of potential distribution in dielectrics. Physical Review Letters, 1977,2(3)：46～49.

[18] Maeno T, Futami T, Kushibe H et al. Measurement of spatial charge distribution in thick dielectrics using the P. E. method. IEEE Transaction on Electrical Insulation, 1988,10(3):433～439.

[19] Niemeyer L. A generalized approach to partial discharge modeling. IEEE Transaction on Dielectrics and Electrical Insulation, 1995, 2(4):510～527.

[20] Gulski E. Digital analysis of partial discharge. IEEE Transaction on Dielectrics and Insulation, 1995, 2(5):822～835.

[21] 黄春阳等. 诊断电机绝缘用的局部放电技术. 电机技术,2003,23(2):36～39.

[22] 黄春阳. 关于用局部放电量诊断电枢绝缘状态的标准及现状. 电力标准化与计量,2003,43(1):43～46.

[23] 朱周侠,丘毓昌. 多缺陷绝缘局部放电信号的识别与分类. 高电压工程, 2002,28(3):14～16.

第11章 高压电机定子绝缘结构的优化设计

11.1 引　　言

第10章的试验结论中提到13.8kV电压等级的定子线圈,沿用VPI少胶环氧云母主绝缘、厚度减至2.7mm,对于蒸发冷却方式是完全可行的,若VPI制造工艺精良,可以进一步减薄绝缘厚度至2mm。这说明高压电机定子采用浸润式蒸发冷却,绝缘厚度的减薄应该有一个最佳值。对此,可以建立蒸发冷却方式下定子槽内电场计算模型,得到槽内电场分布的仿真结果,以找到这一最佳值,达到对浸润式蒸发冷却高压电机定子绝缘结构优化设计的目的。

11.2　优化设计的目标及路径

新型绝缘结构如图10.1所示。需要确定的结构尺寸是定子绕组的主绝缘距离δ,即股线与槽壁之间的距离;固体主绝缘层厚度δ_1与固定绝缘层厚度δ_2;三个量满足$\delta=\delta_1+\delta_2$。这些不确定量均是优化设计的目标量,运用工作站EMAS软件,对新绝缘结构中的不同结构尺寸对应不同的电场分布,进行大量仿真计算,搜索到这些量的最佳组合值。首先要对主绝缘距离δ设置初始值,本书根据常规绝缘结构的设计经验公式,将常规主绝缘厚度设为δ的初始值,其他量则围绕δ逐步调整,得到大量的电场分布结果,从中选择出分布最好的电场,也就找到了该电场对应的各尺寸的最佳组合。以第10章的13.8kV为例,常规绝缘厚度是4.3~4.6mm,在优化设计时,本书将δ初取为4.5mm,固定绝缘层初取为0.5mm,则固体主绝缘层为4mm;以后,固定绝缘层每增加0.2mm,固体主绝缘层则减小0.2mm,使两者之和保持δ不变,直至根据电场分布结果找到最合适的固体主绝缘层厚度δ_1与固定绝缘层的厚度δ_2,则固体主绝缘层厚度δ_1的最佳值便找到;保持固体主绝缘层厚度δ_1不变,逐步减小固定绝缘层δ_2,每次同样减小0.2mm,直至电场分布结果显示不能再减小了为止,此时得到的δ_2即为最佳值,而δ_1、δ_2之和则为最佳的主绝缘距离δ。

11.3　新型定子绝缘结构电场分布仿真的原理

对于高压电机的绝缘结构及槽部与端部耐电晕性的研究可以按照静电场问题分析。根据静电场理论,某一求解域内的电场问题可以表示为[1,2]

$$\begin{cases} \mathbf{V}^2\varphi = -\rho_\mathrm{f}/\varepsilon, & \varphi \in \Omega \\ \varphi = \varphi_\mathrm{s}, & \varphi \in \Gamma_1 \\ \dfrac{\partial \varphi}{\partial n} = 0, & \varphi \in \Gamma_2 \end{cases} \tag{11.1}$$

式中，ρ_f 为求解域内自由电荷体密度；ε 为介质的介电系数；φ_s 为已知的电势；Ω 为同一介质的求解域；Γ_1、Γ_2 分别为第一、第二类边界面或边。

　　鉴于本章的求解问题中无体电荷存在，计算时采用的有限元法自动满足第二类边界条件，问题的表述可以简化成式(11.2)

$$\begin{cases} \mathbf{V}^2\varphi = 0, & \varphi \in \Omega \\ \varphi = \varphi_\mathrm{s}, & \varphi \in \Gamma_1 \end{cases} \tag{11.2}$$

11.4　定子槽内的电场分布的计算模型

　　蒸发冷却汽轮发电机定子绕组槽部的电场形状比较复杂，直接进行整体分析无从下手，应该以局部合理的原则提取出计算模型[3]。本节根据电机的实际情况，作如下的假设与边界处理：

　　(1) 蒸发冷却汽轮发电机定子绕组在槽内的长度，是由若干组固定绝缘层的包缠宽度及其相互间隔合成的。由于股线在槽内部分有效的换位，忽略股线位置对电压分布的影响，认为沿长度方向各组内的绕组股线电位相同，因此可以认为每一组内的静电场分布是独立的，所以轴向取一段固定绝缘层的宽度及段间冷却介质长度作为计算区域。

　　(2) 由于槽内横截面上绕组形状对称，电场分布也对称[4]。径向取定子槽内横截面主绝缘的四分之一作为计算区域。

　　经过条件(1)、(2)处理得到由股线外表面、固体主绝缘层、蒸发冷却介质、固定绝缘层与槽壁组成的求解域，如图 11.1 所示。

　　(3) 图 11.1 所示的求解域内的股线外表面按第一类边界条件考虑，为绕组股线电位即绕组的相电压；槽壁也按第一类边界条件考虑，为铁心的槽电位即零电位；竖直方向与水平方向的两个截面，由于对称性，分别满足齐次二类边界条件[3,4]，即电位的法向导数 $\dfrac{\partial \varphi}{\partial n} = 0$。

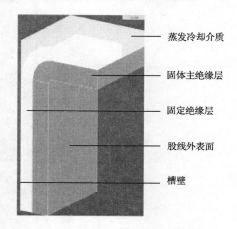

蒸发冷却介质

固体主绝缘层

固定绝缘层

股线外表面

槽壁

图 11.1　定子槽内电场的计算模型

11.5　蒸发冷却定子槽内电场分布规律

　　按照 11.2 节中表述的搜索最佳值的途径，首先将主绝缘距离 δ 设定为 4.5mm 不变，调整变化固体主绝缘层厚度 δ_1 与固定绝缘层厚度 δ_2，每次调整的步长是 0.2mm 左右，依次计算出调整后的电场分布结果并与上一次结果相比较,若电场分布结果见好,则按该调整方向及步长继续搜索下去,直到出现场强分布最小时[5];若电场分布结果不好,则按该调整方向的相反方向去搜索,如此处理先找到 δ_1,保持其不变,再逐步减小主绝缘距离 δ,直至蒸发冷却介质中的局部电场强度接近介质击穿场强的二分之一时,此时就搜索到了固定绝缘层厚度 δ_2 的合适值[6]。图 11.2 和图 11.3 表示出了这一过程中的几个电场分

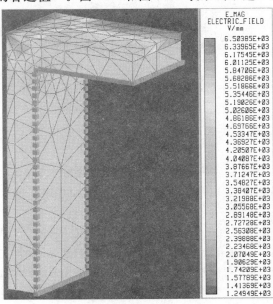

(a) δ_1=3.6mm, δ_2=0.9mm

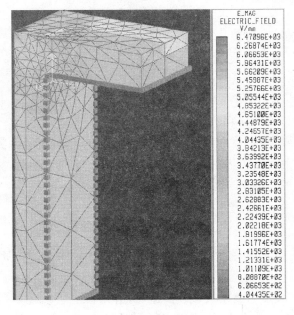

(b) δ_1=2.8mm, δ_2=1.6mm

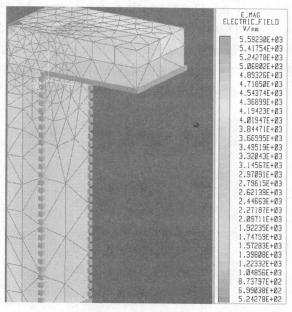

(c) δ_1=2.5mm, δ_2=2mm

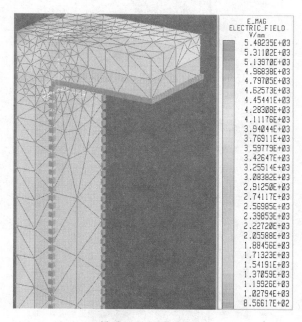

(d) δ_1=2.2mm, δ_2=2.2mm

图 11.2　调整固体主绝缘层厚度 δ_1 与固定绝缘层厚度 δ_2 对应的电场分布的变化之一

布计算结果。

　　经过上述的寻优过程,得到了 13.8kV 电压等级固体主绝缘层厚度 δ_1 与固定绝缘层厚度 δ_2 的最佳组合为 2mm 与 1.2mm,这一优化结果与第 10 章的试验结果基本相符。

　　分析图 11.2 中罗列的各个蒸发冷却定子槽内电场分布,可以看出这一新型的气、液、固三相绝缘系统中,电场集中在蒸发冷却介质中,最强之处位于固定绝缘层与槽的底壁接触的缝隙内的蒸发冷却介质里,而主绝缘层内不论是总体还是局部电场分布都比较均匀,消除了以往常规绝缘中不可避免的角部电场集中的现象,将此处产生电晕的可能性降到了最低程度;固定绝缘层中的电场强度大小,与蒸发冷却介质及主绝缘层两个区域相比

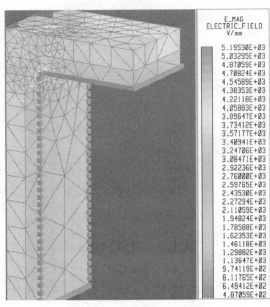

(a) δ_1=2mm, δ_2=2.4mm

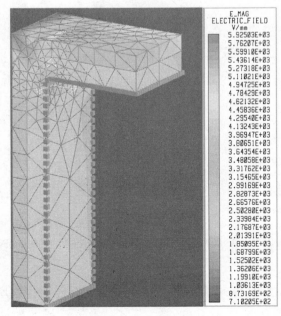

(b) δ_1=2mm, δ_2=2.2mm

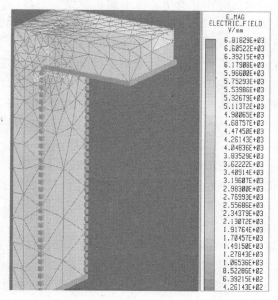

(c) $\delta_1=2\text{mm}$, $\delta_2=1.2\text{mm}$

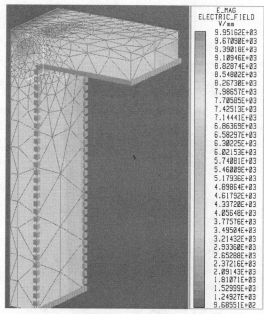

(d) $\delta_1=2\text{mm}$, $\delta_2=0.5\text{mm}$

图 11.3　调整固体主绝缘层厚度 δ_1 与固定绝缘层厚度 δ_2 对应的电场分布的变化之二

较,就更低了。根据已经储备的有关蒸发冷却介质耐局部放电及耐击穿的大量试验结论,以及其本身的物性参数,见表 2.2,液态或气液两态的冷却介质击穿后,只要稍降低一点电压,就可以自行恢复绝缘性能,再击穿的电压值并无明显下降,如果不存在类似针尖电极等极端不均匀电场,在蒸发冷却介质中产生电晕比较难。所以,仿真结果中电场强度集中在蒸发冷却介质中,换言之,冷却介质本身既是传热的主要载体,又是绝缘的主要承担者,不会对总体的绝缘系统构成威胁,相反以其高的绝缘特性改善了系统整体的电场分布,不必再考虑采取各种防电晕的手段。比较蒸发冷却介质、固体主绝缘层、固定绝缘层三个区域媒质的介电常数,蒸发冷却介质 F-113(若采用其他蒸发冷却介质也是如此)的介电常数最低,故场强最大值出现在此区域内是正常的物理现象。

需要说明的是:①计算模型中的线规参考上海汽轮发电机有限公司提供的 300MW机组的定子线规,取 56.5×24.8,股线角部的曲率半径取 0.8mm;②固定绝缘层的包缠宽度及其间隔长度对电场分布规律没有影响,只对电场最大值有较小的影响,所以,本节根据 300MW 汽轮发电机的定子铁心段的长度,对仿真计算模型中的固定绝缘层的包缠宽度和间隔长度均取 25mm;③仿真计算时,铜表面电位取的是额定电压 13.8kV,而不是相电压 7.97kV,电机实际运行时定子应承受的是相电压。

为了进一步证实这一优化结果的可靠性,参考定子绕组在制造厂里进行的多次中间试验电压的考核等级,本节又计算了新型绝缘结构在最高试验电压(40kV)下的电场分布情况,其结果如图 11.4 所示。蒸发冷却介质中的最高电场强度是 $1.586×10^4$ V/mm,已经超过 F-113 的击穿场强 $1.48×10^4$ V/mm,但是这种短时高电压下出现的击穿只要持续时间不是很长,对 F-113 的绝缘性能影响很小,高电压过后,F-113 能够自动恢复到绝缘状态,第 10 章的试验已经证明了这一点。所以,本章的优化设计方法是可行的,优化出的新型绝缘结构值得参考。

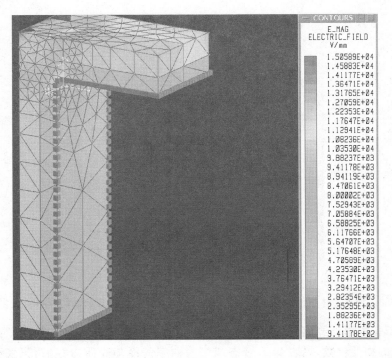

图 11.4　优化后的新型绝缘结构在 40kV 试验电压下的电场分布

在额定电压为 13.8kV 蒸发冷却汽轮发电机定子绝缘结构的优化设计基础上,本节又计算了 24kV 电压等级的汽轮发电机采用浸润式蒸发冷却后,其定子绝缘结构若同样按照 13.8kV 机组的绝缘结构设计,经过上述优化过程后,定子主绝缘厚度可以减至 4mm,取消防晕层,固定绝缘层的厚度为 2mm。

11.6　本 章 小 结

本章从探索性研究模式出发,将第 10 章提出的蒸发冷却汽轮发电机新型绝缘结构,利用仿真工具进行优化设计,建立相应的计算模型及优化路径,得到大量的仿真结果,从中筛选出最佳的绝缘结构尺寸组合,作为该新型绝缘结构的 13.8kV 电压等级的优化设计结果。在此基础上,给出了 24kV 电压等级优化设计的结果。

参 考 文 献

[1] 清华大学,西安交通大学. 高电压绝缘. 北京:水利电力出版社,1980.
[2] 朱德恒,严璋. 高电压绝缘. 北京:清华大学出版社,1992.
[3] 刘炳光. 高电压绝缘基础. 湖南:湖南大学出版社,1986.
[4] 解广润. 高压静电场. 上海:上海科学技术出版社,1987.
[5] 林锉云,董加礼. 多目标优化的方法与理论. 吉林:吉林教育出版社,1992.
[6] 胡适耕,施保昌. 最优化原理. 武汉:华中理工大学出版社,2000.

第 12 章　24kV 等级及以上蒸发冷却汽轮发电机定子绝缘结构的可行性研究

12.1　引　　言

前面章节通过大量的模型试验和仿真计算研究,分门别类地对卧式电机采用蒸发冷却技术必须解决的定子绝缘结构的设计问题进行了系统的分析,得出了意义重大的研究结论,某些研究成果逐步应用于实际的工业机组上。在这些成绩的基础上,本章利用仿真工具 EMAS 软件对高压电机定子槽内及端部电场进行计算分析,以此对国内电机行业的制高点——24kV 电压等级汽轮发电机的制造,做一些探索性工作。

电力工业发展到今天,是依靠大型发电设备不断改进技术、提高容量来给予支持的。伴随着汽轮发电机容量的大型化,其额定电压也在不断提高,目前国外 300MW 以上容量的发电机已普遍采用 20kV 及以上的额定电压,1000MW 级发电机则普遍采用 24～28kV[1];而国内的发展相对要慢一些,国产大型汽轮发电机的额定电压一般为 10.5kV、13.8kV、15.75kV 及 18kV,最高达到 22kV。定子绝缘的工作条件限制了大幅度提高电机的额定电压。首先,由于发电机转子始终处于旋转状态,对于传统冷却方式的汽轮发电机(空冷、氢冷、水冷),无法像其他电气设备那样采用液体绝缘,而必须采用固体绝缘,使得定子绝缘不能浸在绝缘介质中,这就很难避免因气体的电气强度低而带来的电晕等问题[2]。国内外的统计数据表明,对于额定电压超过 18kV 的汽轮发电机,由于定子绕组的绝缘损坏而造成的事故约占全部停机数的三分之一左右[3],额定电压超过 22kV 以后,防止定子槽内、端部绕组产生电晕的技术处理难度是相当大的。其次,定子铁心的槽内尺寸很小,如果提高额定电压,必然增加槽内绝缘厚度,却使槽内铜线截面减小,槽满率越来越低,同时铜线向外散热越来越困难。因此,提高额定电压的前提是解决好定子绝缘结构的设计。

目前,我国额定电压达到 24kV 的大型汽轮发电机的制造技术还不成熟,主要反应在定子绕组绝缘系统的组成、槽部与端部电场及防晕等问题没有彻底解决。文献[4]～[7]分析了定子绕组导体的几何形状对槽内电场分布的影响,由于导体几何形状的突变,造成高压电机定子线圈角部存在电场集中现象,计算表明,角部的场强比平均场强高得多,是发生局部电击穿的薄弱点。同时提供了改善角部电场分布的措施,其一是增大圆角半径 r(图 12.1),可有效降低电场不均匀系数,但股线及成形后导体的圆角半径过大会降低槽满率,并给制造工艺带来困难,所以这一措施对槽内电场分布的改善程度很有限;其二是采用屏蔽层,即在线圈绝缘中加入若干层电阻值较低的材料,使同一层的电位相等,如图 12.2 所示,从而达到改善电场分布的目的。由于电机绝缘的厚度较小,不适合加入更多的屏蔽层,且加入层数多会给工艺带来困难,所以一般只能加入一层,改善的效果也是很有限的。文献[8]～[13]对定子端部电场分布及其防晕处理进行了专门的研究,提出了两大类改善定子端部电场分布的方法。

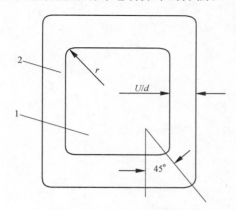

图 12.1　增大导体的圆角半径

1-导体;2-绝缘

r-圆角半径;d-绝缘厚度;U-绝缘所承受的电压

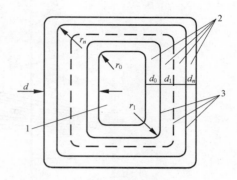

图 12.2　采用屏蔽层

1-导体;2-绝缘;3-屏蔽层

$r_0, r_1, \cdots, r_n$-圆角半径;$d_0, d_1, \cdots, d_n, d$-绝缘厚度

第一类电容性场强分布改善方法,包括以下三个具体方法:

方法一,在端部绕组表面设置高介电常数的表面带(图 12.3),以降低该表面阻抗,因而减小了场强。存在的障碍是适合于电机的 F 级高介电常数的材料不易广泛取得。

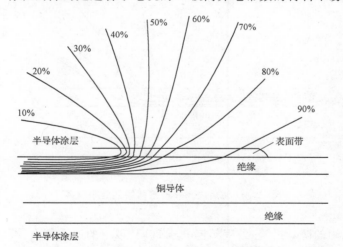

图 12.3　使用大介电常数的介质表面带的场强分布改善

方法二,在构造贴近半导体涂层端部绝缘处使用场强锥来减小绝缘中的场强,如图 12.4 所示,其不足之处是要增加绕组端部的尺寸。

方法三,在绝缘内部使用导电箔以分散绝缘内部电位,如图 12.5 所示,然而这一系统的制造还存在着相当大的实际困难,很少使用。

第二类电阻性场强分布改善方法为:在绝缘表面上加一薄薄的很容易施加的涂层,如半导体涂层、低阻的欧姆涂层等,即常规的防晕层,对电场分布的改善如图 12.6 所示,这

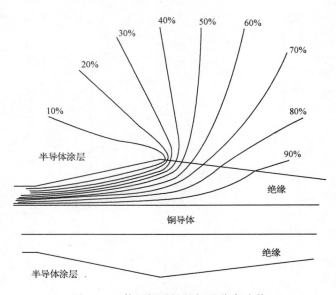

图 12.4　使用场强锥的场强分布改善

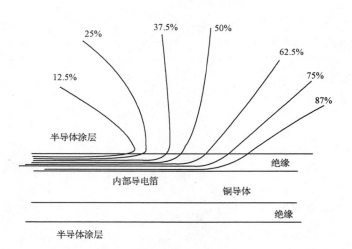

图 12.5　使用内部导电箔的场强分布改善

是目前最广泛采用的防晕措施,处理额定电压 20kV 以下的定子槽内、端部的电晕放电比较有效,若电压等级再高就很难保证不发生大的电晕现象。

　　针对现阶段国内外高压电机生产及相关研究的现状,我们应该利用蒸发冷却方式具备的独特的高绝缘性质,在这方面做深入细致的研究工作。蒸发冷却介质浸泡定子,当电机运行时,呈气液两相状态,充满端部及槽间的工艺间隙,与定子绕组的固体绝缘材料一起构成了气、液、固三相绝缘体系,为常规定子主绝缘厚度的减薄提供了必要的先决条件[14],如果 24kV 电压等级的汽轮发电机采用蒸发冷却方式,设计出合理的定子绝缘结构,将会对解决上述绝缘问题提供一条极具参考价值的技术途径。

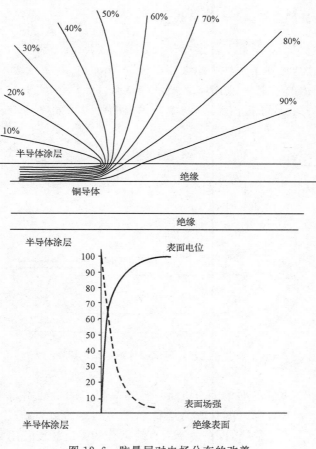

图 12.6　防晕层对电场分布的改善

12.2　24kV 蒸发冷却汽轮发电机定子
绝缘结构的试验研究

　　我国对 24kV 等级汽轮发电机绝缘技术研究比较早的制造企业是东方电机厂,他们意识到线圈的主绝缘是整个线圈绝缘中最重要的部分,其质量的好坏直接影响着高压电机的正常运行。所以,为了能率先填补 24kV 级汽轮发电机线圈制造在国内的空白,东方公司采用直线端部均热模压成形,虽提高了造价、增加了制造难度但充分保证了线圈的外部形状和内在质量,在满足发电机总体设计要求的前提下将绝缘厚度确定为 5.9mm[15,16]。可以说,这一绝缘厚度目前在世界电机制造业中是较好的。中国科学院电工研究所蒸发冷却研究室,在高压电机绝缘结构方面的研究起步也是比较早的。1999 年完成的 20kV 等级以上浸润式蒸发冷却电机定子绝缘结构可行性试验,对本章的仿真优化结果是最有利的试验验证。下面将表述这一试验过程及分析结论。

12.2.1　试验中设计的定子绝缘结构及模型

这是一次定性试验,在掌握了蒸发冷却介质 F-113 具备很高绝缘性能的基础上,通过接近实际应用的试验,选择了一种主绝缘层厚度为 4mm,再在主绝缘层外分段包 0.5mm 厚的绝缘层作为槽内的固定。如图 12.7 所示的试验件绝缘结构图,这样设计的主要目的是蒸发冷却介质能够在定子槽内流通,与本书提出的卧式蒸发冷却电机定子新型绝缘结构的设想一致。

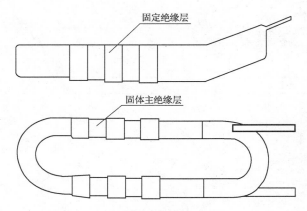

图 12.7　高压定子试验件绝缘结构简图

按照图中的结构,委托当时的上海电机厂按照真机组的标准制造了定子试验模型样件若干,采用 12.5mm×1.45mm 双玻璃丝扁铜线绕制成仿造真机定子的线圈,外包厚 4mm 环氧粉云母带作为主绝缘,再在线圈的直线部分的主绝缘层外用宽 25mm 的环氧粉云母带每相隔 25mm 缠绕厚 0.5mm 作为固定层。线圈制成后运到试验室,配制了与线圈尺寸相当的 E 形变压器铁心,作为电机定子槽的模型。线圈与铁心槽装配完成后的定子模型如图 12.8 所示。

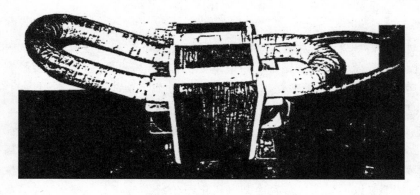

图 12.8　试验中的定子模型

12.2.2　高压试验设备及线路组成

试验中使用的高压设备如图 12.9 所示。

将图 12.8 中的定子模型放进高压试验容器内,加以密封并灌入 F-113 介质浸泡,试验模型的一端由导电螺杆引出与高压试验变压器连接,再与 100kV 高压交流电容器并联;模型另一端的铁心作为接地点由导电螺杆引出,通过回路衰减器与局部放电测量仪输入端连接,形成图 12.10 中的平衡法测局部放电的线路。

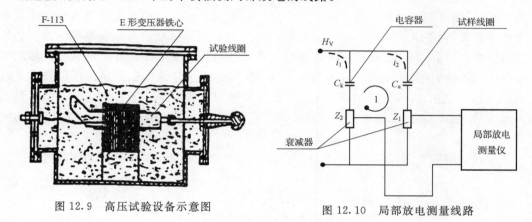

图 12.9　高压试验设备示意图　　　　　图 12.10　局部放电测量线路

12.2.3　试验过程与结果分析

(1)电晕测量过程。对浸泡在 F-113 冷却介质中的试验样棒,在施加不同的试验电压下,用 DST-2 型局部放电测量仪检测并记录与外加电压相对应的各放电点的最大放电量 q。试验电压从零逐渐递升至 12kV,开始出现放电波形,但并不明显,肉眼观察不到,最大放电量仅为 5~10pC,当电压从 12kV 降至 6kV 时测量仪上的局部放电信号消失。这一现象反复多次,所测得的放电起始电压点与熄灭电压点均基本一致,前后相差不超过 0.05kV。之后,随着外施试验电压从 12kV 不断递升,直至 40kV,放电波形逐渐明显,最大放电量也逐渐递增,至 40kV 时达到 1650pC。图 12.11 中绘出了各放电点的最大放电量随试验电压升高而变化的波形。

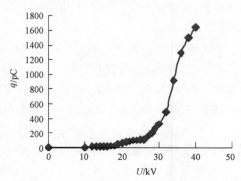

图 12.11　试验模型局部放电的最大放电量与试验电压的关系图

（2）闪络试验过程。试验电压从零渐升至 47kV 后，维持 5min，无闪络现象，当电压继续升至 48kV 时，出现了冷却介质沿固体绝缘材料表面的闪络放电，但并不明显，当电压下降回 47kV 后闪络消失，重复这一过程多次，闪络的出现与消失情况均一致。

（3）击穿试验过程。试验电压从零逐渐升至 62kV，维持 5min，整个绝缘系统未发生击穿，这一过程同样反复多次。

对上述各种放电过程的结果分析是，电晕试验中从仪器测量情况来看，定子模型的起晕电压为 12kV，但放电信号十分微弱，仅为 5~10pC，不足以说明是模型的绝缘内发生了局部放电，很可能是冷却介质中的杂质引起的偶发性放电。当电压超过 24kV 后放电量才迅速攀升，而 24kV 时的放电量还不到 200pC，依照工程标准还不构成绝缘内部的局部放电诊断。所以，据此试验过程可以推断定子模型的局部放电起始电压远高于其额定相电压 13.86kV；试验中的闪络电压为 47kV，大大超过电机制造厂在产品出厂前要求通过的闪络试验电压，即 $2U_H+3000$；该定子模型绝缘结构的击穿电压大于 62kV，同样远远高出实际电机的定子线圈绝缘完成后所要求通过的试验电压，即 $2.75U_H+6500$（U_H 为额定相电压）。

这些试验结论对研制 24kV 高电压蒸发冷却汽轮发电机提供了结构上的数据支持。

12.3　24kV 蒸发冷却汽轮发电机定子绝缘结构的电场仿真研究

12.2 节中定子模型的绝缘结构尺寸与第 11 章中经过优化后的绝缘结构尺寸很接近，只区别在分段固定绝缘层的厚度上，前者是 0.5mm，后者是 2mm。可以设想，若 11.2 节中的定子模型采用优化设计中的绝缘尺寸，即固定绝缘层的包缠厚度为 2mm，那么试验结果会更理想。所以，对 24kV 蒸发冷却汽轮发电机定子绝缘结构的电场仿真研究，采用的是优化的绝缘结构尺寸，分为槽内电场分布的仿真与端部电场分布的仿真。

12.3.1　定子槽内电场分布的仿真计算

定子槽内电场分布的计算模型的建立同 11.4 节中所述，在此不再重复。为了与 12.2 节中的试验过程相对照，本书计算了新型定子绝缘结构在 12kV、13.86kV（额定相电压）、24kV（额定电压）、48kV（闪络电压）、62kV 等几个电压等级下的槽内电场的分布，计算结果汇集在图 12.12 中。

从计算得到的各级考核电压下的电场分布来看，12kV 级的最大场强仅为 3.52kV/mm；距离气液两相态 F-113 的击穿场强还很远，而整个绝缘系统内即使局部有微小空隙存在，也是充满了这一击穿场强很高的气液两相 F-113，所以 12kV 从理论计算上也不可能是这一经过优化设计的新型绝缘结构的起晕电压；额定相电压 13.86kV 与额定电压 24kV 两个等级同样如此；48kV 等级的电场分布结果比较接近于液态 F-113 的击穿场强值，已稍超过气液两相态的击穿水平，但如前所述，F-113 暂时的击穿对整个绝缘系统不会有很大的影响，过后自动恢复到原来的绝缘状态，这一点已经被前面的数次试验所证实，所以 48kV 等级闪络电压，只要不是持续时间很长（超过 1h），对于新型绝缘结构还是可以接受的,外加电压等级达到 62kV 时,F-113 中的最高场强已近 20kV/mm,已大大超过 F-113 的击穿电场值,尽管试验时出现了明显的放电现象,而整个绝缘系统并没有彻底击穿,过后又恢复至原来的绝缘状态,其道理也正在于此。

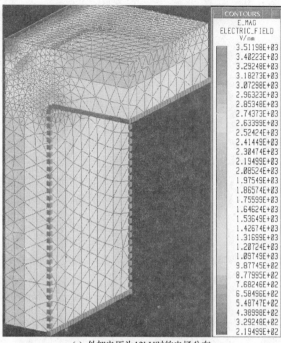

(a) 外加电压为12kV时的电场分布

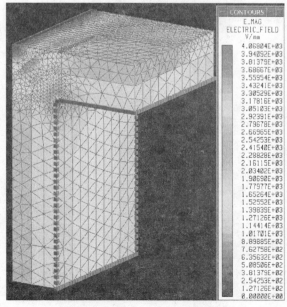

(b) 外加电压为 13.86kV时的电场分布

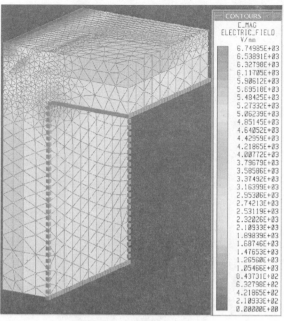

(c) 外加电压为24kV时的电场分布

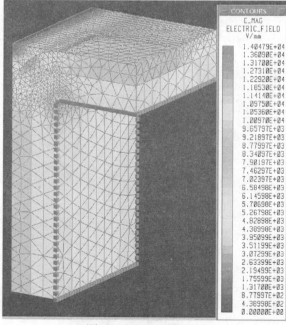

(d) 外加电压为48kV时的电场分布

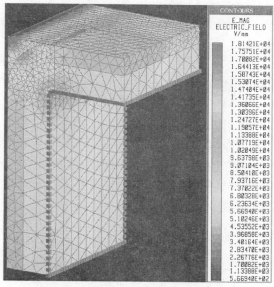

(e) 外加电压为 62kV 时的电场分布

图 12.12　24kV 新型定子绝缘结构在不同电压等级下的电场分布情况

　　防晕处理,对于高压电机的定子是必不可少的重要环节,对于卧式蒸发冷却电机所设计出的新型绝缘结构,防晕处理的存在又会对其带来怎样的影响呢? 对此必须要有一个明确的认识。本书计算了带防晕层的 24kV 等级定子线棒槽内的电场分布。该定子线棒

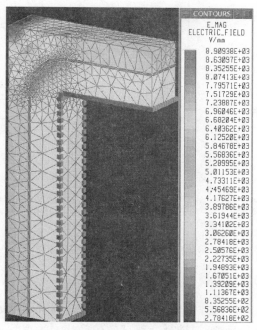

图 12.13　24kV 等级带有防晕层的新型绝缘结构内的电场分布

采用新型绝缘结构,即固体主绝缘层厚 4mm,其上涂有厚 0.2mm 低阻带漆作为防晕层,再在防晕层外分段包缠厚 2mm 的固定绝缘层,固体主绝缘层与固定绝缘层均为 VPI 少胶云母带绝缘材料。计算时的外加电压为额定相电压 13.86kV,电场分布结果如图 12.13 所示。

图 12.13 显示,防晕层给绝缘结构中的电场分布带来很大的影响,首先,主绝缘层的角部位置场强突然变小,甚至小于固定层中的电场,而冷却介质 F-113 中的电场却高度集中,使最大场强增加至 3 倍。比较不带防晕层的定子槽内额定相电压下的电场分布与带防晕层同样电压下的电场分布,可以看出防晕层在所设计的新型绝缘结构中畸变了电场的分布,尤其是冷却介质中的电场分布,使该处成为绝缘系统中的薄弱点,这也从理论上解释了第 10 章中提出的为什么带防晕层的试验样棒放电情况反而变得严重的物理现象。因此,防晕层对于新型绝缘结构不仅不必要而且不合适。

12.3.2　定子端部电场分布的仿真计算

图 12.14 中表示了一种高压电机常规定子绕组的标准结构。矩形截面的绝缘导体嵌入叠片铁心的槽内,嵌入槽内部分与槽外延伸部分具有一外部涂层,其功能是控制绕组表面场强的大小。在电机设计时希望线圈伸出铁心的部分尽可能地短,而从改善端部电场容易集中的考虑出发,需要一个较长端部绕组距离的场强分布,如 18kV 绕组出槽口处因设有防晕结构需要的槽外延伸部分至少为 400mm[17],这就要重视将改善场强分布所需的长度减至最短的优化问题。额定电压 24kV 的端部防晕与优化矛盾很尖锐,使得国内目前的绝缘技术很难突破,影响到 24kV 汽轮发电机定子绝缘的合理设计。所以,研究蒸发冷却方式下的新型绝缘系统对定子端部电场分布的改善是非常有意义的。

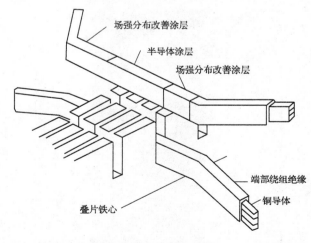

图 12.14　高压电机定子铁心的一种典型的导体槽内外结构

12.3.3　定子端部电场的计算模型

由于汽轮发电机端部的结构比较复杂,如图 12.15 所示,为了求解出正确的浸润式蒸发冷却定子端部的电场分布,需要进行合理有效的简化。考虑到端部电场分布可以按照静电场问题处理,这样就回避了端部外压圈上的感应电势的影响,忽略转子侧对定子的影响,对电场的求解模型作如下假设及边界处理。

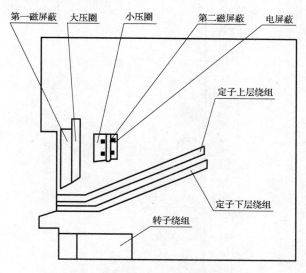

第一磁屏蔽　大压圈　小压圈　第二磁屏蔽　电屏蔽

定子上层绕组

定子下层绕组

转子绕组

图 12.15　汽轮发电机端部的结构简图

(1) 铁心端部的出槽口及端面为同一等电位面,即零电位。

(2) 设定子的上、下层绕组的电压相等,计算端部电场时,只考虑一层绕组即可。

(3) 绕组股线表面电位为绕组的相电压,本次计算取的是额定电压 24kV。

由此得到新型定子绝缘结构的端部电场求解域如图 12.16 所示。

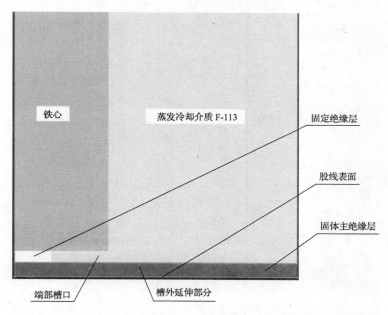

铁心

蒸发冷却介质 F-113

固定绝缘层

股线表面

固体主绝缘层

端部槽口　　槽外延伸部分

图 12.16　蒸发冷却汽轮发电机端部电场的求解域

12.3.4　定子端部电场的仿真结果

　　将端部绕组在槽外的延伸部分分为 50mm、60mm、80mm 三种情况,计算新型绝缘结构对应的电场分布,如图 12.17 所示。

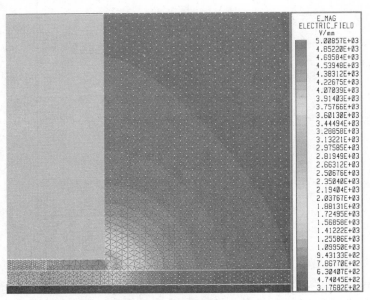

(a) 槽外延伸部分为 50mm 时的电场分布结果

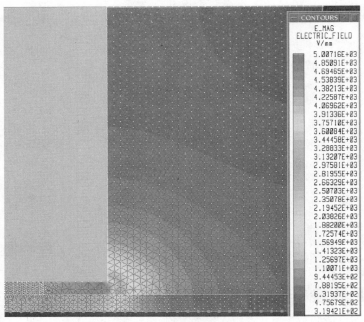

(b) 槽外延伸部分为 60mm 时的电场分布结果

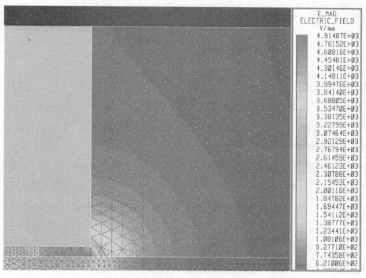

(c) 槽外延伸部分为 80mm 时的电场分布结果

图 12.17　新型绝缘结构端部电场的仿真结果

三个仿真结果显示的浸润式蒸发冷却定子端部电场分布规律为:出槽口处的冷却介质中电场最集中,但分布比较均匀,从内到外变化平稳,直至槽外的绕组端部,电场分布的过渡性很好,无局部突变点,且最大电场强度远小于冷却介质的击穿值,说明蒸发冷却介质对定子端部电场的改善非常显著,无需任何防晕手段。绕组在槽外的延伸长度对电场分布的影响不明显,50~80mm 的端部绕组长度的改变,无论是总体电场分布趋势还是局部最大场强都没有反映出太大的变化,说明采用浸润式蒸发冷却的汽轮发电机,定子端部绕组的槽外延伸长度可以不必受电场分布的影响而尽可能满足电机设计本身的要求[18]。

12.4　新型定子绝缘结构的电场仿真研究结论

通过将仿真结果与已有的模型试验结果相比较,可以得出上述对定子槽内和端部两种电场分布建立的仿真计算模型及结果是可靠的。

24kV 电压等级的定子绕组不采取任何防晕措施,沿用云母绝缘体系及 VPI 制造工艺,主绝缘厚度仅为 4mm,对于现阶段国内的电机定子绝缘制造水平而言,是难以想象的,这在当今国际电机制造业可以说是首创。但蒸发冷却方式下形成的气、液、固三相定子绝缘系统,不同于以往任何其他冷却方式对应的绝缘系统,对于将绝缘厚度减薄至 4mm 提供了可能实现的条件。

总而言之,通过上述的计算分析,24kV 蒸发冷却汽轮发电机采用新型定子绝缘结构,定子槽内与端部的电场分布要优于其他任何冷却方式下的同样额定电压等级的电场分布,蒸发冷却方式下的气、液、固三相绝缘系统,改善了定子从整体到局部的电场分布,将常规绝缘结构中的绝缘薄弱处产生电晕的可能性降到了最低程度,取消防晕处理,简化生产工艺,为国产 24kV 级汽轮发电机的研制提供了重要理论参考。

12.5　本章小结

　　24kV 电压等级的汽轮发电机定子线圈的制造是目前国内生产企业力争突破的研究热点之一,也是国产 1000MW 级大型汽轮发电机开发设计不可逾越的攻关项目。在此大背景下,开展高电压蒸发冷却汽轮发电机定子绝缘的研究意义深远,也是蒸发冷却技术提高其应用水平与国际影响的有利时机。

　　本章从探索性研究模式出发,大胆提出国产 24kV 汽轮发电机采用蒸发冷却技术,定子绝缘按照第 10 章提出的蒸发冷却汽轮发电机新型定子绝缘结构进行设计。利用已经完成的 20kV 等级以上的蒸发冷却电机定子绝缘结构可行性研究的试验结论,着重计算分析了采用经过优化设计的新型定子绝缘结构后,24kV 等级定子槽内及端部电场分布的情况,解释了防晕层对新型绝缘结构的不利影响,以此充分论证了蒸发冷却方式下的气、液、固三相绝缘系统对定子槽内及端部的电场给予了极大的改善,是其他冷却方式所不具备的。

　　仿真的模型、方法合理,仿真结果可靠。

参 考 文 献

[1] 沈梁伟. 国外发电机的新发展及我们的差距. 国外大电机,2001,21(3):1~11.
[2] 王作民. 空气冷却汽轮发电机容量大小及其定子绕组绝缘方式的探讨. 上海大中型电机,2003,45(1):2~6.
[3] 张光达,尹正军等. 大型汽轮发电机状态监测与故障诊断系统的开发与应用. 山东电力技术,2003,129(1):6~10.
[4] 隋银德. 高压电机定子线圈电场分布的改善. 电工技术学报,1997,123(3):26~29.
[5] 姚而良. 高压发电机线圈角部电场与半导体腻子. 哈尔滨电工学院学报,1988,(3):30~34.
[6] 金耀萍,任秀华,张瑞均. 空冷汽轮发电机定子绝缘结构的研究及应用. 大电机技术,1999,147(1):29~33.
[7] 颜伯昭. 大型电机定子线圈绝缘击穿场强的统计分析. 大电机技术,1983,131(4):14~19.
[8] Provos R L. Dielectric stress along insulation surface // 7th BEMA International Electrical Insulation Conference, Brighton, England, 1993.
[9] Lutz Niemeyer. A generalized approach to partial discharge modeling. IEEE Transaction on Dielectrics and Electrical Insulation,1995,2(4):510~527.
[10] Wood J. Hindmarsh R T, Hogg W K. The use of loaded resins for controlling electrical stress in Turbo generator insulation. IEEE Conference Publication,1979,177(1):144~148.
[11] Roberts A. The calculation of the increase in integrated energy and loss tangent values arising from the use of non-linear stress grading materials on the coils of high voltage rotating AC machine // IEEE Dielectric Materials Measurements and Application Conference, Washington D C,USA, 1984:263~266.
[12] 罗伯茨 A,周维良. 高压电动机和发电机线圈电场强度分布改善措施. 电机译文集,1996,60(1):74~87.
[13] Edward Gulski. Digital analysis of partial discharges. IEEE Transaction on Dielectrics and Insulation,1995,2(5): 822~835.
[14] 栾茹. 蒸发冷却大电机定子主绝缘的试验研究. 高电压技术,2003,29(9):8~9.
[15] 清华大学,西安交通大学. 高电压绝缘. 北京:电力工业出版社,1980.
[16] 刘松,薛强. 24kV 级汽轮发电机绝缘技术研究. 东方电气评论,2003,17(9):161~164.
[17] 汪耕,丁瞬年. 1000MW 大型汽轮发电机开发设计研究课题总结. 上海大中型电机,2001,43(3):2~5.
[18] 新编电气工程师实用手册(上册). 北京:中国水利水电出版社,1997.

第 13 章　330MW 大型蒸发冷却汽轮发电机定子绝缘结构的研究

蒸发冷却技术经过四十余年的发展,特别是在几台卧式电机上的成功应用,奠定了其是用于大型电气设备上的冷却技术的基础地位,被国际电工委员会列为 21 世纪世界旋转大电机技术的四大发展方向之一。在国内受到中央领导及科技部的高度重视,获得首批国家"十一五"项目的资助,"300MW 蒸发冷却汽轮发电机样机研制与关键技术攻关"项目被列为科技部"十一五"重点支撑项目(编号:2006BAA02B01)。

330MW 大型蒸发冷却汽轮发电机,依托上海汽轮发电机有限公司,着重研究定子铁心、绕组采用全浸式或者绕组表面冷加内冷蒸发冷却两种方案,转子仍采用原来的水内冷的 300MW 汽轮发电机参数。目前进行了前期的理论分析和试验研究。这个项目的主要目的是为今后 600MW 及更大型汽轮发电机采用蒸发冷却技术奠定理论与工程实践基础。

13.1　330MW 大型汽轮发电机冷却方案改造的比较

位于河南省平顶山市的原姚孟电厂(现为姚孟发电有限责任公司),有一台 300MW 的双水内冷汽轮发电机已接近服务期,需要进行较大规模的改造。借此机会,中国科学院电工研究所联合上海汽轮发电机有限公司,经过"十五"期间的研究积累,决定在这台机组定子上实施蒸发冷却技术。改造后的原机组容量将提升至 330MW,现将该机组原来的设计情况与设计中的改造方案进行了对比,列于表 13.1 中。

表 13.1　300MW 大型汽轮发电机冷却方案的对比

方案	原姚孟电厂发电机	全浸泡式和定子线圈内冷相结合蒸发冷却方案	全浸泡式蒸发冷却方案
基本参数			
冷却方式	双水内冷	定子蒸发冷却转子水内冷	
发电机出力 P_A/MW	300	330	
定子额定电压 U_N/kV	18		
定子额定电流 I_N/A	11320	12453	
功率因数 $\cos\phi_N$	0.85(滞后)		
主绝缘厚度/mm	5.4	4.0	
主要尺寸			
气隙 δ/mm	80	89	

续表

方案	原姚孟电厂发电机	全浸泡式和定子线圈内冷相结合蒸发冷却方案	全浸泡式蒸发冷却方案
定子铁心外径/定子铁心内径 D_a/D_i/mm	2400/1260	2430/1278	2450/1278
转子外径 D_2/mm	1100		
定子铁心长度 L_t/mm	5420	5450	
转子本体长 L_2/mm	5400	5400	
定子线规（绝缘前）/mm	实心:2.1×9.3 空心:5×9.7△1.5	实心:2×12.5 空心:4.7×12.5△1.35	实心:2.24×14.5
转子线规/mm	16×16△4.5		
通风道数×通风道宽 $n_v×b_v$/mm	103×8	95×6	162×4
定子槽数－定子槽高×定子槽宽 $h_{n1}×b_{n1}$/mm	54－154×34	54－153×35	54－171×39
转子槽数－转子槽高×转子槽宽 $h_{n2}×b_{n2}$/mm	32－152.5×38		
硅钢片（单片厚度）	D330 取向(0.35mm)	无取向(0.5mm)	
磁密、电密等			
定子齿磁密 $B_{Z1/3}$/Gs〈满载〉	16300〈17900〉	15022〈16605〉	16467〈18182〉
定子轭磁密 B_{j1}/Gs〈满载〉	15970〈17500〉	14474〈15999〉	14993〈16554〉
定子电密 J_1/(A/mm²)	8.56	6.46	4.06
转子电密 J_2/(A/mm²)	9.08	8.96	9.05
励磁电流 I_{fN}/A	1844	2030	2051
励磁电压 U_{fN}/V(50℃)	483	476	481
短路比 f_{k0}	0.469	0.458	0.466
电阻和电抗			
定子每相电阻 R_{ph}/Ω(15℃)	0.00213	0.00149	0.00094
转子电阻 R_f/Ω(15℃)	0.229	0.205	
同步电抗 X_d/%	227	229	227
暂态同步电抗 X'_d/%	26.9	28.7	28.5
次暂态同步电抗 X''_d/%	16.7	18.0	17.8
质量			
定子硅钢片质量 G_{Fe}/t	97	108	107
定子铜质量 G_{Cu}/t	5.7	8.4	13.4
转子质量 G_2/t	60	57	

续表

方案	原姚孟电厂发电机	全浸泡式和定子线圈内冷相结合蒸发冷却方案	全浸泡式蒸发冷却方案
损耗和效率			
短路损耗 $\Sigma Q_k/kW$	1739	1652	1328
其中包括:	包括以下:	包括以下:	包括以下:
定子铜耗 Q_{Cu50}/kW	933(50℃)	861(75℃)	541(75℃)
定子铜附加耗 Q_{CuF}/kW	127	183	186
短路谐波附加耗 Q_{dkv}/kW	413	454	447
端部损耗 Q_Λ/kW	266	154	154
空载损耗 $\Sigma Q_{Fe}/kW$	438	451	508
其中包括:	包括以下:	包括以下:	包括以下:
基本铁耗 Q_{Fe}/kW	308	318	343
空载附加耗 Q_{d0}/kW	130	133	165
励磁损耗 Q_{f2}/kW(50℃,效率0.93)	958	1034	1062
机械损耗 Q_R/kW	1085	612	
其中包括:	包括以下:	包括以下:	
转子摩擦耗 Q_2/kW	456	436/3	
护环摩擦耗 Q_k/kW	63	63/3	
通风损耗 Q_v/kW	176	176/3	
轴承损耗 Q_m/kW	273	266	
甩水损耗 Q_w/kW	102	104	
滑环摩擦损耗 Q_c/kW	15	16	
总损耗 $\sum Q/kW$	4221	3749	3510
效率 $\eta/\%$	98.61	98.88	98.95
温升			
蒸发冷却内冷带走的损耗百分数/%	—	80	0
空心铜线内蒸发冷却介质流量/(m³/h)	—	54	0
定子绕组温升/K	43(平均)	54 42(出口介质平均)	64(最高)
定子铁心温升/K	49.9	7	4.1
转子冷却水流量 $V_2/(m^3/h)$		30.6	
转子绕组 θ_{Cu2}/K	28	29	31

注: Δ 表示线棒绝缘厚度。

　　从表 13.1 对比中可知,蒸发冷却方案的数据仅仅是初步估计值,其与原来改造前的电机相比,明显的变化是定子主绝缘的厚度减小了 1.4mm,进而槽满率增加,降低了定子电流密度,其中全浸式蒸发冷却定子,采用实心导体,电流密度最低。从温升的估算结果来看,两种方案的蒸发冷却定子的温升均高过原来水内冷定子的 11~21℃,这是因为水的对流换热强度与导热能力均远高于蒸发冷却介质,但是水冷却定子,一是需要专门进行水处理,相应的水冷系统结构复杂,易留下隐患;二是水管若破裂漏水,会引起定子绝缘遭破坏的重大事故。而蒸发冷却介质由于其本身的高绝缘性能,消除了水内冷的这些隐患,可以实现免维护、安全可靠等空冷机组具备的优点。

13.2　强迫循环蒸发冷却定子绕组内冷的温升计算

从表 13.1 中可知,对这台机组的改造有两种蒸发冷却实施方案,当时向科技部申请立项时,首选的是外冷加内冷却的强迫循环蒸发冷却方式,这样可以保留原来水内冷定子的空心式绕组,本节将初步计算这种冷却方案的温升。

第一种蒸发冷却方案,是在全浸式蒸发冷却结构基础上增加定子绕组内冷,这是考虑到内冷是目前大容量机组普遍采用的一种更高效的冷却方式,可以保留这台改造机组原来的定子绕组空心式结构,节约改造成本。但冷却结构与原理要比全浸式的复杂。

内冷式强迫循环原理如图 13.1 所示。线棒为空、实心股线编织而成,如前所述,冷却介质依靠泵的动力在空心股线内强迫循环。当发电机运行时,因铜损耗引起绕组发热,空心股线中冷却介质在管内不断吸热,所有空心股线内冷通道出液口与一个压强均衡装置相连,使所有冷却通道出液口的压强差被压强均衡器吸收,以达到使内冷通道的介质流量和压强基本均衡的目的。根据通道内吸热汽化后的流动规律,让介质经过压强均衡器和冷凝器两级冷却,再在泵的驱使动力下,克服回路中的阻力压降(单向流动阻力、两相流动阻力和局部阻力)维持一定流量的循环,如此往复把热量传到外部。

图 13.1　内冷式强迫循环原理

13.2.1　汽轮发电机的计算参数

原 300MW 蒸发冷却汽轮发电机额定功率 $P_N = 300MW$;功率因数$\cos\Psi_N = -0.85$;额定电压 $U_N = 18kV$;额定转速 $n_N = 3000r/min$;定子铁心外径 $D = 2430mm$;定子铁心内径 $D_I = 1278mm$;定子铁心长度 $L = 5450mm$;定子绕组半匝长度 $I_c = 9110mm$;定子槽数 $Q_S = 54$。

13. 2. 2　定子内冷热计算方程

在计算之前,对于 300MW 汽轮发电机蒸发冷却定子内冷系统,根据电机的制造特点需要作以下基本假定:

(1) 各槽内定子绕组的热物理性质参数都是相同的。

(2) 定子绕组每根空心股线带走的热损耗相同。

根据上述假设,并考虑定子结构的对称性,物理模型采用包含全轴向长度的定子铁心(叠片及液体沟道)、定子绕组为求解区域。

带有空心股线的线圈,散热路径有两条,一是从铜股线流至内冷却介质;另一条是由铜股线流至主绝缘,散至外部冷却介质。采用热等效线路法[1],在定子线圈中热等值线路如图 13.2 所示,定子绕组的温升 θ_{Cu} 为

$$\theta_{Cu} = (q_{tCu} + q_{Cu})R_{Wa} + \theta_W$$

式中,q_{Cu} 为一个单元内的铜耗,W;q_{tCu} 为一个单元内的铜与铁之间的热量交换,W;θ_W 为绕组中冷却介质对应于该处外部冷却介质的温升,K;R_{Wa} 为铜导体与其内部冷却介质之间的热阻。

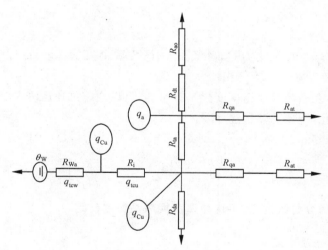

图 13.2　热等值线路图

q_{Cu}-一个单元内的铜耗(W);q_{tcw}-一个单元内的齿部铁耗(W);q_a-一个单元内的轭部铁耗(W);R_{dt}-沿铁心纵向齿部热阻;R_{at}-沿铁心横向齿部热阻;R_i-一段铁心内的绕组绝缘热阻;R_{ao}-沿铁心横向通风沟放热的热阻;R_{ta}-沿铁心纵向齿部与轭部之间热阻;R_{qa}-沿铁心横向轭部热阻;R_{da}-沿铁心纵向轭部热阻;R_{Wa}-铜导体与其内部冷却介质之间的热阻;θ_W-绕组中冷却介质对应于该处外部冷却介质的温升

对于绕组内部蒸发冷却,由于冷却介质为低沸腾点(40~50℃)液体[2],当温度达到液态冷却介质蒸发点沸腾汽化后,气态含量增多,增加了混合物的空隙率,导致两相混合物膨胀增压,使得流动阻力增加,选择不同的循环流量,就可以将出处的气相含量控制在一定范围内,从而可以将两相流动阻力控制在一定范围内,至于流量的匹配,可以根据以往试验研究的结果确定[3]。

冷却介质温度和蒸发点与绕组内运行压强密切相关,而两相流的压降直接影响绕组内部压强[4]。因此,两相流是此处的研究重点。从摩擦压降形成的机理,分析两相流动情况下的含气率、加速度压强等特性,可以确定绕组温度分布情况。两相流动压降计算采用均相模型分析。

摩擦阻力压降

$$\Delta P_F = \frac{2 f_{TP} L G^2 u_f}{D} \left[1 + \frac{x_{out}}{2} \left(\frac{u_{fg}}{u_f} \right) \right] \tag{13.1}$$

两相摩擦因子

$$\frac{1}{\mu} = \frac{x}{\mu_g} + \frac{1-x}{\mu_f} \tag{13.2}$$

将式(13.2)代入式(13.3)

$$R_e = \frac{GD}{\mu} \tag{13.3}$$

再结合

$$f = c R_e^{-n} \tag{13.4}$$

则加速度压降为

$$\Delta P_A = G^2 u_{fg} x_{out} \tag{13.5}$$

式(13.1)~式(13.5)中,X_{out}为出口蒸气品质;G为质量流量,kg/s;μ为动力黏度;下标 f 为液相;fg 为饱和气液差;g 为气相。

对于单相液,在不沸腾时密度变化是很小的,可以忽略加速压降,在液体沸腾时,密度要发生很大的变化,不能忽略加速压降。

重力加速度压降

$$\Delta P_g = \frac{gL \sin\theta}{u_{fg} x_{out}} \ln\left[1 + x_{out} \left(\frac{u_{fg}}{u_f} \right) \right] \tag{13.6}$$

13.2.3　蒸发冷却介质蒸发点、热传导率及换热系数的确定

1. 蒸发冷却介质蒸发点

冷却介质主流发生相变的点称为蒸发点。蒸发点前可以按单相计算,蒸发点后需按两相流动计算,因此蒸发点的确定尤为重要。以往在计算蒸发点时,通常忽略蒸发点前流体流动压降对焓变的影响,也就是下列计算蒸发点公式中的 ΔP_1 和 ΔP_R。然而通过试验数据验证后发现,忽略这部分压降对焓变的影响,将对蒸发点计算长度产生一定数量的误差。所以需要特别处理这两部分压降对焓变的影响[5]

$$h_s - \left(\frac{\Delta h}{\Delta P} \right)(\Delta P_1 + \Delta P_R) = h_{in} + \frac{q}{G} \frac{L_o}{L} \tag{13.7}$$

式中,h_s 为饱和液体比焓,J/kg;h_{in} 为入口液体比焓,J/kg;$\Delta h/\Delta P$ 为单位压强变化引起的焓变化;L 为管长,m;L_o 蒸发点位置,m;G 为质量流量,kg/s;ΔP_1 为流体位置不同引起的压强变化;ΔP_R 为流体阻力引起的压强变化。

2. 热传导率

采用全浸式蒸发冷却方式为定子绕组提供了一个气、液、固三相状态的优良绝缘环境。其热传导率的确定，无法简单的用绝缘材料的物理参数进行推算，因此需采用等效热传导系数的概念

$$\lambda = \sum_{i=1}^{n} b_i \Big/ \sum_{i=1}^{n} (b_i/\lambda_i) \tag{13.8}$$

式中，λ 为绝缘等效热传导系数，W/(m·K)；b_i、λ_i 为第 i 层（共计 n 层）介质传热系数和厚度。

3. 换热系数

蒸发冷却定子冷却系统的换热系数主要考虑如下：

（1）股线内冷却介质的对流换热系数。在蒸发点前，换热原理与水内冷相似，由于在电机定子绕组的股线空心内采用强迫循环冷却方式，液态冷却工质的雷诺数很大，在股线空心内壁处的换热属于管内湍流强迫对流换热[6]，目前使用最广的换热系数计算公式为

$$h = 0.023 Re^{0.8} Pr^{0.4} \lambda_K/d \tag{13.9}$$

式中，Re、Pr 分别为绕组内冷却介质的雷诺数和普朗特数；d 为管道等效水利直径；λ_K 为冷却介质在定性温度时的热传导率，W/(m·K)。

（2）定子铁心和绕组外表面蒸发冷却介质的沸腾换热系数。由于受热面的材料与表面状况、加热面的过热度、液体所在空间的压强及液体的物性等诸多因素影响，通用的沸腾换热系数计算理论公式很难获得，目前已有的一些试验得到的经验公式，比较适合于较大空间的沸腾换热工况，难具有普遍性，而此处属于十分狭窄的通道，需要再依据具体的合适的试验数据来确定特定适用条件下的沸腾换热系数。

参考以往的研究成果[2~4]，通过试验和理论计算得到卧式汽轮发电机定子绕组内使用蒸发冷却介质 F-113 时的换热系数计算公式为[5,6]

$$h = 1.24 q^{0.7} F_2(P) \tag{13.10}$$

$$F_2(P) = 0.7 + 2P_r\left(4 + \frac{1}{1-P_r}\right) \tag{13.11}$$

$$P_r = P/P_{cr} \tag{13.12}$$

式中，P_{cr} 为介质的临界压强，MPa；P 为介质的工作压强，MPa。

定子铁心叠片风道内的蒸发冷却传热情况更为复杂，除了前述各项因素外，不同的绝缘结构及固定方法不同时，冷却介质的传热也完全不同，中国科学院电工研究所通过大量传热试验，得到的蒸发冷却介质 F-113 在卧式定子铁心槽液体沟道内的换热系数[1]，如图 13.3 所示。

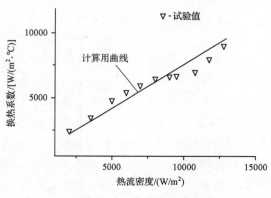

图 13.3　热系数曲线

13.2.4　计算结果与试验分析

为了能够准确分析蒸发冷却技术在汽轮发电机上应用的效果,验证计算方法的准确性,先建立了 300MW 试验模型[7],并沿程埋设了测温元件。模型定子线棒空心股线的长度为 9m,空心股线的内孔线规为 2×6.7mm,冷凝器的输出温度为空心股线的介质入口温度稳定在 40℃,定子绕组采用内冷方式时,初始压强为 0.4MPa。对这一定子样棒模型通电加热,通过调节电流密度的大小来模拟实际电机运行时定子绕组的工况,并记录试验数据。

单根线棒损耗 1400W 时(相当于 300MW 电机定子绕组单根股线热损耗),采用上述的计算过程得到了定子各部分元件的轴向温度分布的计算值与试验值的比较情况如图 13.4 所示。铁心温度分布如图 13.5 所示。

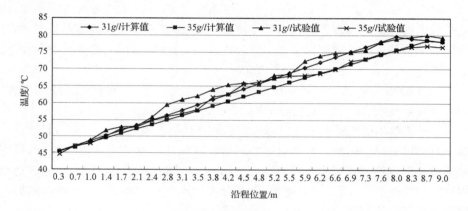

图 13.4　定子绕组轴向温度分布的计算值与试验值的比较

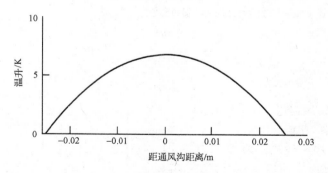

图 13.5　定子铁心温度分布

从图 13.4 可以看到,计算结果和实测数据吻合较好,定子铜股线沿程温度计算值与测量值最大误差为 4℃,考虑到测量精度等因素,计算值与测量值的误差在 10% 以内,计算有足够的精确度,可以满足工程实际应用的要求。定子绕组最热点的温度是 80.01℃,接近水冷的效果,远低于空冷的温升,定子铁心的温升要比空冷的降低了至少 20K,这体现了蒸发冷却技术的优越性。

1. 电机功率变化对定子温升的影响

在电机输出 110％额定负荷条件下和输出额定负荷条件下的定子温升理论计算和试验结果进行了比较,见表 13.2(表中温度为沿轴向的平均值),可以看到,过负荷运行时,电机定子内各部件温度变化较小,进而削弱了影响电机安全运行的热应力变化所带来的不利因素,有利于电机的长期安全运行,特别是对于某些需要频繁进行负荷调节的发电机组(如调峰用发电机等)。

表 13.2　负荷变化条件下定子平均温升比较

流量/(m³/h)	110％额定负荷		额定负荷		50％额定负荷	
	计算值/℃	试验值/℃	计算值/℃	试验值/℃	计算值/℃	试验值/℃
61	68.3	65.5	62.4	61.4	51.5	50
68	65.2	64.0	59	58.8	49.9	48

2. 蒸发点对绕组内部冷却的影响

在试验过程中,沿导体长度均匀布置了压力表,根据压力表读数和沿程温度读数可以粗略的确定蒸发点位置。为了校准蒸发点的位置,根据前面的理论计算方法计算 110％负荷下,在各种流量下蒸发点的位置,与试验值进行比对,如图 13.6 所示。从图 13.6 可以看到,计算结果和试验数据吻合较好,误差在 10％以内,满足工程需要。图 13.6 中显示的蒸发点位置均分布在空心导体的偏后段,随流量的增大,蒸发点位置向后移动,说明通过流量的控制可以实现对蒸发位置的控制。通过图 13.6 中 4m 和 7m 的位置可以看出,随流量减小,蒸发点位置距离出口方向移动越远,而出口温升变化小于 5K,这一方面说明,蒸发点后,冷却介质汽化潜热带走部分热量使温度有所降低,蒸发冷却介质汽化潜热带热能力要比水比热带热能力大 10 倍,这正是蒸发冷却技术的特点;另一方面能够说

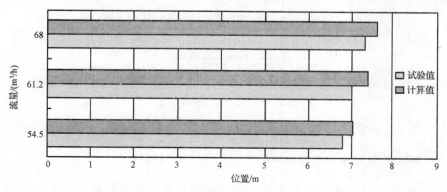

图 13.6　110％负荷下不同流量下蒸发点的位置计算值与试验值比较

明,随流量增加 12%,平均温升降 3K。

13.2.5　计算结论

(1) 针对 300MW 蒸发冷却汽轮发电机定子铁心全浸式与定子绕组强迫循环内冷方式结合的过程,采用热等效线路法计算了定子绕组内冷通道的温度分布,计算结果与实测数据吻合较好,计算方法具有足够的准确性。

(2) 计算结果与试验测试数据均表明,采用内外冷结合的蒸发冷却方案,汽轮发电机的绕组、绝缘及铁心的温升较低且温度分布较均匀。当电机的输出功率发生较大变化时,对于定子各部件的温升和温度分布影响较小,比较有利于电机长期安全运行。

(3) 采用蒸发冷却方式与强迫循环内冷方式结合可以使得冷却作用内外叠加,电机整体冷却效果更好,采用外部全浸方式,比原来改造前单纯导体内冷方式可以多冷却 20%～30% 的热量。本节的分析表明对于更大容量的汽轮发电机采用蒸发冷却方式时,蒸发冷却内外冷结合的方式是比较可靠的冷却方案。

13.3　330MW 汽轮发电机采用全浸式蒸发冷却方案的可行性

尽管通过 13.2 节的计算结果来看,采用内外冷结合的蒸发冷却似乎是首选的方案。但是,正如第 4 章所阐述过的道理,真正发挥蒸发冷却工效的应是大空间、全浸式冷却方式,采用管道内冷式不仅会带来气液两相流阻很大的问题,而且很容易造成阻塞甚至介质回流,破坏了循环流动的平衡,造成局部定子绕组温升过高的后果,削弱了蒸发冷却的可靠性与优势。所以还是很有必要研究全浸式蒸发冷却方案的可行性。

全浸式蒸发冷却方案如图 13.7 所示,其中定子绕组是实心导体。

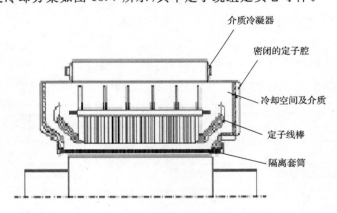

介质冷凝器

密闭的定子腔

冷却空间及介质

定子线棒

隔离套筒

图 13.7　全浸式冷却自循环原理

13.3.1　330MW 蒸发冷却汽轮发电机定子三维温度场的建模

对于这一方案的可行性研究,首先仍采取数值计算三维温度场的仿真手段,其过程与前面章节中已经叙述的过程是一样的,在此不再重复,唯一不同的是,本次仿真的软件选择的是在工程应用上更加广泛的 ANSYS 软件。

如图 13.8 所示,ANSYS 中建立的定子三维温度场的求解区域。另外本次仿真建模与以往大型汽轮发电机定子温度场的计算有所改进之处在于,考虑了定子绕组单根铜导线的绝缘,尽管增加了计算难度与技术处理的工作量,但是可以比较真实地反映出定子侧的实际温度分布状况。

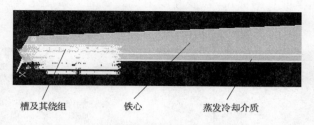

图 13.8　定子三维温度场的计算区域

图 13.9 中放大了定子槽内的建模。该计算域的边界条件与前面的过程是一样的,不再赘述,施加的激励是额定运行时的电流密度,以计算出电机额定运行时的温度部分状况。

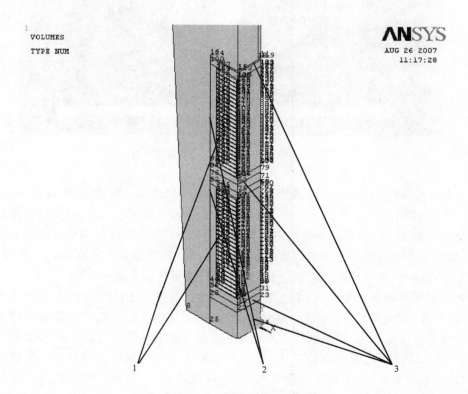

图 13.9　定子槽内的求解域

1-上下层线棒的 24 根铜线(带绝缘);2-上下层线棒的主绝缘;3-槽楔及层间、槽底、楔下绝缘

13.3.2　计算结果

　　本次研究最为关注的定子内的温度分布计算结果已经获得。图 13.10 显示的是定子铁心齿、槽以及槽内的各个绝缘、各根铜线等的总体的温度分布情况，这是利用仿真软件 ANSYS 计算后，通过其后处理功能模块得到的定子三维温度场的云图显示，其中最下端出现的水平彩带是温度场的标尺，代表温度由低到高的分布变化，标尺上的数字是温度值，单位是 °C（这个软件不能显示物理量的单位）。

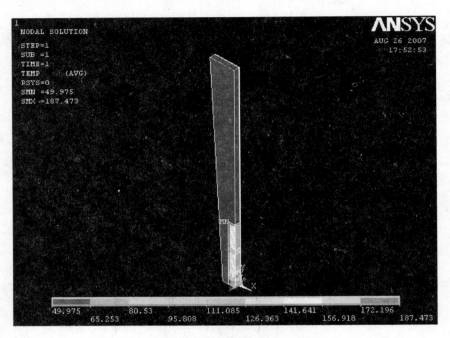

图 13.10　定子内总体的三维温度分布

　　从显示的结果看，定子若采用全浸式蒸发冷却方式，则将达到的最高温度为 187.473°C。图 13.11～图 13.13 将定子槽内部分进行了局部放大，以便更清楚地观察分布的细节。图 13.11 反映出由于绕组的集肤效应，定子槽内的热量集中在槽楔上面的绕组内，致使该处成为整个定子侧的最热点，符合电机运行时的实际发热状况。图 13.12 着重显示上层线棒、槽楔内的温度情况，可以很清楚地看出最热点为 187.473°C，位于与槽楔接触的槽对称面的铜导体内，主绝缘内存在一定的温度梯度，槽楔的最热点位于与上层线棒最接近的槽对称面内，该点的温度是 118.724°C。图 13.13 则主要体现下层线棒及层间绝缘中的温度情况，下层线棒总的温度分布情况要明显低于上层线棒，其最高温度为 95.808°C，比它上层的最热点低了 91.665°C，同样下层的主绝缘内也存在一定的温度梯度，与上层相比要小，由于在铁心段之间的 4mm 通流沟内，层间绝缘与蒸发冷却介质接触，使得该处的层间绝缘温度较低为 55°C，而在槽内的层间绝缘与上下层线棒紧贴，温度较高为 95.647°C。

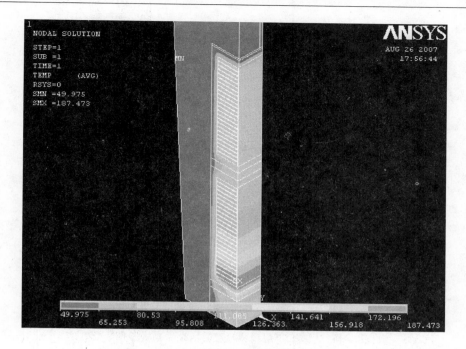

图 13.11　定子槽内绕组及绝缘的温度分布

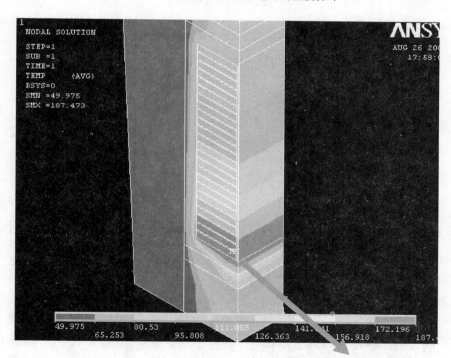

图 13.12　上层线棒及槽楔的温度分布

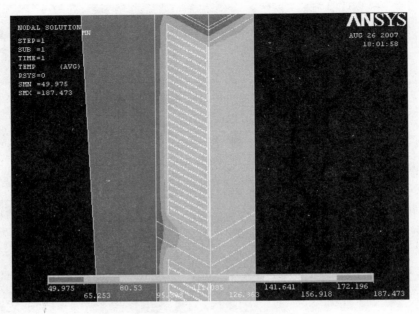

图 13.13　下层线棒及层间绝缘的温度分布

　　为了更清楚地了解铁心、绕组主绝缘内的温度分布状况,将计算结果以坐标图的方式加以显示,其中的横坐标是各计算区域内的节点位置,单位是 m,纵坐标是温度,单位是℃。

　　图 13.14～图 13.16 给出的依次是铁心、上下层线棒主绝缘内的温度坐标图。

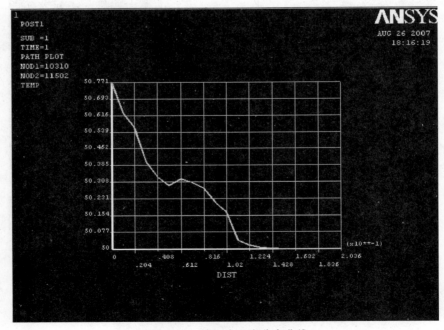

图 13.14　铁心内温度分布曲线

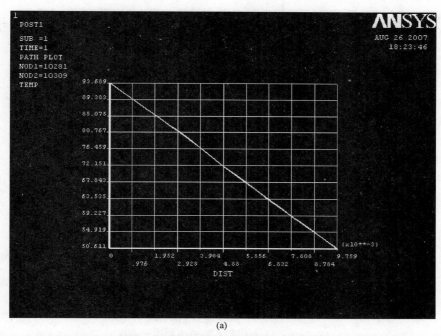

(a)

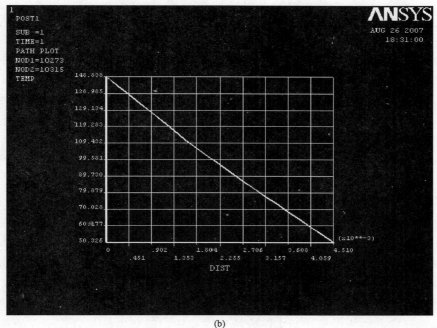

(b)

图 13.15　上层线棒主绝缘内的温度曲线

　　全浸式蒸发冷却方式最能体现其独到优越性在于其对铁心的冷却效果,从图 13.14 所示的铁心内的温度分布变化趋势,可以肯定铁心整体的温度是很均匀的,最高温度是

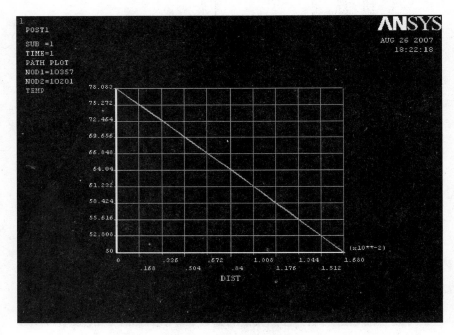

图 13.16　下层线棒主绝缘内的温度曲线

51.459℃,与冷却介质之间的温差不到 2℃,其他冷却方式均难以望其项背,这也是蒸发冷却得以使用到大型汽轮发电机的最有利的表现,另外值得说明的是,这个计算结果比 13.2 节中内、外冷结合蒸发冷却的温度要低 3~5℃。

　　从以上定子温度场的各个分布图可以看出浸润式蒸发冷却定子的温度最高处位于槽楔下的主绕组内,这与前面用 EMAS 仿真软件的结果是一致的,这是因为定子整体倒坐在密封腔体内,依靠外部浸泡的介质进行冷却,而槽楔底面与腔体壁紧密接触,冷却介质无法进入其中的空间,槽楔下的主绕组产生的热量只能通过定子齿传至其周围的蒸发冷却介质,再加之定子绕组内电流的集肤效应,形成了槽楔下的主绕组内热量集中的现象,所以它比定子齿部的温度高一些,定子铁心轭部热负荷相对小,与冷却介质充分接触,温度最低。全浸式蒸发冷却的最高温度要比 13.2 节阐述的内外冷却结合方式的温度要高出至少 100℃,这是因为上述仿真计算是按 330MW 超发容量进行的,而 13.2 节计算的是额定容量 300MW 下的温度分布,比同容量的空冷机组还是要低的,对这一现象,还有待进一步加以研究解决。

　　通过比较两种蒸发冷却方案,初步的计算显示,第一种方案效果要优于第二种,但是这仅仅是预研究的估算结果。两个蒸发冷却方案中,18kV 电压等级定子主绝缘厚初步取的是 4mm,这比利用第 11 章的优化设计方法得到的结果要大一些,所以主绝缘厚度还有减小的空间,如能实现则可以显著降低定子绕组的最高温度。

　　300MW 蒸发冷却汽轮发电机,目前仍处于前期的研究、论证阶段,两种方案,可以说是各有利弊,还需要通过试制模拟定子绕组的模型,进行各种试验来分析这两种方案。

参 考 文 献

[1] 丁舜年. 大型电机的发热与冷却. 北京：科学出版社，1992.

[2] 傅德平，朱荣建. 50MW 蒸发冷却汽轮发电机运行情况. 电力设备，2001，2(3)：32，34.

[3] 栾茹，傅德平，唐龙尧. 新型全浸式蒸发冷却水轮发电机定子三维温度场的研究. 中国电机工程学报，2004，24(8)：
205～209.

[4] 郭朝红，余顺周，蔡静等，蒸发冷却电机中汽液两相沿程摩擦阻力的研究. 中国电机工程学报，2006，26(19)：
139，144.

[5] 阮琳. 大型水轮发电机蒸发内冷系统的基础理论研究及自然循环系统的仿真计算[博士学位论文]. 北京：中国科
学院研究生院，2004.

[6] 林瑞泰. 沸腾换热. 北京：科学出版社，1988.

[7] 关铮，顾国彪，傅德平. 汽轮发电机定子绕组内部蒸发冷却计算与试验. 电工电能新技术，2002，21(1)：23，25.

第14章 结 束 语

14.1 主 要 结 论

　　蒸发冷却技术在汽轮发电机上应用的研究已经进行了四十多年,期间积累了大量的相关数据,取得了试制成功两台样机的成绩,但目前仍停留在工业性中间试验研究阶段。传统汽轮发电机定子的绝缘结构经过近百年的锤炼和改造,根深蒂固,轻易动摇不了,改造变化仅在绝缘材料本身,而对结构进行改变是极为困难的,尤其对于制造业来源,在要求其打破旧的结构框架约束,接受新材料、新工艺时,不能不考虑所承担的技术风险及所要付出的设备改造、加工方式革新的代价。但是,电机发展的客观规律告诉我们,在新的更先进的汽轮发电机机型的发展中,工程研究人员必须认识和克服传统设计和工艺上的限制,经过长期的实践尝试,不断完善新技术新工艺并使之成熟起来,最终走向标志成功的产业化发展阶段。面对传统结构的制约,采用新的冷却方式、新结构和新工艺进行创造性设计,是工程研究人员的历史使命。

　　卧式蒸发冷却电机定子绝缘是一个不断发展的新课题,早在 1990 年上海电机厂(现上海电机厂有限公司)与中国科学院电工研究所合作,设计、研究、制造 50MW 定子全浸式蒸发冷却汽轮发电机的过程中,已经意识到了这一问题,只是还没有抽出适当的研究力量集中解决,加之十多年来国内的火电站业主没再提供使用蒸发冷却技术的机会,使这一问题的工程应用研究没有进展。但是中国科学院电工研究所试验室内的研究工作并没有停止,这在本书中的相关章节有所叙述,并为本书的研究打下了坚实的基础。与卧式蒸发冷却电机定子绝缘问题相关的研究如下:

　　(1)气、液、固三相绝缘系统的研究。包括大型汽轮发电机在内的卧式电机在采用浸润式蒸发冷却技术时,电机内将形成气、液、固三相绝缘材料构成的绝缘系统,其绝缘特性、电场分布等问题的研究在电机领域内没有彻底解决,学术价值高,研究难度大,同时是迫切需要解决的、确定卧式蒸发冷却电机设计原则的重要依据。

　　(2)蒸发冷却电机内电磁场、热场等物理场耦合的研究。研究这些的最终目的是研制出适合卧式蒸发冷却电机定子的新型绝缘结构,让蒸发冷却方式在其上充分发挥功效,使电机定子的绝缘与传热共同受益达到理想组合。具体的研究主要是围绕减薄定子绝缘的厚度及改变绝缘结构来展开的。

　　本书研究的"卧式蒸发冷却电机定子的绝缘与传热",在特殊应用领域及上海汽轮发电机有限公司提供的应用背景下,取得了一些具有理论意义和实用价值的研究成果。主要研究内容及研究成果如下:

　　(1)从电气绝缘与热工传热的基本原理出发,阐述了卧式蒸发冷却电机定子气、液、固三相绝缘、传热系统的形成机理。经过分析,这一新型定子绝缘、传热系统的电气性能及冷却效果要优于传统的云母绝缘系统,若对其进行合理的设计和优化,可以研制出针对不同使用需要的、对应不同系列的、具备较高综合性能指标(可靠性、安全性、效率、材料利用率等)的新型卧式蒸发冷却电机定子绝缘结构。

(2) 在参考以往制造成功的卧式蒸发冷却电机定子绝缘结构的基础上,本书提出了一种针对高功率密度卧式蒸发冷却电机定子的初步设计方案。首次应用软件仿真工具——工作站环境下的 EMAS,计算了新型绝缘结构初步方案中的电场、热场的分布与传统绝缘结构内的温度分布,从而在理论上定性地分析了新型绝缘结构研制的必要性与可行性。为特殊项目中各种苛刻要求的实现提供了重要的技术支持。

(3) 首次解决了定子密封腔体内蒸发冷却换热过程中狭窄流道内的表面沸腾传热系数的试验关联式的建立,为研究蒸发冷却定子温度场分布提供了重要的计算参数。本书在查阅了国内外有关狭窄空间内沸腾传热研究文献的基础上,了解并基本掌握了这一学术领域的发展现状、研究方法。借鉴并参考已有的其他工质沸腾换热试验研究的方式、程序、要求等,针对蒸发冷却电机定子密封腔体内沸腾换热的具体情况,研究测量密封环境下微小温差的原理,解决了这一测温难题,然后设计出合理的试验模型与试验线路,按照选用的沸腾换热关联式的参数形式,测取各参数与关联式的系数关系。因为沸腾换热过程对诸多因素反应敏感,决定了其统计特征很强,所以每测一个系数都伴有大量的重复性试验,以提高测量的精度。最后,采用统计学中科学数据的处理技术,经过对数以万计的试验数据的精心整理,得到了狭窄空间内的蒸发冷却介质 F-113 分别与定子铁心、绕组之间的沸腾换热系数的表达式,该表达式的一大优点是与铁心、绕组的物性参数无关,使用起来很方便。测得的两个沸腾换热关联式的最大相对误差为 8.78%、9.04%,主要来源于试验测量过程的相对系统误差,即随机误差。

(4) 本书首次较为成功地解决了卧式蒸发冷却电机定子密封腔体内形成的气、液、固三相绝缘系统的温度场求解的难题。在此之前,这一难题还是电机领域内的学术空白。首先,根据传热学理论,结合定子结构的实际情况,正确地建立了定子三维温度场的计算模型,其特点是便于确定边值定解条件;其次,热源分布采用分类解决的途径,一是对基本损耗直接取平均值的简化解法,二是对涡流损耗采取电磁、热场间接耦合的较为精确的解法,其特点是简化、解法合理,精确解法符合定子结构内损耗的实际分布,简繁结合,既提高了计算精度又简化了计算步骤;最后,各种传热系数的确定,从减少计算量的角度出发,将不同媒质的微小区域等效为一种媒质计算域,既优化了有限元三维网格单元形状,又使计算量相当大的两种三维物理场耦合计算得以顺利实现,利用工作站软件本身的变参数赋值的功能,在计算过程中自动实现了同一媒质计算域内表面传热系数的非线性变化。最后的计算结果与试验结果尽管存在一定误差,但符合工程实际的要求,而且对误差的解释合理。本书提供的气、液、固三相绝缘系统内定子热场分布的计算方法是合理的,结果值得参考。由此着重解决了高功率密度卧式蒸发冷却电机定子绝缘结构的确定性方案,研究结果表明三种新型的、针对蒸发冷却方式的定子绝缘结构均可行,符合项目性能指标的要求,可以作为将来同类型机组的定子绝缘结构的备选方案。

(5) 在与制造企业联合制作相关机组的试验模型的基础上,本书首次将试验模型、试验过程中的各种现象、试验结果与理论仿真模型及计算结果相结合,研究高压电机定子中气、液、固三相绝缘材料构成的绝缘系统的电气绝缘特性、电场分布。首先,本书论述了高压定子绝缘减薄的必要性及在蒸发冷却环境下的可实施性,其前提条件是设计出一种新型绝缘结构,使蒸发冷却介质进入到定子槽内,以达到绝缘与传热均为最佳的设计效果。新型绝缘结构不是对常规绝缘的彻底否定,而是将 VPI 少胶云母主绝缘层减薄后与蒸发冷却介质组成新的绝缘系统,通过模型试验、分析电气试验过程中出现的种种现象和试验结果,得出了支持这一新型绝缘结构的试验结论。局部放电是本书重点研究的电绝缘强度试验,其放电过程短暂隐蔽、不易捕捉,通过测量最大放电量来反应是鉴定绝缘质量的较为有效的手段。再与闪络、击穿等带有破坏性的试验相结合,对于考核一种新的绝缘结构是比较可靠的办法。其次,从探索性研究模式出发,提出了蒸发冷却汽轮发电机新型绝缘结构,利用仿真工具进行优化设计,建立相应的计算模型及优化路径,得到大量的仿真结果,从中筛选出最佳的绝缘结构尺寸组合作为该新型绝缘结构的 13.8kV 电压等级的优化设计结果,优化结果与试验结果比较接近。在此基础上,大胆提出国产 24kV 汽轮发电机采用蒸发冷却技术及与之相适应的新型绝缘结构,并给出了优化设计结果。利用已经完成的 20kV 等级以上的蒸发冷却电机定子绝缘结构可行性试验研究的试验结论,着重计算分析了优化后的新型定子绝缘结构,特别是 24kV 等级的定子槽内及端部的电场分布情况,解释了防晕层对新型绝缘结构的不利影响,论证了蒸发冷却方式下的气、液、固三相绝缘系统对定子槽内及端部电场分布的改善,是其他冷却方式所不具备的。仿真的模型、方法合理,仿真结果可靠。

14.2 讨   论

本书系统地研究了卧式蒸发冷却电机定子的绝缘与传热,要使书中提出的针对不同机型的新型卧式蒸发冷却定子绝缘结构,能被电机制造业及电站业主广泛接受,还需在以下几个方面对其进行进一步的研究:

(1) 本书给出的模型试验大部分是在静态条件下,即非运行状态下进行的试验分析,与真正机组的实际使用情况有出入,需要增加气、液、固三相绝缘系统在动态下对定子槽内及端部电场改善的试验研究。

(2) 本书提出的新型定子绝缘结构,从热和电气绝缘强度的角度考核是可行的,而定子绝缘还要承受机械力的作用,包括电动力、冲击负载、拉力、摩擦力等,电机中的这种作用比其他电力设备来得强烈。需要补充这方面的试验与仿真研究。

(3) 本书提出的气、液、固三相绝缘系统内电磁、热场的仿真计算方法,以及高电压下定子槽内与端部的电场分布的计算,应与机组实际运行时的状态相结合,开发出一种实时仿真系统,这将是对蒸发冷却汽轮发电机向产业化迈进的重要贡献。

附 录

附表 1 1200kVA 全蒸发冷却电机定子单槽模型试验数据

序号	加热电流/A	加热功率/W	电流密度/(A/mm²)	相当于电机容量/(kV·A)	二次冷却水量/(m³/s)	冷凝器压强(相对压强)/(kg/cm²)	定子各测点的温度数据 t_1(层间绝缘)	t_2(导线表面)	t_3(铁心段间)	t_4(铁心段间)	t_5(导线表面)	t_6(线圈主绝缘内)
1	54.2	229	7.3	1200	12	−0.27	39.6	39.6	39.2	39.3	38.8	38.2
2					10	−0.2	42.7	41	42.1	42.0	42.1	41.3
3					5.4	−0.01	48.9	47.8	48.1	48.0	47.9	47.4
4	67.8	366	9.16	1500	15	−0.235	41.1	40.6	41.6	41.1	41.1	39.9
5					10	−0.06	47.6	46.7	47.2	47.2	47.3	46.7
6					7	+0.04	50.6	49.7	49.1	49.6	49.5	48.7
7					5.4	+0.21	54.9	53.9	54.0	54.0	53.4	52.5
8												
9	81.3	520	11	1800	28	−0.3	38.1	38.1	38.1	38.1	38.1	37.3
10					19	−0.11	45.7	45.4	45.5	45.5	44.8	43.3
11					12	+0.16	54.2	53.1	53.0	53.0	53.0	51.7
12	94.8	701	12.76	2100	42	−0.3	39.2	39.0	39.4	39.4	38.8	38.2
13					27	−0.14	45.5	45.2	45.1	45.1	44.7	43.6
14					18	+0.07	52.0	51.1	50.7	50.7	50.1	48.7
15					14	+0.18	55.0	53.5	53.4	53.4	53.6	51.5
16	108	921	14.6	2400	58	−0.3	39.4	38.7	38.5	38.5	37.3	37.1
17					40	−0.18	43.0	42.5	92.5	42.5	41.7	40.7
18					29	+0.01	49.3	48.4	48.0	48.0	47.7	46.1
19					24	+0.16	54.4	52.0	52.0	52.0	51.5	50.4

附表 2　转子模拟试验数据表格

序号	电流线密度/(A/mm)	电流/A	电压/V	绕组发热功率/W	冷却水流量/(cm³/s)	进出水温差/℃	进水温/℃	冷凝水带走的热量/(kcal/s)	蒸发冷却介质侧单位面积热负荷/[kcal/(m²·h)]	冷凝水侧单位面积热负荷/[kcal/(m²·h)]	绕组温度 t_1/℃	t_2/℃	t_3/℃	t_4/℃	t_5/℃	冷凝空间温度/℃	冷凝压强/(kg/cm²)	对数温差/℃	总放热系数/[cal/(m²·h·℃)]	转速/(r/min)
1	12.5	305	2.8	0.584	23.9	5.3	15	0.127	9340	35500	40.8	41.0	41.5	40.5	39.5	37.6	0.85	19.8	1975	105
2	12.5	305	2.82	0.86	45.6	3.4	15	0.155	11400	43200	39.8	41.2	41.2	39.6	38.7	36.1	0.8	17.8	2670	105
3	16.4	400	3.7	1.48	44.5	6.2	15	0.276	20306	77700	46.0	46.3	46.2	45.4	44.5	42.3	1.0	24.4	3210	105
4	16.4	400	3.73	1.49	23.4	10.4	15	0.244	18000	68300	48.7	48.8	48.8	48.1	47.1	46.1	1.1	25.5	2680	105
5	20.6	500	4.8	2.4	23.4	18.4	15	0.431	31700	120000	56.5	57.3	56.8	56.5	56.0	54.5	1.45	29.3	4080	105
6	20.6	500	4.75	2.38	45.6	11.4	15	0.52	38300	145000	53.7	54.3	53.0	53.0	52.0	51.2	1.25	30.1	4800	105
7	12.5	305	2.85	0.87	66.7	2.3	15	0.153	11250	42700	37.5	37.7	38.0	37.4	36.6	33.9	0.8	17.6	2430	105
8	16.4	400	3.68	1.47	66.7	4.1	15	0.273	20100	76200	42.8	43.0	43.0	42.2	41.2	39.2	0.9	22.1	3470	105
9	20.6	500	4.65	2.32	66.7	6.9	15	0.46	33800	128000	48.9	49.5	49.0	48.5	47.5	45.8	1.1	27.1	4720	105
10	16.4	400	3.73	1.49	66.7	4.1	15	0.273	20100	76200	40.8	41.0	40.2	39.6	38.7	36.7	0.9	17.4	4810	140
11	16.4	400	3.66	1.46	44.5	5.6	15	0.349	19600	74500	42.0	42.3	41.2	40.5	40.0	38.0	0.95	20.1	4080	140
12	16.4	400	3.69	1.48	22.8	10.0	15	0.228	16800	63600	45.4	45.5	44.8	43.7	43.0	42.0	1.05	21.8	2920	140

附表 3　1200kVA 蒸发冷却汽轮发电机定子单件试验数据

序号	定子电流 I1 /A	负载系数 I1/IN /%	电流密度 j1 /(A/mm²)	电压 U1 /V	损耗 w1 /kW	冷却水量 G1 /(m³/h)	进水温度 T1 /℃	出水温度 T2 /℃	进出水温差 ΔT /℃	冷凝器带走的损耗 w10 /kW	冷凝器单位面积热负荷 q1 /[cal/(m²·h)]	冷凝器压强 P0 /(kg/cm²)	室温 tQ /℃	线圈温度 t1 /℃	t2 /℃	t3 /℃	t4 /℃	t5 /℃	t平均 /℃	铁心温度 t6 /℃	t7 /℃	t10 /℃	t平均 /℃	端部温度 t11 /℃	t12 /℃	t13 /℃	t14 /℃	t15 /℃	t平均 /℃	定子壁温 t壁 /℃	液温 T液 /℃	绕组与出水温差 Δt3 /℃	绕组与壁面温差 Δt4 /℃
1	1300	75	5.63	8.6	11.2	0.26	20	50.5	30.5	9.18	3920	1.45	32.0	57.0	61.0	62.5	62.0	62.0	60.7	57.0	58.0	58.0	57.0	61.0	61.0	61.0	60.0	61.0	60.5	54.3	56.0	10.2	6.4
2	1300	75	5.63	8.4	10.9	0.40	21.0	41.0	20.0	9.25	3950	1.03	31.0	46.0	50.0	53.0	52.0	52.0	50.5	46.0	48.0	50.0	47.5	49.2	49.2	49.2	49.2	50.0	49.3	45.0	46.0	9.5	4.5
3	1300	75	5.63	8.2	10.7	0.60	20.0	31.0	11.0	7.64	3270	0.868	30.5	41.0	45.0	48.0	48.0	48.0	46	41.0	43.0	45.0	42.5	43.3	43.5	43.5	43.5	44.0	43.5	40.0	41.0	15.0	6.0
4	1300	75	5.63	8.0	10.7	0.80	20.0	30.5	10.5	9.22	3940	0.75	29.8	36.0	40.0	43.0	43.0	43.0	41.5	36.0	38.0	40.0	37.2	39.8	39.8	39.8	39.8	40.0	39.8	36.0	36.8	11.0	5.5
5	1300	75	5.63	8.0	10.4	1.0	19.2	29.0	9.8	11.3	4830	0.71	29.0	35.0	39.5	42.0	42.0	42.0	40.1	37.5	37.5	39.0	36.2	38.9	38.7	38.8	38.8	39.2	39.0	36.0	36.0	11.1	4.1
6	1730	100	7.50	11.6	20.1	0.55	21.6	47.0	25.4	16.2	6930	1.475	30.5	58.0	62.0	64.5	63.5	63.0	62.5	57.5	59.5	60.0	58.2	62.0	62.4	62.0	61.7	63.0	62.5	55.0	57.0	15.2	7.5
7	1730	100	7.50	11.6	20.1	0.62	21.5	44.0	22.5	16.1	6880	1.31	30.5	54.5	58.0	58.5	60.0	60.0	58.6	54.0	56.5	57.0	55.5	58.4	58.0	58.0	58.0	59.1	58.3	51.5	53.0	14.6	7.1
8	1730	100	7.50	11.3	19.6	0.80	21.0	41.2	20.2	18.7	8000	1.12	30.5	55.5	53.0	56.0	55.5	50.0	54.0	49.5	51.5	52.0	50.0	53.0	52.6	52.6	52.4	53.5	52.8	48.4	48.5	13.8	5.6
9	1730	100	7.50	11.2	19.4	1.0	21.0	37.3	16.3	18.9	8080	0.987	31.0	45.5	49.5	52.0	51.5	52.0	50.1	45.5	52.0	48.0	49.3	48.4	48.0	48.0	47.6	49.1	48.2	44.2	44.8	12.8	5.9
10	1730	100	7.50	11.1	19.2	1.30	20.0	32.7	12.7	19.1	8170	0.855	31.6	41.0	45.5	47.5	47.5	48.0	46.0	40.5	40.5	44.0	41.6	43.8	43.5	43.5	43.2	44.5	43.6	40.5	39.8	13.3	5.5
11	1730	100	7.50	10.8	18.8	1.95	19.0	27.5	8.5	19.2	8200	0.737	31.6	37.5	43.5	41.0	44.0	44.0	42.0	37.0	39.0	40.0	37.1	39.5	39.5	39.5	39.3	40.2	39.5	36.3	36.6	14.5	5.7
12	2160	125	9.36	13.9	30.2	3.20	17.5	26.2	8.7	32.2	13860	0.803	32.2	40.5	43.5	47.5	47.0	47.0	45.0	37.0	41.0	42.0	39.7	41.4	40.7	40.7	40.6	42.6	41.2	39.0	38.0	18.8	6.0
13	2160	125	9.36	14.0	30.6	2.20	18.5	30.5	12.0	30.6	13100	0.9	32.4	44.5	47.5	51	50.5	50.0	48.6	42.5	44.5	46.0	43.6	45.4	45.0	45.0	44.6	46.6	45.3	42.0	41.6	18.1	6.6
14	2160	125	9.36	14.3	30.9	1.80	18.2	34.0	15.0	32.9	14100	1.03	33.0	49.0	52.0	55.0	54.0	55.0	53.0	47.0	49.0	46.0	47.8	50.0	49.6	49.6	49.6	50.7	50.0	46.0	46.2	19.0	6.8
15	2160	125	9.36	14.8	30.7	1.15	18.6	41.2	22.6	30.1	12900	1.26	33.3	55.0	58.0	61.0	60.0	60.0	58.8	58.0	60.0	56.0	53.8	56.0	55.8	56.0	56.0	56.5	56.0	52.5	52.5	17.6	6.8
16	2160	125	9.36	14.8	32.0	0.95	19.0	41.2	22.2	24.5	10500	1.50	32.2	60.0	63.0	67.0	65.0	65.0	64.0	58.0	60.0	60.0	58.7	62.5	62.5	62.5	62.5	63.5	62.6	57.5	57.5	22.8	6.5
17	2600	150	11.26	18.1	47.0	1.75	18.0	40.0	22.0	44.9	19200	1.51	31.5	62.0	64.0	69.0	67.0	67.0	65.7	58.0	60.0	62.0	59.2	62.2	62.5	62.5	62.5	63.5	62.5	57.5	58.0	25.7	8.2
18	2600	150	11.26	17.6	45.7	2.20	17.5	34.0	16.5	42.0	18000	1.24	31.0	56.0	58.0	62.0	62.0	61.0	60.0	58.0	55.0	55.0	53.6	56.2	56.0	56.0	55.5	56.5	56.0	51.5	52.0	26.0	8.5
19	2600	150	11.26	17.4	45.2	3.30	17.4	29.0	12.0	45.8	19600	1.08	30.0	52.5	54.5	58.0	57.5	58.0	56.2	49.0	50.8	52.0	48.0	52.0	52.0	52.0	51.3	52.5	51.8	47.3	48.0	27.2	8.9
20	2600	150	11.26	17.2	44.6	3.60	17.0	27.5	10.5	43.7	18700	1.035	29.2	51.0	52.5	57.0	55.5	57.0	54.7	47.5	49.0	50.0	47.5	50.6	50.4	50.4	49.9	51.5	50.4	46.0	46.5	27.2	8.7

附表 4　1975~1976 年间测量的 1200kV·A 自循环蒸发冷却汽轮发电机运行试验数据

序号	完成时间 年.月.日	定子相电压 U_a /V	U_b /V	U_c /V	定子电流 I_a /kA	I_b /kA	I_c /kA	无功功率 Q /kvar	总损耗 $\sum p$ /kW	冷凝器进水温 T_进 /℃	冷凝器出水温 T_出 /℃	冷凝器进出水温差 ΔT /℃	冷却水流量 G_n /(m³/h)	冷凝器带走损耗 p_1 /kW	单位热负荷 q_1 /[kcal/(m²·h)]	冷凝器压强 p_0 /(kg/cm²)	冷凝温度 T_0 /℃	T_1 /℃	T_2 /℃	T_3 /℃	T_4 /℃	T_5 /℃	T_6 /℃	T_7 /℃	T_8 /℃
1	1975.12.27	247	250	250	1.65	1.55	1.6	1195	22.88	13	23	10	1.3	17.4	7480	0.724	37.5	35	38	40	38	43	38	42	41
2	1976.1.16	245	242	246	1.72	1.72	1.66	1240		12.5	22	9.5	1.9	20.9	8450	0.829	41.2	43	43	47	45	50	45	48	47
3	1976.1.26		238	241	1.74	1.75	1.68	1233		13	22.5	9.5	2	22	9420	0.842	42	42	43	47	45	50	45	48	46
4	1976.2.4		248	250	1.72	1.72	1.65	1259		12.5	20	7	2	16.2	6940	0.802	40	38	43	44	43	48	44	47	44
5	1976.2.6		248	250	1.73	1.75	1.69	1285		13	24	11	1.5	19.1	8160	0.908	45.6	45	47	50	47	53	47	52	49
6	1976.2.9		230	234	1.78	1.8	1.74	1225		13	30	17	1	19.7	8420	1.06	49	50	50	53	52	57	52	55	53
7	1976.2.10		249	251	2.03	2.05	1.95	1500		13	25	12	9	27.8	11900	1	47	48	49	52	50	56	50	53	52
8	1976.1.12		245	248	2.4	2.45	2.35	1770	47.5	13	31	18	2	41.5	17800	1.3	54.7	57	56	60	57	65	57	61	58
9	1976.2.15		244	249	1.61	1.58	1.53	1159		13	22	9	2	20.8	8800	0.987	46	43	45	47	46	48	45	48	47

续表

序号	完成时间 年.月.日	励磁电流 I/A	励磁电压 U/V	励磁损耗 Q/kW	转子总损耗 $\sum Q_2$/kW	冷凝器进水温 $t_{进2}$/℃	冷凝器出水温 $t_{出2}$/℃	冷凝器进出水温差 Δt/℃	冷却水流量 G_2/(m²·h)	冷凝器带走热量 Q_2/kW	转子侧单位负荷 q_1 /[kcal/(m²·h)]	水侧单位负荷 q_2 /[kcal/(m²·h)]	t_1/℃	t_2/℃	t_3/℃	t_4/℃	t_5/℃	t_6/℃	t_7/℃	t_8/℃	t_9/℃	t_{10}/℃	t_{11}/℃	t_{12}/℃	t_{13}/℃	t_{14}/℃
1	1975.12.27	208	100	20.8	27.4	12	22.5	10.5	2	24.3	5.25×10^4	8.75×10^4	45	51	55	49	50	53	40	50	55	39	59	41	54	50
2	1976.1.16	208	107	22.2		13	22.5	9.5	2	22	4.75×10^4	7.93×10^4	47	56	58	47	56	58	47	56	59	46	62	48	62	57
3	1976.1.26	213	106	22.6		12.2	23	10.8	2	25	5.40×10^4	9.00×10^4	51	57	61	51	57	63	52	58	62	49	64	53	64	59
4	1976.2.4	216	105	22.7		12	22.5	10.5	2	24.3	5.25×10^4	8.75×10^4	51	58	62	52	61	63	53	61	62	50	61	54	65	61
5	1976.2.6	210	105	22.1		12	27	15	1.5	26.1	5.63×10^4	9.37×10^4	45	53	58	50	54	64	47	51	58	56	58	59	54	60
6	1976.2.9	220	106	23.3		12.5	33	20.5	1	23.7	5.12×10^4	8.55×10^4		72	74	65	75	63	68	70	62	76	65	77	75	72
7	1976.2.10	262	125	32.8	40.4	12.5	27.5	15	2	34.7	7.50×10^4	12.5×10^4		70	76	63	69	75	58	69	68	60	76	63	78	73
8	1976.1.12	295	144	42.5	50.4	12	32	20	2	46.3	10.0×10^4	16.7×10^4	71	81	85	69	79	75	72	78	85	68	84	72	88	81
9	1976.2.15	238	108	25.7		13	23	10	2	23.1	4.98×10^4	8.30×10^4	60	69	70	59	68	71	61	67	63	60	73	64	76	69